清和人家

陈启鹏◎著

Qinghe Renjia

中国出版集团
世界图书出版公司

图书在版编目（CIP）数据

清和人家/陈启鹏著. —广州：世界图书出版广东有限公司，
2013.1（2025.1重印）
ISBN 978-7-5100-7315-1

Ⅰ.①清… Ⅱ.①陈… Ⅲ.①随笔-作品集-中国-当代 Ⅳ. ①I 267·1

中国版本图书馆 CIP 数据核字（2013）第 317752 号

清和人家

策划编辑： 陈名港
责任编辑： 翁　晗
出版发行： 世界图书出版广东有限公司
（广州市新港西路大江冲 25 号　邮编：510300）
电　　话： 020-84451013　34201967
经　　销： 各地新华书店
印　　刷： 悦读天下（山东）印务有限公司
版　　次： 2013年12月第1版
印　　次： 2025年1月第3次印刷
开　　本： 787mm × 1092mm　1/16
字　　数： 291 千
印　　张： 19.25
ISBN　978-7-5100-7315-1/Z · 0073
定　　价： 88.00元

献给父亲的爱 （代自序）

父爱如山！今天是6月16日，父亲节。

给父亲送点啥?很多人记得孩子喜欢什么，爱人喜欢什么，母亲喜欢什么，却往往不知道父亲喜欢什么。但是，我可知道父亲生前最喜欢的是书。现在，我将刚刚完稿的《清和人家》献给父母的在天之灵，默祷父亲节日快乐！

《清和人家》，亲和人家。清者，亲也；和者，善也；清和者，亲善和睦是也。

这是一本家书，一本三代人写家人家事的书；一本怀念先祖、留给子孙的书。

编写这本书，缘起父亲的“文化遗产”。2008年，我在整理父亲的遗物时，老人放在床头的书籍旁边整整齐齐地摆着一叠手稿和几本笔记本，一页页熟悉的笔迹密密麻麻地记录着他人生的轨迹，一封封泛黄的书信蕴含着父亲如山的沉默深情，一张张老相片留住了岁月映照了历史，一首首诗作和一副副对联焕发出父亲的文采情怀。85岁高龄的父亲踏遍青山话沧桑，齐眉白发忆人生，将他的人生以书媒传给后人，将是更深远的怀念。

美国作家爱默生说，家是父亲的王国，母亲的世界，儿童的乐园。老外这句话所表达的是人所共有的家国情怀，我的家不外乎也是这样。父亲小时受过传统的国学教育，以《朱子家训》处世，信奉孔孟之道。他有文化却没有当过官，做生意而没有发过财，勤劳俭朴与人为善从未结过怨，这就是父亲的一生，父亲的王国。

有位哲人如是说，没有无私的、自我牺牲的母爱的帮助，孩子的心灵将是一片荒漠。家是母亲的世界、母爱的绿洲，我和我的哥哥姐姐弟弟在母亲的世界里自由自在地呼吸，在母爱的绿洲里无忧无虑地哺食……谁言寸草心，报得三春晖。

儿女孙辈们在家的乐园里长大并开枝散叶，有的还在读书，有的正在创业，有的已经为人父母，有了自己的家。她们都把自己生活的果实，采摘牵挂到《清和人家》树下，共享天伦、幸福大家。

2010年，我出版了《我的战友我的团》，主要记述我的军旅岁月，遗憾的是他们来不及看一眼便走了。但是父母都知道，他们的儿子从部队转业公安当了警察 ，现将记录我警察经历的《警衣风华》一并编入《清和人家》，既是告慰先灵，也是给自己40年的军警春秋划上一个句号。如果百度一下，输入"清和苑博客"，轻点鼠标，便可一览全书。

是以为序。

陈宏鹏 2013

2013年父亲节　写于鹏云阁

CONTENTS 目录

第3章 绿叶情意

第4章 幸福花开

第 4 章 幸福花开

第 5 章 警衣风华

第1章 流长思源

木本乎根，参天大树根更深；
人本乎祖，大河奔流源更远。
要问我们从哪里来？
祖先在远方；
要问家在哪里？
故乡在远方。
我们从远方的家走来，
走向五湖四海，走向四面八方。
——题记

远祖舜后陈

黄帝神兵阵，舜后万世陈。陈姓为黄帝后裔，以国为姓，得姓于周朝初年的陈胡公满。相传，胡公满是三皇五帝之一的虞舜的后代。舜幼年丧母，继母不慈，常对他进行毒打和虐待，但他逆来顺受，反而更加孝敬继母。由于他好学孝友，闻名四海，至帝尧末年，不仅把女儿娥皇和女英都嫁给了他，还以自己的皇位相传。所以舜当政时，天下大治，人民丰乐，加上他常“调于玉烛，息于永风，食于膏火，饮于醴泉”，与老百姓同甘共苦，因此更加获得百姓的拥戴。至他去世后，34 世传至妫满，于公元前 1045 年，被周武王分封于陈（今河南淮阳），建诸侯国，屏卫王室。此后，胡公满因封于陈，根据胙土（指帝王将土地赐封功臣宗室以酬其勋劳）命氏的规定，而称陈氏，遂名陈满，为陈氏得姓始祖。在位 60 年，薨谥胡公。王莽登基，追封为陈胡王，所建方国为陈国。

陈姓的大发展是在公元 557 年，陈霸先在江苏南京称帝，国号陈。此时陈国封了许多陈姓王，使陈姓子孙遍及长江和珠江之间。唐朝初期，朝廷派陈政、陈元光父子镇压福建南部的叛乱，局势平定后，陈元光定居福建，成为南方陈姓最主要的一支。根据 2013 年全国百家姓最新排名，陈姓排行在李、王、张、刘之后，位居第五，过去有“天下李、广东陈”之说，现在南方地区，陈姓还是第一大姓。

开基曾坑陈

公元 1417 年（明朝永乐十五年），陈氏一族陈伦（时年 45 岁）携子陈宗道由福建省漳州府南靖县靖原里白莱村辗转徙迁至兴宁县新陂圩曾坑里（现为兴宁市新陂镇先声村）开疆辟土，安家落居，陈伦为曾坑陈氏开基始祖，曾坑为陈系一族的发祥地。在二世祖陈宗道 16 岁那年，一世祖陈伦返回原籍福建，二世祖陈宗道留居曾坑，300 多年间养育繁衍了 12 代人，称为曾坑陈族。12 世以后又分迁广东广西江西四川各地，代代承传已经延续至第 23 世。

沧桑夏屋陈

在广东省兴宁市有一座远近闻名的客家围龙屋，叫夏屋陈。这个屋名与众不同，两个姓氏之间夹着一个“屋”字，显得别致，引世人注目，令后人溯源。

1992 年笔者母子在夏屋陈大门前合影

大约在 1740 年乾隆年间，12 世祖陈善臣在兴宁经商做粮油生意，因住在曾坑里虎形屋，来往交通不便，便想在兴宁城区择地建房。有一天，善臣公与一位姓夏的结拜兄弟喝茶聊天，夏君诉说他家地处低洼，常年水浸，加上财丁不旺，非常苦恼，意欲卖掉旧屋，迁往宁江上游高朗的地方另建新居。善臣公闻言当即表示愿意建新换旧，结拜兄弟多年深交情投意合，一说即成。善臣公出资请来江西的地理先生在宁江上游按夏君意愿建一座新屋给夏君，原来的夏屋宅基地归陈善臣改建，各取所需，两相欢悦。

夏君老屋位于兴宁老城北边（今兴宁市中心兴田一路金宾旅社背后），夏家以编织簸箕（一种用竹篾编成的装粮食或土等的器具，也称“畚箕”）为生，因此称之为簸箕村。夏君迁居后，善臣公在江西地理先生指点下，拆除簸箕村重新布局，把原来夏屋面向紫金山调转为背靠紫金山。经过几年营造，已经初具规模。有一次地理先生回江西探家，拜候他的老宗师，并将近年勘定的阳居画图拿给老宗师指点。老宗师看后问：“兴宁陈姓东家待你如何？”答曰：“东家待我情同手足，亲如兄弟。”老宗师便责怪徒儿百密一疏，指出不足之处。经老宗师指点，原定一层围龙加建为二层围龙，大门艮山兼丑，天子壁改为艮山兼寅，头大门围墙盖以鱼鳞瓦花窗。又经数年建筑，终于建成一座三栋二层围龙共 108 间房规模的庞大建筑，其结构严密，主体坚固，房舍宽敞，建造精致，端庄大方，是一座具有典型建筑艺术风格的客家民居。善臣公举家从新陂曾坑里迁来兴宁城区新居后诸事顺心，子孙满堂、家业益旺。为了纪念夏君转让宅基的情义，遂定屋名为夏屋陈。遵祖训，夏陈后裔至今仍有密切交往。

夏屋陈是块风水宝地，人杰地灵，崇文尚武。这里曾经创办过西城小学（后改为宗道小学）、善新小学、城北民办学校，从这里走出过将校军官、专家学者、博士、教授，工业、科技、工商、企业等人才。不但人才辈出，还是长寿福地，历代历辈都有享年八九十岁高龄的老者，有画像传世的十五世祖妣“百岁婆”就是其中之一。可谓是祖德留芳，长寿绵延。

自 12 世祖陈善臣从曾坑举家迁居夏屋陈之后，五谷丰登，人丁兴旺，一脉相承子孙已经繁衍至第 23 代，各代后裔又有近迁兴宁各地和外迁龙川、河源、江西等地落居。按夏屋陈后裔第 21 世“启、立、开、发、昌”的字辈排行，笔者是第 21 世，第 23 世“开”字辈已经降临人间，苍灵生生不息，香火绵绵不断。

260 多年的历史，夏屋陈历经风雨沧桑。随着改革开放和社会经济的发展，2002 年因城区扩大建设，夏屋陈被政府征地拆迁，族人在原址一角建造了一座“陈堂聚星”祠堂，作为后裔缅怀先祖、宗亲组织活动的场所。

根据《陈姓起源》、《夏屋陈氏族谱》和陈兴荣《簸箕村及夏屋陈的由来》整理

百岁祖母陈

兴宁市夏屋陈名声在外，有一位享寿百年的老祖奶却鲜为人知，要不是祖上留下一张传世的画像，恐怕早就被子孙遗忘了。

在我还小的时候，有一次父母带我们几兄弟去老家夏屋陈走亲戚。在叔父家里我看到墙上挂着一张很特别的老人画像，便好奇地问父亲她是谁，父亲说她是夏屋陈最长命的老祖奶，叫百岁婆。此后，这张画像一直留在我的脑海里。

期頤淑範
夏屋陳 十五世祖妣朱太安人(庚申1740-戊戌1838)

百岁婆

光阴荏苒，转眼几十年过去。两年前我去兴宁市区“农民街”（原夏屋陈旧址）探望年迈的叔母，说起百岁婆的画像，堂弟启超便拿出来给我看。画像陈旧已经泛黄，颜料有些脱落但还完整，颜色仍然显得光泽鲜艳。征得叔母同意，我将画像带回河源请人作了保护性修复。

画像已经有一百多年的历史，长宽 43×56 厘米，纸质厚韧，是一种专供画像用的上好宣纸。画中人头戴彩色凤冠，身穿深蓝色大袍。凤冠上面绣有“奉天敕命”四个字，红蓝绿交织的冠花描绘得非常精致，镶嵌在帽沿边的金箔边带使整顶凤冠熠熠生辉，帽沿两侧各垂挂着一串齐肩长的珍珠耳链，额头和两鬓华发银丝，目光威气有神，脸上皱纹密布，表情慈善而严肃，乍看有点女生男相。大袍胸襟前绣有醒目的“寿”字花边方框，方框内有一只振翅的松鹤，迎向红日飞翔，蓝天上祥云舒卷，松鹤周围寿桃兆意、莲花盛开，好一幅日照松鹤富贵吉祥的图案。画像画工非常精巧，颜料色泽鲜艳如新，如果请专家鉴定，或可定为民间稀有文物。

从画像的服饰看，这不是一张普通的画像，画中人的身份非同寻常，但是已无完整史料据证，为此我寻找相关的史料进行考查。在父亲的《回忆录》和《夏屋陈系族谱》中，有“十五世祖陈公讳仪昌公妣朱太安人”（名字不详）和“百岁婆生庚申年、卒戊戌年”等零星记载，据此查万年历，“百岁婆”生于1800年，卒于1898年，享年应为99岁（加上闰年时间实际过百岁，因之称为百岁婆）。“安人”是封建时代命妇的一种封号。据夏屋陈直系《陈祥吉概况》记述，咸丰年间（1851—1861），夏屋陈17世后裔陈伟谋在江西景德镇任知府（五品官）时，得到皇帝赞赏，获钦命金匾一块。此匾长1.92米、宽0.7米，中间雕刻“才储鼎鼐”四个大字，左边刻有“钦命广东等处承宣布政使司布政使　加十级纪录　二十一次江国霖为”文字，右边刻有“侯选光禄寺置正陈伟谋立　咸丰伍年乙卯岁孟冬月吉旦”文字，均为纯金精镀制作而成。匾中江国霖系四川省大竹县人，道光皇帝18年间（1838）年考上探花，咸丰年间陈伟谋在江西景德任职时，钦命江国霖为其立此匾（1855年），以“才储鼎鼐”表彰其才华出众、功劳卓著。金匾收藏于夏屋陈龙厅内140多年，2002年夏屋陈拆迁，《梅州日扱》以发现清代金匾为题作了报道，才得以重新面世。由此推论，“朱太安人”的封号可能是来自直系后裔陈伟谋的官爵而加封，否则不会称之为太安人，也不可能在风冠上刺绣“奉天敕命”，因为明清对文武官员及其先代妻室赠予爵位名号时，授以诰命或敕命。另外，解读画像中的对联，也可印证当年的百岁婆来自达官显贵之家。

见五代同堂子孙会元世世簪缨①勿替

享百龄上寿工容言德一一闺阃②无亏

上联的意思是：看五代子孙同堂聚首，仕宦之家一代接一代传承；

下联的意思是：享百年高寿德貌双馨，大家闺秀一辈又一辈繁衍。

横批：期颐③淑范，意为百岁寿星、品德风范。

廻龙祥隆陈

在龙川县境内中部偏东山区，有一个地方叫廻龙镇，是韩江的发源地之一。

注：①古代达官贵人的冠饰。②女子居住的内室。③古代对百岁老人的称呼。百年为人的寿命一个极限，故曰“期”，到了这个年龄其生活起居期待别人照顾，故曰“颐”。

它北与兴宁罗岗交界，东与兴宁大坪接壤，地势西北高东南低，土地贫瘠，资源匮乏，属于远山僻壤之地。据《龙川县志》记载，廻龙圩始建于清嘉庆九年（1804 年），因圩旁建有廻龙寺而得名。回字在金文中像水流回旋之形，篆书以后写作回，后回字又分化出廻字。廻龙圩边有一条从源头流经的支流的往南注入韩江，在上世纪七十年代以前，河水清清，人们直接从河里取水饮用，也是孩子们摸鱼捉虾，戏水玩耍的天然场所，河边连绵起伏的山峦虽然没有茂密的参天大树，倒也植被翠绿，满目清新。

廻龙因“寺”而出名，就象现在叫“少林寺”一样，既是寺名，又是地名。父亲写的《廻龙乡土竹枝词》对这里的人文地理和风土人情作了详尽的描述。解放后，廻龙寺改建为廻龙中心小学（九十年代被拆除，现玉龙酒楼位置），笔者姐弟几个小时都在这里读书。学校位于街头，座西向东，面向河流，背靠一座小山包。房屋是砖木结构的二层建筑，门前河石堆砌的九级台阶呈“八”字梯形，上台阶走进大门就是前堂，这里是学生们打乒乓球的地方，两侧的禅房就是课室；中庭是四周走边的天井花园，后堂是泥塑佛像供地，改为教师办公室。二楼是用木板埔设的“回”字形走廊，周边是教师住房和课

廻龙一角

室。写到这里，可能是灵感所至感悟“天机”，我忽然停笔仔细一想，这所寺庙改造的学校是一座“回”字形结构的楼宇，我清楚地记得，整座房屋成四方形，一二层重叠成一个“回”字，瓦面屋顶有一个大天窗口，如果俯视整座房屋，也正好是一个“回”字，谁人设计建造现已无据可考，但是可以推论“回龙寺”的“回”字由此而来，既然如此，那么回龙的“龙”又何在？这个“回”字形的庙宇正好位于街头，就好像是龙头，与它相连的街道就像是龙身，街尾一棵几百年的古榕，恰似神龙摆尾。我不会地理风水，但是根据这些地形地貌特征的连贯分析推测，“回龙”的“龙”应该出于此，不然的话，何来“回龙”之名？就这棵榕树，说来也很神，黑皮粗干，饱经沧桑，主干像龙的身躯一样屈曲盘旋，枝干像小龙一样蜿蜒伸展，它结的树籽紫红甜口，过去孩提们经常爬上树去采摘果腹充饥。多少年来，多少孩子去爬树，只有个别的不小心掉下来摔伤而已，从未出过大的事故。到了夏天，这里又是最佳的避暑场所——大树底下好乘凉！由此看来，廻龙虽然地贫不富，但是因“龙”回转，风生水起，人们在这里世代安居，无灾无难，风调雨顺，繁衍生息。更为神奇的是，这棵少说也有五六百年树龄的古榕，在中国改革开放的总设计师邓小平逝世的1997年，在7月1日香港回归祖国怀抱的前一天晚上，既不是在落叶之秋，也不是在开花之春，一夜之间树叶落尽，第二天早上全树发出新芽。人们惊奇，这是前所未有的景象，难道真是古树有灵，大地焕发生机！

1944年夏天，父亲母亲离乡背井，来到廻龙圩租店做生意谋生。1951年，父亲在街道古榕侧边买下一间本地人的瓦店连地基做门店，取店名“祥隆胜”，“祥隆”是曾祖父在兴宁大坪圩做生意的店号，父亲取“祥隆”是继承祖业之意，“胜”则是父亲名字胜林的一个字。我现在还有印象，这个店名父亲用大毛笔写在门店的门楣墙上，很醒目。门店基底面积143平方米，前堂为店铺，中堂为客、饭厅，中间有一个小天井，二楼是木板楼棚，中间有一个“回”字形栏杆对应底层天井，形成“回”字屋形，后堂为住房，背后就是河流，门店右侧有一间长三角形厨房，这就是我们全家赖于居家立业、安身立命的家。这间座东向西、砖木结构的门店，也经历过文化大革命运动带来的后遗症风波。1968年，与我家相邻的卫生院进行改建，公社一位副社

廻龙老店与门前古榕

长一句话，既无手续又无字据，就将我家侧边三角形厨房占去 8 平方米建治疗室（后又出租给他人）。到了八九十年代，父亲拿出买卖房屋的原始契证和 1953 年广东省人民政府印发的原始房产证，找当地政府和卫生院想要回那块地，但是互相推诿，不得要领。中共中央办公厅（1980）75 号文件明确指出："中央重申，党的政策必须落实，国家的宪法必须遵守。十年动乱中被挤占、没收的私房，予以发还。"父亲几经投诉、多年奔走未果，我们兄弟建议父亲走法律程序来解决问题，从未打过官司的父亲又对状告官府部门心存顾虑，后来还是咨询相关法律并聘请律师，走依法解决之道，经龙川县人民法院裁定："该房产属历史遗留的落实政策性的房地产纠纷，依照中央及国家有关规定，该类纠纷应由政府部门确权解决。"1999 年 9 月 17 日，廻龙镇人民政府发出《关于陈胜林与廻龙卫生院房产纠纷的处理书》：卫生院在文革时期改建挤占的三角形房间约 8 平方米应退还给房主陈胜林。至此，遗留 31 年的历史问题才得以解决。在此前的七十年代，这间砖木结构的门店成为危房，因经济困难，父亲只进行了改善性的修缮，2000 年拆除重建，一层仍为铺面，取名"兴民商店"，四楼半层门楼向东，父亲亲笔书写"博士楼"三个大字，以励后人读书成才。门店改建落成，适逢廻龙街编订门牌，按店面排列顺序我家编为 56 号，而 2000 年正好是父母在廻龙落居 56 年。久居他乡少远客，廻龙谁人不识君，妇孺老少都知道父亲叫"胜隆（兴龙）"，真名实姓反而少人知晓。说来还有几个不经意间的有趣巧合：一是我家门店重建前后内部都是一个"回"字形结构；二是取店名祥隆胜，谐音"祥龙"之意；三是我们五兄弟中我和五弟启方是属龙的，兄弟俩一文一武，出生在祥隆胜，成长在廻龙街。俗话说一方水土养一方人，我们一家在廻龙居住了近60年，养育了五代人，感激的是廻龙风水的造化，感恩的是廻龙山水的养育之情。

弹指一挥间，“祥隆胜”也见证着廻龙街的历史变迁。民国时期建筑的街道，只有30多间门店间断形成，在近百米长的街道中间有一座长约30米、宽约10米的瓦面茶亭，是供人们赶集摆卖东西进行交易的场所，大约是在六十年代初的一个下午，集市刚散，茶亭因年久失修，突然坍塌，竟然没有砸倒一个人，只是一个摆小摊的外地人脚被擦破了皮。这是笔者小时亲眼所见，老人们说这跟古榕一样，“回龙”保佑了廻龙人。改革开放以后，多了一条连接老街的农民街，过去街道两边砖木结构、屋檐低矮的瓦房已经不见踪影，取而代之以混凝土楼店，现在全街店面有一百五六十间，常住人口近2000人，这个具有200多年历史的山村小镇，虽然名不见经传，却充满着生态活力。

祥隆胜·清和人家

第2章 父母在天

卡尔·马克思说，还有什么比父母心中蕴藏着的情感更为神圣的呢？父母的心，是最仁慈的法官，是最贴心的朋友，是爱的太阳，它的光焰照耀、温暖着凝聚在我们心灵深处的意向！

——题记

齐眉白发忆人生

导言：年少漂泊到迴龙，栉风沐雨过秋冬；绿叶成荫子满树，齐眉白发谢苍穹。漫长的岁月虽然带走了父母所有的人生经历，老人却给子孙留下了那些年代的历史记忆。

（一）童年少年

我原籍兴宁县（现改市）城镇夏屋陈。老屋地势低洼，每年春夏雨季，整座屋宇都被水浸，居民出入只能用竹排往返，故有船形居地之称。

夏屋陈是一座双层围龙、中间三栋、共 108 间房的大屋，1922 年时住有 30 多户人家，男人多数出外经商，女人则在家脚踏织布机织布，家家无田无地，几乎户户都是男商女织之家，生活贫困，辛勤度日。我出生前，祖父带着父亲和叔父在离县城约 30 公里的大坪圩开设祥隆号商埔，经营缸瓦、纸扎、烟花等生意，全家生计以生意为主织布为辅，过着清贫的生活。

我出生于 1922 年壬戌岁，长孙出生，全家十分欢喜，适逢祖父打“六字票”玩赌，得到 10 条 6（每条赌注 1 分钱赔白银 4 元 2 角），仅用 1 角钱赢了 42 元（当时 1 元钱可买 40 斤大米），祖母格外高兴，说是我前生带来的钱，足够做满月等一切费用。

现在我还记得一件趣事。5 岁时家中买回一块切菜的松木砧板，原来的砧板架小了一点放不下去，祖母和母亲你看我我看你都没有办法，正好我在面前，就说你们听涯话就有办法。祖母接着说：“好，好，孩子，就听你话。”我说：“把砧板边上那层厚厚的树皮剥掉，不就可以放下去了吗？”结果真是这样，引起全家大笑。

7 岁时父亲带我到大坪圩店埔中居住，闲时祖父教我读《三字经》、《千家诗》等书，9 岁时我已能认识 1000 多个字，后来送我到大坪龚屋村白鸽池小学（当时称蒙馆）读书，只有学生 20 人，不分班级，仅有一名老师龚汉荣先生。读的书仅语文数学二种，语文从第一册读到第八册，每册我都能背诵烂熟，数学则学会加减乘除，我的成绩全班第一。

9 岁时我进入大坪圩“宏泰当”开设的通时学校（一所罗姓的私立学校），该校仅有 3 个课室，一至四年级共 1 个班，五、六年级各 1 个班，老师（包括校长）5 人。我一进校报读二年级，后来老师看我成绩好，让我越级上四年级就读。

11 岁时经过考试上五年级，考题是默写总理遗嘱。“余致力国民革命凡四十年，其目的在求中国之自由平等……”我很快写完交卷，有些同学默写不出只能留级。在祖父教导下，这个时候我已经能够熟练地打珠算归除法，在灯笼上写毛笔字。有一次上课，老师提问解放黑人的是谁，全班都答不出来，我站起来说是林肯，大家哄然大笑，老师马上给予肯定和好评。在五年级班里，老师每上完珠算课，复习难懂的算术题就叫我给大家做辅导，同学们都很喜欢我。

12 岁读六年级，学校迁到新建的罗家祠堂内，毕业考试我得了第一名。因为小学是春季始业（开学），而当时兴宁县仅有的一中和龙田圩龙蟠初中两间中学都是秋季始业，相隔半年，所以不能连续接读，只好在原学校罗梓宏先生开设的经馆读了半年的古学、诗书、论语等，打了一点古文基础。

13 岁 (1934 年秋季) 我考进兴宁县一中，当时学科繁多，共有 11 门课程 (语文、数学、英语、地理、历史、动物、植物、论语、音乐、图画、童军)，我食宿在老家，往返走读，年终考试各科成绩平均 89.7 分（其中语文数学各 98 分），居全班第二名。

翌年下学期家里生活十分困难，祖父的生意难糊全家之口，拿不出钱给我缴学费，只得辍学，我知道这是由不得已的事，心里很苦闷。祖父也暗暗流泪，感到惋惜又力不从心。后来祖父看我实在可怜，又叫我去罗镜秋先生开设的经馆读了半年的古学文史。 此后，我在店中煮食，每天去古井里挑水，起初挑不起，就半桶半桶挑。早上开铺扫地煮饭，日间帮手店里生意接待顾客，夜里点着小煤油灯看历史小说，如《三国演义》、《今古奇观》、《封神榜》、《西游记》等很多小说都看过，至今犹能背诵许多诗词警句。

童年的读书生活使我学到了一些文化，少年的打杂活计让我懂得了生活的艰辛。小时候我长得很瘦弱，吃的以稀粥、蕃薯和咸菜为主，长年半饥半饱；穿的是粗布单衣和父亲穿旧后改小的衣服，冬天只有一件棉纱套衫御寒，鞋子是用旧鞋底纳上自己织的土布鞋面做的。在旧社会，很多穷苦人家的孩子上不了学，我能读了五年书，是十分难得的了，这是祖父对我的宠爱和教养，我一辈子都忘不了他老人家的恩德。“子不教,父之过”，在我们家族，爱幼崇文的家风代代相传，不管生活多么困难，都要供孩子们上学读书，这也是我的儿女们长大后都有所出息的原因。

(二) 异乡谋生

1941 年我 20 岁时，由于母亲病逝，家中需人打理，便将我在 4 岁时订婚的童养媳（当时穷苦人家为了俭钱，还小就订婚）朱泉珍从宁中古塘娘家接过门来成了家，由她负责母亲过去做的炉灶家务，并织些土布帮贴家中生活。有了家庭负担，而我却在事无自主的大坪店中，心里很苦闷，总想走出店中另谋出路，但在当时别无选择。

1942 年初，在我进退两难之时，忽闻兴宁县田赋管理处招考 60 名田亩测量员，要高中毕业文化，我凭着自己的勇气和愿望，决心去应考。于是我向老家人陈泉茂借到高中毕业文凭，换上自己的相片前去报名，当时报名者有 1200 多人，在兴宁县洋垫段饶屋考试，想不到我如愿以偿被录取。录取后我们在古塘村林屋学习测量技术两个月，学习结束后编为兴宁县土地陈报编查队，下设 4 个分队开展工作，我先后到城西、神光山、新陂圩、罗岗圩白水寨、黄陂圩、黄槐圩、石马圩马下村和罗浮圩棠下村等地工作两年，1944 年春全县测量结束，随即解散回家。这是我成年后第一次走出店堂自力生活，也积了一些钱给家里用。

我回到大坪店中还是挑水做饭打杂，感到十分无聊，生活乏味，恰逢龙川县廻龙圩花名老牛的吴永苟老伯，他父子俩往返兴宁龙田圩做猪贩，每次经过大坪圩都要来店中喝茶，他在廻龙圩新建一间瓦店无人租用，便邀我去开店。我抱着养家糊口的愿望，以仅有 600 斤稻谷的本钱，前来廻龙开店经营日用杂货生意，取店名“祥隆胜”，祥隆是祖父在兴宁大坪圩取的店名，我以“祥隆”和自己名字胜林的“胜”字联起来取店名，意为继承祖业和生意兴（胜）隆。后来，经营的货物逐步从日杂过渡到做副食品生意。

1945 年夏天，侵华日军飞机大肆轰炸兴宁县城，又传说日军到了梅县南蛇岗。老家夏屋陈十室九空，纷纷逃亡。当时我和祖父赶回夏屋陈，随即带着祖母、岳母和泉珍，挑着一些简单的日用家具匆匆逃难，走路到叶塘圩丁屋丁马宗（经常为祖父店中挑担送货的人）家里住夜。丁家很穷，借来大米煮粥招待我们，没有床铺，大家都睡在灶炉房边，第二天又起程到大坪住了两夜，我带着妻子和岳母来到廻龙圩，从此在这里安家生活。

1944 年夏至 1946 年冬，经过二年多的苦心经营，精打细算省吃俭用，生意逐渐好起来，做大了副食品生意。祖父看到这种情况，满心欢喜，就叫我二弟来店帮忙。期间恰逢我高烧不退，卧床医治半个多月，便交代二弟去兴宁县城进货。谁知二弟不问商情，也不跟我商量，几次都自作主张，导致被人连哄带骗，将进货资金全部弄光，造成货源中断，生意做不下去，我只好打算卖掉自己养的四头大猪做本钱来维持生意。谁知道知人知面不知心，其中的两头猪被大坪圩二架笔做猪贩的罗焕古抬到龙田圩卖掉后，分文未给就不见踪影；后来又将另两头猪给廻龙柳洞里人黄水妹屠宰后摆卖，他在廻龙圩卖肉多年，跟我比较熟悉，很相信他，没想到他也见财起意，卖完猪肉后卷款溜走。本来想卖掉大猪换点做生意的本钱，哪知血本无归，真是祸不单行。在生意一落千丈无可奈何的情况下，二弟自己离店而去，后来二弟与叔父佛金及三弟焕林合伙在大坪圩开了一间店，取名“祥隆泰”。

1948 年，我仍然在困境中过日，想来想去只得向本地东山下村的吴日新借来 10 担稻谷做生意本钱，请璋江村陈屋的陈五苟担保，利息 1 年对加（即 1 担还息 1 担）。又叫泉珍找外家亲戚，向兴宁县城俊兴布店赊些布匹来卖，由此我转向经营布匹车衣（缝衣服）生意。当时我不会做车衣，就买来一台德国造的旧衣车（缝纫机）自已学，把旧衣服拆开，然后照原样裁剪缝纫，通过反复摸索改进，终于学会了裁缝技术。就这样，惨淡经营的生意又有了起色，按时还清了借人的稻谷本利。

1949 年廻龙成立乡人民政府，选出吴腾林为乡长，廖国章、钟作宏为副乡长，钟质文、吴显文为助理人员。当时他们白天都下到农村去收缴民枪，晚上回来把所有收缴到的枪支存放在我店中楼棚上。有一天，龙川县伪县长黄道仁带着残兵从赤光经过廻龙往兴宁、汕头方向逃命，情急之中我用干蕃薯苗叶（喂猪饲料）把枪支遮盖好，这些残匪来到店里转了一下，没发现什么东西就匆匆走了，使我家躲过一劫，幸免于难，至今想起来都还后怕。残匪走后，副乡长廖国章及乡丁吴芳生将枪取走，心中的石头才算落了地。

1949 年全国解放前后，我仍继续经营布匹车衣生意，祖父又叫 18 岁的四弟云球来帮助打理。当时本地商人怕被新政府没收资产，不敢做买卖，都关门闭户弃商回家，店铺请人看管，圩上一片冷落萧条。到了 1951 年，我认为政府如果不准人经商，也不会不准人居住，总得让人落脚安身，就用 12 担稻谷买到本地人吴俊春瓦店连地基一间。1953 年看形势仍不利经商，便停止做布匹生意，单做车衣缝补衣服过日。

（三）坎坷商途

我自 1944 年夏到廻龙经商，后来在这里安家，到解放初期，听说走商业道路是资本主义剥削，以后一定要改造，搞手工业才是出路，便停商转向单独经营车衣。1955 年土地改革结束后，政府转向私营工商业改造，实行大店联营、小店合作的资本主义工商业改造政策，将廻龙圩 6 户个体小店组成 1 个合作商店和 1 个车衣社，我被指定为合作商店负责人，四弟云球则自带衣车一架参加车衣社。1958 年成立人民公社，赤光、廻龙、新田组成一个大公社，合作商店人员又全部过渡到供销社，当时国营供销系统为龙川县第九区赤光供销社，廻龙、新田设供销分社。当时的领导看我能力强，将我调进赤光供销社廻龙分社负责百货门市工作，泉珍安排到副食品门市。1962 年赤光公社又分为赤光、廻龙、新田为三个公社，各公社分别设供销社。

1959 年我被派去韶关南华寺学习四个月，主要内容是搞私营工商业思想改造。1961 年泉珍调到赤光供销社旅店工作，当时由于孩子多都还小，面临很多困难，所以不愿意去。但供销社主任刘观成反复做工作，只得勉强服从，挑着家杂拖儿带女从廻龙走路 14 公里到赤光安家。由于夫妻薪水低，生活十分困难，1962 年泉珍自动离职回廻龙以种菜为生，后来供销社副主任吴绿初劝泉珍回去工作，泉珍为了家庭和孩子一再推辞，只好安排

1958·人民公社好

她在廻龙副食门市上班，我则被调到赤光供销社。当时一切都是计划经济，基层商业全部由供销社经营，价格全县统一，农民做点豆腐或米粉出售都不允许，说是走资本主义道路，市场非常冷淡。1962年秋，为了搞活经济，全县建立议价商品市场。各个公社都成立国营货栈作为商业第二渠道（供销社是第一渠道）。开办赤光货栈时，只有我和叶藻秀两人，他负责采购，我专事内业，上级拨给开办资金7000元，所有商品都是议价销售或以物换物。比如在顺德进货一批咸鱼每市斤1元6角，议价卖2元5角，或者1斤咸鱼对换25斤茶麸，茶麸运到潮汕地区每百斤40元，这样一转一出每斤咸鱼可净赚6至7元。这是在计划经济年代，因为一切牌价商品（如大米、棉布、香烟、肥皂、牙膏、白糖、油豆等）都要凭证购买，分配到农民手里的定额证券都不够日常生活所用，所以货栈的设立，商品可以议价购买，虽然价格高数倍，农民还是愿意购买或以物换物，而且货栈的商品大部分由县货栈从计划商品内拨来供应，因此货栈门市十分畅旺，业务蒸蒸日上，不断壮大。经营到年底仅半年时间，竟获得利润50多万元，受到县货栈多次表扬。为方便业务联系，门市添置了电话和一架凤凰单车（议价500元、牌价120元）。我虽然工作任劳任怨、日夜奔波，家庭生活又很困难，也没有得到过补助，仅仅在年底得到20元奖金。我在货栈工作三年，负责会计兼业务，勤勤恳恳，廉洁奉公，守法经营，1964年夏开展“四清”（清理账目、清理仓库、清理财务、清理分工）运动时，竟然无故受屈，将我列为贪污对象，办班学习半个月，说我家孩子这么多，生活很困难，不贪污怎么能过生活，日夜迫我交待问题，最终“屈打成招”承认贪污100多元，还作为交代不清，给以我“挂账上水”出来工作，这种左倾政策对我造成的精神和身体上的伤害，只有内心暗痛而不敢言。

1965年6月，货栈转入供销社，当时账面赚有利润8万多元，到年底整个供销社统一核算总共只有利润10万元，这说明供销社60多名干部职工一年到头只赚到利润2万元左右，本来我的贡献最大，但是没有分文奖金，心中不平也只能忍气吞声。

货栈撤并后，我被安排到纱布门市工作半年，年底又调到新建的大百货门市，这个门市集针棉织品、大小百货、五金交电于一店，商品繁多，琳琅

满目，共计 3000 多种商品，居龙川上半县之冠。

有一年全供销社年销售任务 100 万元，而百货门市就完成了 80 万，但是在当时年代，我这个从解放前小商贩过来的人，始终被作为二等人看待，任你有多大能力，也不能重用，任你有多大业绩，也是有劳无功，年终评奖只能拿最低的三等奖，年年如此，从无例外。

1970 年全国开展“一打三反”（打击反革命破坏活动，反对铺张浪费，反对贪污盗窃和投机倒把）运动，在供销社里面，凡是在门市责任大、业务重的人都作为重点对象，都要脱离岗位专门办班学习。办班前供销社的头头和县里派来的工作组先行密定对象，并且预定贪污数额，然后采取不“如数”交代决不放手，不达目的决不罢休的极左措施进学习班“学习”。我被单独关闭在一个房间里，采取车轮战术日夜“审讯”，不给你睡觉，不让你休息，叫你叫天天不应叫地地不灵，我哪里受过这样的苦罪？经不起十多天的连续折磨，被迫承认贪污 1000 多元，并要限时退款，家中没有“隔夜粮”，只得把衣车（缝纫机）和眠床等值点钱的东西卖掉抵款。当时回到家中见到泉珍，她也受到冲击，被办班学习。为了家庭和孩子，“有油不能脱锅”，只能尽快地交代了“问题”才得以解脱。夫妻相见抱头痛哭，嘱子嘱孙，以后再也不要去搞商业。

这次运动，赤光供销社与我一起遭到迫害、蒙冤受屈的有 7 人：纱布门市叶宏良，被清退回家 6 年后平反复职；批发门市王兆奎，被清退回家 2 年后复职；收购门市黄培熙，被清退回家 1 年后复职；饮食门市邹水连，被清退回家 9 年后平反复职；供销分站叶新隆，被清退回家 9 年后平反复职；我和生产门市的叶井元因“问题”的情节较轻则免于处分。从中可见左倾迫害触目惊心，至今想起来仍然心有余悸。

在这次运动中“幸免于难”的我被安排在批发门市工作，1972 年建设枫树坝水库，又被调去开设供销分站，半年后由于百货门市经营不善，商品凌乱不堪，营业不断下降，又调我回百货大楼工作。每到一处，我都尽心尽力工作，都是超额完成任务，但是仍然劳而无功。鉴于这种压抑的环境和家庭情况，我几次申请调动回到廻龙供销社，但赤光不肯放人，我又向县供销社反映我将近退休了，辗转至 1978 年，才同意调回廻龙，调动时还欠公家和同事 300 元钱，挖肉补疮东找西凑才还清。在廻龙供销社我负责批发业务，当时商品奇缺，适逢改革开放初起，经营政策有所松动，我便与兴宁叶塘供销社建立了互通有无、互供互利的关系，搞活了商品流通，活跃了市场，经营效益大大提高。为此全县供销系统在廻龙召开现场会，我也破天荒地受到表扬，直至 1982 年退休，年年都被评为一等奖。

回想商途，坎坷不平。如果当年不是生活所迫，能够继续读书，我的志向不是经商，也不会因从商而蒙受许多冤屈，家庭也不会长期困在收入微薄的艰辛生活之中。皇天不负好心人，所幸自己一切逆来顺受，身心健康，每年领取几千元的退休金把它看作是补偿前时所付出的冤枉钱，俗话“命长才食得饭多”，幸莫大焉。退休后家庭生活也不宽裕，又无事可做，便考虑做点小本生意，又怕不允许退休人员经商，便以老伴名义申领执照，以只有 300 元的家底，在自己店中经营小百货。我经商一贯诚实守信、童叟无欺，而且热情服务，为顾客着想，不赚昧心钱，博得群众的信誉，由此生意越做越好，后来扩大经营百货针织、烟酒电器等，特别是我缝制的被单蚊帐，从不缺尺少寸，价廉实用，十分畅销。后来生意先后交由安儿、中儿、源儿经营一直到现在，虽然没有发财暴富，但是衣食无忧心平气畅，心愿足矣。

（老店营生）

（四）儿女成长

1947 年丁亥岁女儿玉兰出生，体弱多病，夫妻俩格外留心，岳母也在我家里日夜照顾备至。有一次玉兰突发惊风，眼球呆滞，生命危在旦夕，恰遇本地医生吴玉华路过，用艾火点烧身上数处，即刻转危为安，贵人救命之恩，全家万分感激。玉兰（读小学时与同班同学同名，老师给她改名“娟娟”并沿用至今）天资聪颖，读小学时成绩居赤光学区（龙川上半县）之冠，品学兼优，光荣出席了龙川县优秀少先队员代表大会，学校大张表扬，课堂内外张贴着“学娟娟赶娟娟、争做优秀学生”的标语，掀起学习热潮。

1950 年庚寅岁长子启源出生，我祖父有了第四代曾孙，全家上下十分欢喜，做满月时祖父和父亲都来到廻龙。按照兴宁民俗做喜事是不请不贺，可是当地的民俗是不请自来，当日邻舍村民都来庆贺，原备 4 席酒水增加到 10 多席，幸好自己备有一头大猪并有鸡鸭豆腐充得席面，才不至于临时无措。到了 1951 年春节，按习俗正月十三回兴宁老家夏屋陈赏灯，这是一个特有节日，一是观赏花灯，二是庆祝添丁，客家话“灯”与“丁”同音。是晚，大摆筵席，自祖父母以下亲戚及老屋中每家一人共计 10 席，欢腾整夜，席间出票拈灯（抓阄），我拈到供赏灯用的大磁吊灯一盏，真是喜上加喜,满屋生辉。

1952 年壬辰岁仲儿启鹏出生，1954 年甲午岁三儿启安出生，1960 年庚子岁启中出生，1964 年甲辰岁启方出生。我和泉珍共生下四女六男，养成一女五男，余三女一男均在幼时因病夭折。抚养这些孩子，生活非常艰苦，好在 1951 年至 1957 年自己经营生意时有点积蓄，逐渐用去维持生活。1958 年过渡到供销社时，我每月工资才 25 元，泉珍 20 元，生活很拮据，全靠节衣缩食精打细算过日子。孩子的衣服，用包布的粗布皮染黑后自已缝做，母鸡下的蛋也舍不得吃，拿去卖掉买回青菜来煮，从小就教孩子们挑水做饭缝衣服，叫孩子们利用暑寒假期，给供销社手工加工成衣，得到的工钱来解决读书的学费；我在赤光供销社工作时，每逢单位加菜我都不要，尽量节约伙食开支；泉珍在廻龙抚儿育女，又要上班工作，还要抽空到河沟边开地种些青菜出卖，以补贴家用：就这样东补西凑，艰苦度日。所幸儿女们深体亲心，理解困境，均能认真读书，好学上进，又能帮手家务，好不容易把几个孩子拉扯长大，

1968年启源参军前合影
前两排：启方、启中、母亲、外婆、父亲；后排：启安、玉兰、启源、启鹏

虽然辛苦，心里还是感到宽慰。

儿女们的成长，也经历过风波曲折，尝过不少甜酸苦辣才各有所成。长女玉兰1966年在龙川县第一中学高中毕业，成绩优异。但是，由于全国开展轰轰烈烈的文化大革命运动，不能继续升读大学，只得在家待业，当时凡是非农业人口的青年都有工作安排。后经县邮电局选定，叫她等候通知很快就会报到上班，可是左等右等不见通知，一个多月后才知道被换了人，原来一位大队支部书记与公社某领导商量将他的侄女冒名顶替"掉了包"，由于只有高小文化，无能力胜任工作，试用不到一个月就被退了回来，这时才通知玉兰到县招待所上班，不久又调到县广播站工作。

长子启源1968年参军，1970年退伍（当时实行二年义务兵役制），按当时的政策规定退伍军人必须安排工作，但是等了2年还没有安排，只好写报告给县武装部问情况，才知道县里几次下达指标名额，都给当地领导替换，最后县武装部直接通知源儿去惠阳地区航运局报到，才解决了问题，听说因为此事公社受到了上级的批评。

仲儿启鹏在1972年冬季征兵时报名参军，供销社主任先是不准他去报名，体检合格后又百般阻挠他入伍，最后在鹏儿强硬态度下，才踏上征途。鹏儿当兵后，努力上进，累次立功，1976年提升为军官，1979年参加对越自卫还击作战，立了二等功，立功喜报由公社武装部敲锣打鼓送到家里。后来鹏儿连续提任连长、团作训股长、师作训科长，1989年提升为上校团长，驻防海南省屯昌县。1995年鹏儿从部队转业，现在河源市公安局任党委书记兼常务副局长。

三儿启安初时在廻龙供销社做临时工，偶与人发生口角，翌日即被辞退，后来安排到老隆竹器厂。1982年我退休时，按政策规定子女可顶班转入供销社，当时的廻龙供销社主任说已有职者不能顶班，后经我到县供销社反映情况，才予批准。四儿启中高中毕业后作为待业青年，按规定可以顶替退休母亲的工作到合作商店上班，但体检表视力栏医生填写的“辨色力弱”被供销社负责政工的领导改写成“色盲”，并反映说这个人纸币都分不清楚，致使县供销社搁置一年不予批复。后经多方申诉并直接面试，才得以顶替就业。后来安儿中儿都自立门户经商，事业有成。

1991 年春，五儿启方偕桂云由北京回家在廻龙登记结婚，同年 8 月桂云赴美留学，次年方儿赴美，夫妻二人均在美国迈阿密大学攻读，1996、1997 年桂云、启方分别获得博士学位，现在加拿大多伦多安家立业。

儿女事业有成，各有千秋，甚为宽慰。

(五) 躬行孝道

我的母亲罗兰香，还小时她的父母就相继病逝，由她的祖母和叔父抚养成人，一生含辛茹苦，命运多舛。与我父亲生下五男一女，女孩取名银英，生下来不久就送给宁中古塘朱屋做童养媳。最小的儿子运来，生下来体弱多病，有二次病危，幸得行医的外祖叔父及时救治，从而死里逃生。为了给运来治病，家中稍值点钱的衣物甚至父亲的铜水烟筒都拿去典当，又按民俗的说法，说此子要卖掉才能养活，父母忍痛含泪将他卖给城南陈屋的李老阿婆为孙，得身价 120 元。当时我 16 岁，与母亲带着钱和典当的票据，挑着箩筐去县城西门街的 3 间当铺里赎回典当的衣物，还清由外祖叔父代认的大新街天生堂药店的欠款，一来二去，家中还是一贫如洗。1941 年，母亲忽犯臂骨疽病，辗转床间不能行走，诸方治疗也不见效，整天哭喊“冤枉涯、冤枉涯”，求靠外叔祖父治疗也无济于病，我悲痛欲绝不知如何是好，只有日夜守候在床前，强颜安慰母亲。4 个月后，被病魔折磨得痛苦不堪的母亲丢下 6 个儿女不治去世，年仅 44 岁。天乎痛哉!

1950 年，在大坪圩开的店生意极淡，祖父回到兴宁老家夏屋陈居住，父亲则来廻龙圩我店中生活。父亲在解放前沾上吸鸦片烟的陋习，戒烟后体弱多病，常年气喘，起居作息治病饮食都由我负责打理。1957 年父亲久病不起，

运来叔父一家人

叔父运来、云球与亲人合影·2013

溘然去世，享年 62 岁。

祖父辛勤操劳一生，在大坪圩店中经营生意，好不容易维持全家生活，把我们 5 个兄弟和叔父 2 个儿子养大成人，后来生意惨淡，两手空空回到老家夏屋陈居住，由于积劳思虑成疾，于 1951 年农历十月初九子时去世。生病期间，一再嘱咐我，他身后祖母的生活要全靠我照顾，这样他就瞑目无忧了。祖父在病危时被抬到大厅停放，哼声不停，在初八晚上 11 点我从龙川廻龙赶回老家，见面时大喊“阿公、阿公”，他眼流泪水，嘴唇不断颤动，慢慢地合眼长逝。想不到一个善良勤俭、热爱子孙的祖父，就这样离开了人间，享寿 76 岁。呜呼！

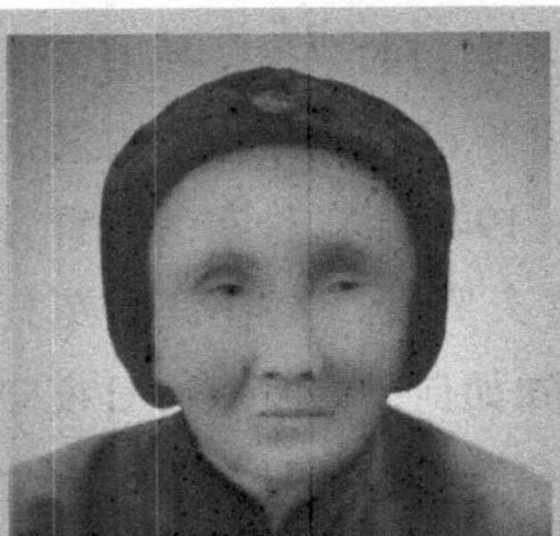

夏屋陈 十八世祖妣李玉招 (1877–1961)

曾祖母和父亲五兄弟

祖父身后，祖母先在叔父家生活，后因与叔父继妻不和，只得独自过日。10 年时间，每月由我付给祖母 10 元生活费（当时单位一般每人每月生活费 7 元左右），并经常回老家看望她老人家。祖母年老无依，我是长孙，鸦有反哺，替父亲赡养祖母义不容辞。直至 1961 年农历六月十五日子时，祖母与祖父相隔 10 年，才离开人世，享年 86 岁。祖母去世时，因通讯不便，我十六日才接到噩耗，家里众人还在等我拿钱回去买棺材（当时一副 30 元），我向信用社借来 80 元处理祖母后事，以后我才逐步还清。

几十年来，一直挂在我心头的一件大事，就是“老去有窝”。祖父母和父母逝世多年，因为种种原因遗骨还没有下葬，心中总是不安。2001 年春与众弟商议此事，我提出将祖父母、父母和叔父母同建一处墓地，由于意见不一，后来运来弟建议在兴宁和龙川廻龙各自安排，这样便选址在廻龙镇岐岭村王屋背山上原云球弟家里开山时留下的自用地上。建墓期间，又几经周折才大功告成。坟墓吉地癸山兼丑，建好后，由我和二弟钦林、四弟云球、五弟运来、三弟焕林长子启超主事，将祖父和父亲的骸骨安葬在墓穴之中，祖母和母亲的遗骸原葬在兴宁佛里岭公墓，此处后改建学校，无法找到，只得用银牌代替下葬。整座坟墓呈龙椅形，安坐在大山之中，在祖父母的墓碑两侧，镶嵌着我题的碑联：

宝地垂千古　　贤孙祀万年

祖父正名维卿，家名宝贤，碑联对头“宝贤”。祭祀前辈，告慰先人在天之灵，聊尽一片孝心，实现多年的心头夙愿，德莫大焉!

祭奠先人

（六）老伴辞世

老伴泉珍，1923年癸亥岁六月初四巳时生，4岁时与我订婚（童养媳），19岁接回夏屋陈与我成家，以织布为生，1944年随我来到龙川县廻龙圩经商，生下六男四女，养成五男一女。孩子嗷嗷待哺，仅靠夫妻俩每月共46元的微薄工资维持生活。她节衣缩食，开荒种菜，养猪喂禽，缝缝补补持家过日，好不容易把子女拉扯长大，其中漫漫艰辛，可想而知。生活再困难，她也没有忘记对孩子们的教育。有一天儿子在街边玩耍时捡到38元钱，她对儿子说，不是自己的东西，捡到的也不能要。后来得知是万光村何木塘吴运奎丢失的，就立即叫孩子如数交回给他，他感动得连声说多谢多谢。她在供销社副食门市工作时，有时孩子们闹着要糖果吃，她先从口袋里掏出钱给孩子看，然后再买来吃；在平时，大一点的孩子轮流挑水做饭，自己换洗衣服；到了寒暑假期，叫孩子们去做点力所能及的小工，挑沙子担石头或者给人家缝补衣服，孩子们用自己做的钱去买些读书和生活的用品，使孩子们从小就养成自己动手、勤俭朴实的好习惯。

长期的辛苦操劳，生育多营养少，使泉珍积劳成疾，常年犯病不断。50多岁时得了心脏病、高血压，几次病情突发，幸抢救及时才脱险，后来五儿启方专门托人在香港买回10盒救心丹，病情才得到控制，继而好转。60岁以后，身犯类风湿关节炎反复发作，儿女们多方寻医问药，女儿玉兰又买了一

台紫光治疗仪，用药物和理疗并治，疼痛才缓和下来。后来双腿骨骼变形，行走困难，女儿又买回轮椅，老四买来沙发坐厕，鹏儿还专程去深圳买回活动病床，以利护理。虽经十多年长期治疗，始终未能痊愈。因长期犯病，体质衰弱，接着又犯肺气喘病，稍有伤风感冒，昼夜咳嗽不止，玉兰从四川成都买回止咳定喘的贵重药品，鹏儿每月定期给母亲买回丙种球蛋白等类的营养药品调养，病情才有所好转。2005 年 5 月,又犯带状疱疹（俗称“拦腰蛇”，此病甚凶，如不及时治疗，危及生命），先到梅州黄塘医院治疗未见好转，后经民间草药及针灸才治愈。这些年来，家中改善居住环境，调节饮食营养，加强起居作息护理，泉珍体质虽弱，病情倒还稳定。

不料在 2005 年 12 月初，老伴偶发感冒旧病复发，气促痰鸣，多方服药未见好转，病情日重不能起床，孩子们分别从深圳、河源请来专家教授前来诊治，鹏儿虽然公务繁忙，多次星夜从河源赶回家里探望，或随医生诊断治疗；方儿从多伦多赶回来守护在母亲病榻前，儿女媳妇轮流值班护理，经过一个多月治疗，终因病情日重致心力衰竭，于 2006 年 1 月 11 日 0 时 16 分溘然长逝，诸儿媳和女儿女婿及孙儿都在榻前为她送终，享寿 83 岁，天乎痛哉！

泉珍灵堂设在家中大厅，亲戚朋友、街坊邻舍、党政单位代表均来吊唁，献有花圈 33 个，13 日上午 8 点开追悼会，聚集儿女孙辈及亲朋好友一百多人，扶柩送灵，遗体在兴宁市殡仪馆火化后又分别在老家夏屋陈祠堂前和宁

相敬如宾

中镇古塘村朱屋原娘家屋门前举行了悼念仪式，16日在廻龙陈族祖坟中安葬。

我和老伴相守60多年，一起在廻龙开基创业，生儿育女，才有了一个幸福的家。她一生勤劳善良，尊老爱幼，夫妻和谐，教子用心良苦有方，持家勤俭艰苦朴素，不愧为贤妻良母；她平等待人，态度和蔼，和睦乡邻，乐于帮助困难群众，深得大家的尊重和好评。不幸积劳成疾抱病终身，又幸得诸儿辈百般孝敬，“谁言寸草心，报得三春晖”，可慰老伴在天之灵。

结发六十又五年，而今永别苦难言；
步履房中空帐在，不见亲人在眼前。
人去楼空不胜悲，形单影只泪双垂；
每当夜晚高西望，睡中犹深梦依依。

（七）祝老长寿

俗云“养儿待老，积谷防饥”，有些人不以为然，我却觉得很有道理，而且感触至深，前面说到老伴生前身后子女们的关心照顾，孝顺之心可鉴。

2006年6月2日（农历五月初七），我在廻龙家中突然感到天昏地转，象坐着火车一样看眼前的事物，而且晕眩不已。经医生处方“生理盐水合母参液”注射才清醒过来，翌日再输液2瓶，稍觉安静，这时接到鹏儿日常的问安电话则告知病情。当天鹏儿赶回家中看望，我又觉晕眩，当即决定随车到河源市人民医院检查。第二天检查时发现血压收缩压高达200毫米汞柱(mmHg)，医生建议住院治疗，办好手续当晚回到中儿家住宿，夜间半晕半醒，大小便十多次，天亮后回医院接受药物治疗，当晚又晕倒不省人事，经药物输液到深夜12点才醒过来。接着进行核磁共振照射检查，但医生还不敢下病情结论，鹏儿决定去广州就医。鹏儿中儿和孙儿立春陪我到广州，在中山大学附属二院住院治疗。经医生全面检查，确诊为颈动脉、椎动脉血管硬化，引起脑供血不足导致病发，兼有糖尿病、高血压、前列腺炎等症。经过12天的精心治疗，鹏儿中儿接我康复出院，总共用去医疗费15000多元，鹏儿还说只要父亲身体健康，花多少钱都值得。我心里想，没有健康的身体，一切金钱物质都是空的，但是没有孝敬的儿辈精心安排医治，后果就不堪设想了。现在我遵医生嘱咐，第一要节制饮食，第二要适当运动，第三要药物治疗，第四要心理平衡，才能达到健康长寿。

父亲（前）在镜花缘看戏.2006

生老病死，人之常情。很多老人或死于无知病情，或死于无子女照顾，或死于无钱医治，相信现代社会，老人会得到更好的关照；更希望为人子女者，要关心父母，“鸦有反哺，羊有跪乳”。想到年初老伴离我而去，真有“树静风息”之感，但是看到儿辈如此孝敬孝顺，身心十分宽慰。

祝天下老人，健康长寿!

（八）人生信仰

自古以来，我国崇奉孔子学说，称为万世师表。“孝悌忠信”是每个人的行为准则，历代帝王将相均以忠孝为本；一般乡规民俗都以孝敬父母、尊老爱幼、兄友弟恭、礼义廉耻为应守美德，相传几千年恪守成规。现在很多人信奉佛教,烧香点烛敬奉神明，或在家中供奉观音，外出则到各种神坛寺庙顶礼膜拜，焚香拜佛，以求默佑子孙平安，合家清吉。及后耶稣基督天主教，由洋人传入中国，很多人信奉天主上帝，不须烧香点烛，只祷告上帝保佑平安幸福。至于道教，很少人信仰，一般人都不知道道教。总之儒（孔子)、释

(佛)、道（老子）及耶稣基督教，都是劝人从善，勿作恶事，才有美满幸福。

我自小天资聪颖，9 岁才上学，已能认字读诗，12 岁会打算盘和写灯笼大字，向往读高中读大学，长大后成为一名学者或教师，但是事与愿违，由于家境贫寒，缴不起学费，只得辍学在家挑水煮食，最后不得不以商谋生、以商为业，在商途中历经坎坷，这是我人生的一大遗憾。但是择业的遗憾并没有影响我的人生信仰。我幼读诗书，悉尊孔孟，孝悌忠信、礼义廉耻已深入脑筋，所以我常读孔孟之书，以朱子家训、增广贤文、明圣经书作为座右铭，作为生平行为准则，作为自儆,唯语是从。因此我毕生勤俭持家，诚实守信，忍让待人，孝敬尊长，热爱子孙，遵纪守法，从未闹入公堂，从不与人吵架结怨，从不贪欲赌博，得到子孙尊敬和群众赞誉。手抄《朱子家训》悬挂于厅堂（见下图)，教育子孙后辈，悉照施行，则于心慰矣!

—— 2006 年 85 岁写

附《朱子家训》原文、译文，摘自《中华传世家训》。

原文：

黎明即起，洒扫庭除，要内外整洁。

既昏便息，关锁门户，必亲自检点。

一粥一饭，当思来处不易；半丝半缕，恒念物力维艰。

宜未雨而绸缪，毋临渴而掘井。

自奉必须俭约，宴客切勿流连。

器具质而洁，瓦缶胜金玉；饮食约而精，园蔬愈珍馐。

勿营华屋，勿谋良田。

三姑六婆，实淫盗之媒；婢美妾娇，非闺房之福。

奴仆勿用俊美，妻妾切忌艳妆。

译文：

天亮就起床，清扫院落，内外都要整洁。

天黑就歇息，锁门关窗，一定要亲自检查。

一碗粥一碗饭，都要想到来之不易；半根丝，半缕线，都应常思获得之艰难。

在还未下雨前，就要修缮好房屋的门窗，不要等口渴了才去挖井。

自己的日常生活必须要勤俭节约，招待客人则不要吝啬 。

如果器具干净整洁的话，即使是瓦器也比金玉材质的好；如果饭菜少而精，那么普通的蔬菜也胜过珍馐美味 。

不要建造奢华的房屋，不要谋取肥沃的田地 。

爱搬是非的女人，实在是荒淫、盗窃的媒人；女仆漂亮，妻妾娇美，并非家中的福分。

仆人不要选相貌俊美的，妻妾一定不要浓装艳抹。

原文：

祖宗虽远，祭祀不可不诚；子孙虽愚，经书不可不读。

居身务期质朴，教子要有义方。

勿贪意外之财，勿饮过量之酒。

与肩挑贸易，勿占便宜；见贫苦亲邻，须多温恤。

刻薄成家，理无久享；伦常乖舛，立见消亡。

兄弟叔侄，须多分润寡；长幼内外，宜法肃辞严。

听妇言，乖骨肉，岂是丈夫；重资财，薄父母，不成人子。

译文：

祖宗虽然离我们年代久远，但祭祀不可不真诚；子孙即使愚钝，但四书五经不可不读。

立身处世一定要节俭质朴，教育儿女要用正确适宜的方法。

不要贪图意外之财，不要过量饮酒。

和那些挑着扁担做小生意的人做买卖，不要占人家的便宜；见到贫苦的亲戚邻里，要多加安慰体恤。

为人刻薄而发家的，没有长久的道理；违背人伦常理的人，将会很快消亡 。

兄弟叔侄之间，富的要多帮助贫困的；长辈晚辈、妻子丈夫之间，一定要有严格的规矩，使用庄重的言辞。

听妇人的话，溺爱骨肉，哪里是大丈夫的作为；看重钱财，不孝顺父母，称不上为人之子。

原文：

嫁女择佳婿，毋索重聘；娶媳求淑女，毋计厚奁。

见富贵而生谗容者，最可耻，遇贫穷而作骄态者，贱莫甚。

居家戒争讼，讼则终凶；处世戒多言，言多必失。

毋恃势力而凌逼孤寡；毋贪口腹而恣杀生禽。

乖僻自是，悔误必多；颓惰自甘，家业难成。

狎昵恶少，久必受其累；屈志老成，急则可相依。

轻听发言，安知非人之谮诉，当忍耐三思；

因事相争，安知非我之不是，须平心暗想。

译文：

嫁女儿要选择品质好的女婿，不要索取贵重的聘礼；娶儿媳要选择贤良淑德的女子，不要计较嫁妆丰厚与否。

见到富贵的人就露出谄媚奉承之相的人，最为可耻；遇到贫困的人就拿出一副傲慢了不起姿态的人，最为下贱。

居家过日子禁止与人产生争斗诉讼，诉讼无论成败，终究不是好事；为人处世禁止多说话，说多了必定会有失误。

不要依仗权势而欺凌压迫孤儿寡妇，不要贪图嘴上享受而滥杀动物。

性格乖僻、自以为是的人，后悔的事情和做错的事一定会很多；颓废懒惰、不思进取，难以成家立业。

亲近无赖的人，久而久之一定会被他们连累；听从老成的人，遇到危急可以依靠他们。

轻信揭发他人的言论，怎知不会是污蔑，应当耐下心来多多思考；因为某事和别人争论，怎会知道不是自己的过错，须平心静气地暗自反思。

原文：

施惠勿念，受恩莫忘。

凡事当留余地，得意不宜再往。

人有喜庆，不可生妒忌心，人有祸患，不可生喜幸心。

善欲人见，不是真善，恶恐人知，便是大恶。

见色而起淫心，报在妻女；匿怨而用暗箭，祸延子孙。

家门和顺，虽饔飧不济，亦有余欢；

国课早完，即囊橐无余，自得其乐。

读书志在圣贤，非徒科第；为官心存君国，岂计身家。

守分安命，顺时听天。

为人若此，庶乎近焉。

译文：

给了别人好处不要整日念念不忘，受到别人的恩惠则一定不要忘记 。

凡事都要留有余地，志得意满之后就不宜再进一步。

他人有了喜庆之事，不能出嫉妒之心；别人有了祸患，不能幸灾乐祸。

行善想要别人看见，那不是真善；作恶怕别人知道，那就是大恶。

见到美色就生起邪念，报应会落在妻子女儿身上；怀恨在心而暗中谋算他人，灾祸会延及子孙 。

家庭和睦，即使吃不上饭，也会有欢乐；国学的学习完毕，即使口袋里没有余钱，也会自得其乐。

读书志在成为圣贤，而并非仅仅为了科举考试；为官则心存君主国家，不要只考虑自己的家庭。

安守本分，顺应时势变化，上天自有安排。

如果能够这样做人，那就差不多和圣贤接近了。

五十年代的笔记

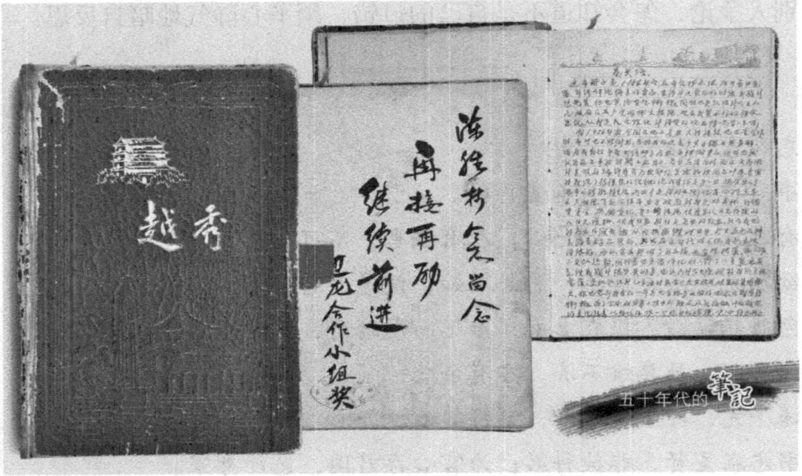

导言：这是一段尘封了 50 多年的历史，里面记录着父亲在上个世纪五十年代的生活轨迹和心路历程。

解放初期，全国范围内掀起了对于农业、资本主义工商业和手工业进行社会主义改造的热潮，经济建设有条不紊地展开。父亲是旧社会的过来人，1953 年由做小贩生意转为做手工车衣。1955 年国家实行大店联营、小店合作的资本主义工商业和手工业改造政策，父亲加入了有 6 户个体小店组成的合作商店并被指定为负责人，1958 年公社化时合作商店过渡到供销社。就是在这样的历史背景下，父亲被派往韶关南华寺“工商业社会主义改造讲习班”学习。4 个月的时间，父亲写了 10 多篇学习生活笔记，字里行间可以看出父亲是一个带有旧社会胎记，新社会要求思想进步，爱国爱家、是非分明，刻苦敬业的开明人士。时至今日，他的思想行为和好学求知的精神仍然蕴涵着时代的观念价值，为后人温故而思今。

卷头语（1957 年 2 月）

这本册子是 1956 年在本合作小组劳动竞赛年终评比得来的奖品。得到这个奖品我感到很光荣，但也觉得有些惭愧，也更加认识到今天人民政府及共产党的伟大。我禁不住饮水思源，把我从走入合作社得到奖励的情况说一说。

1955 年春，全国各地工商业大张旗鼓地合作合营，本圩也不例外。当时我心里千头万绪，百愁莫解。因为我自前两年停却了商业，单独做车衣，就是认为解放后以工业为上，商业是没用的。而这次合作合营高潮的到来，政府划归我为商业部门。负责私营改造的叶逢青同志对我说了很清楚的话，说如果你走手工业，你余业（即待业）人多，根本不能维持生活，商业才是你的出路，但我总是心存疑虑。合作后，由于政府的关怀，如借贷资金，照顾货源等，使我的生活日见好转，收入日见增加，使我日益相信走商业道路的好处。所以我也对商业日益感兴趣，从而积极钻研业务，扩大花色品种来满足群众的需要。到年终时，我们不但生活得很好，而且全家都做了新衣服，还有些积累。同时在劳动竞赛评比时又得了一等奖，使我感到很光荣，工作也更加起劲，认识到党政对我们的关怀爱护和毛主席对私营工商业改造政策的英明伟大。但也想到一年来自己有很多做得不够的地方而感到惭愧。虚心使人进步，骄傲使人落后，学习象逆水行舟，一槁不可缓。为了将今后日常学习工作中所接触而感想到的事记起来，作为笔记，以便作一个借鉴，现在我就将这本册子命名为“独醒轩随感录”吧。

号　角（1959 年 3 月 16 日　作于南华寺宿舍）

祖国的号角，在哗啦啦地响，
爱国的健儿们，奔赴向前方；
不怕北风的怒吼，不怕汹涌的波浪，
把身体锻炼得更加强壮。
啊！他们的热血，何等汪洋；
为了祖国的建设，保卫着辽阔的边疆。

祖国的号角，在哗啦啦地响，
勇敢的工人们，走进了工厂；
不怕酷热的高温，不顾满身的肮脏，
日以继夜地坚守在炉旁。
啊！他们的决心，何等坚强；
为了支援祖国的建设，炼出了流水般的钢。

祖国的号角，在哗啦啦地响，
五亿的农民们，踏上了土地的战场；
北风当扇拨，流汗当冲凉，
农具当作战斗的刀枪。
啊！他们的口号和干劲是多么雄壮；
为了支援祖国的工业，争取多打食粮。

祖国的号角，在不断地响，
学习、劳动、生产，多么紧张，
未来的建设事业，他们一肩负上。
啊！他们的歌声，是多么嘹亮；
为了祖国的科学，决不负人民的期望。

祖国的号角，在不断地响，
我们工商业者，来到学习的地方，
劳动生产、提高认识、改造思想；
工农同志们的干劲，是我们学习的榜样。
啊！党的关怀爱护，何等深长；
在大跃进的年代里，我们迎头赶上；
贡献出自己的技能，使粮食和钢铁元帅早日升帐。

祖国的号角，在越吹越响，

六万万的同胞们，奋勇前往；
为了世界和平，为了台湾早日解放，
我们一步也不退让。
啊！我们紧密地团结，发挥无比的力量；
为了祖国的富强，实现毛主席的伟大理想。

接到三封信（1959 年 3 月 21 日）

我从 2 月 14 号离开企业和家庭来到南华寺学习，不觉过去 1 个多月了。这段时间真是度日如年，很不安心。主要是我从来不曾离开过家庭，我那可爱的孩子们时刻都在眼帘前，活泼可爱。同时企业人手少，交给爱人单独负责，对商品供应、保管、陈列和顾客服务都一定比较差。加上爱人怀孕在身，业务忙、负担重等等，使我整天整地在思念着，越想越难过，真是“愁人夜长、忘士日短”。所以对学习更感不到什么兴趣，同时老师们讲白话听不懂，那就雪上加霜，越发难过了。

在这千头万绪、愁闷不安、度日如年的日子里，今天忽然接到三封信。一封是家里来的，报告家中大小平安，孩子活泼可爱，两个孩子入了学，两个孩子进了幼儿园，企业也不太忙，还派禄初同志（供销社负责人）来相帮，叫我一切别留心；第二封是禄初和作南同志的来信，他们叫我不要挂念企业的事情，会有人帮理的，也不要挂念家庭的事情，有困难会帮助解决，叫我要珍惜光阴，努力学习，做一个良好的学员，同时告诉我公社把财经下放给原小社包干，更有利于发展生产等等；第三封是上谦同志的来信，告诉我付来薪水 15 元，剩余转给我家用，及叫我安心学习和我家里很平安等等。这些信，好似给我服了一剂清醒药，愁苦了一个多月的心头一时大为释放，满心欢喜。对学习和劳动鼓起了信心和干劲，好似浓阴的天空出现了太阳一样。

在这些信中我体会到党对我们的关怀真是无微不至，不但在生活上被给予照顾，精神上也得到安慰和鼓励。我一定要好好学习，努力劳动来改造自己。回去企业后，事事发挥骨干带头作用，做一个光荣的商业人员，贡献出自己的才能，忠诚为人民服务，报答党的关怀。

学完了第一单元（1959年3月26日）

我们学习的课程分三个单元：第一国际形势，第二人民公社，第三自我改造。

从3月初起至26日止学完了第一单元，我得到很大的收获。

过去我也常常看报纸刊物，对一些国际形势问题也有一些认识，但都是坐井观天，表面上道理很清楚，心里倒有许多抵触的地方。如认为东风压倒西风提得过早，台湾解放暂时力量不足，反动派目前还有相当大的势力，不能就说是纸老虎等模糊思想。经过这几个星期的学习，得到了正确的认识，在社会主义阵营里，几年来的发展速度是惊人的，每一年的跃进，资本主义国家都要用几十年才能做到。同时在科学上苏联也占了最高峰，加上全世界民族民主革命的发展，帝国主义的经济恶化，矛盾重重，正如毛主席说的敌人一天天烂下去，我们一天天好起来。从这些形势看来，东风不仅压倒西风，而且西风会越吹越弱。

其次是台湾局势问题，我也认识到我们国家有足够的力量解放台湾，但为了台湾善良人民的安全，为了和平解决的愿望，为了台湾的土地不受炮火的蹂躏，我们总理提出和平解放台湾，是正确的苦口婆心的行动。同时也认识到台湾蒋匪官兵人心离散，互不信任的情况和台湾人民热爱祖国，渴望解放的心灵；更加认识到美帝侵略台湾，干涉我国内政，扰乱世界和平的狰狞面目。

再次对一切帝国主义和反动派都是纸老虎的问题也有新的认识。从历史发展的趋势来看，朝鲜战争、埃及战争、越南战争及第一、二次世界大战都证明帝国主义是外强中干的纸老虎，这是无可非议的。

总之，学过了第一单元之后，我的思想得到了更明确的认识。帝国主义如夕阳西下，社会主义如旭日东升，解除了过去许多不正确的片面的看法。同时也改正了我初来学习时认为学习无益处和我个人不需要再改造的错误思想，通过学习提高了我的政治认识，树立起坚决走社会主义道路的信心，和全国人民一道奋勇前进。

附学习有感竹枝词10首：

（一）

历史车轮不可移，疯狂挣扎帝美英，

西山日落临敌国，社会主义万里时。

（二）

希魔东孽法西斯，狰狞面目世人屠，

苏军反攻柏林城，关东军败两相休。

（三）

二战烽烟连五洲，自由独立起洪流，

气焰疯狂诸帝国，反抗浪潮遍全球。

（四）

举世闻声劈一雷，和平威力震华夷，

魂惊蒋贼逃台岛，生灵从此得乐居。

（五）

中华祖国铁钢城，遍地青年尽请缨①，

班超②继起书生振，边防战士效刘琨③。

（六）

笑皱英美少爷兵，朝鲜尝尽苦与辛，

风声鹤唳皆抛甲，草木犹惊梦里魂。

（七）

科学寰宇独逞雄，苏联跃上最高峰，

卫星三遍离尘出，箭头直上广寒宫。

（八）

英美帝国日萧条，经济危机国动摇，

四面楚歌堪致命，临危挣扎枉徒劳。

（九）

汪洋澎湃气吞虹，保卫和平树绩功，

为首苏联群仰望，戳穿纸虎乘东风。

注：①参加抗美援朝志愿军。②班超，东汉著名军事家和外交家，曾出使西域，屡立战功，封定远侯，青史载功勋。③刘琨，西晋诗人，爱国将领，是抗击匈奴入侵的功臣名将。

（十）

主席丰功永不磨，到处犹闻击穰歌，

九年建设超前百，钢铁粮食满山河。

支援春耕抢插（1959年4月6日至13日）

在阳光明媚的春天，我们班组织180人的支援春耕抢插队，分为12个小队，每队15人，到付溪村饶屋帮耕。为了密切和农民的感情，树立劳动观点，我们都自带被帐等用具，和农民三同（同吃同住同劳动）。7至12号整整6天，我们都与农民一样下地干活，农民对我们也很好，感情很融洽，思想上更能认识到劳动人民的艰苦朴素、勤劳勇敢和干劲冲天的精神，同时自己的体力也得到了锻炼，真是莫大的收获。

劳动的第一天，便是莳田插秧，去年我虽然在农村做过，但是不大熟练，插了半天，手软痛起来，便转向挑秧，开始肩上感觉有些痛，不久痛得更厉害，我也忍耐坚持下去，后来逐渐好起来，感到不怎么痛了。在劳动的第一二天晚上回来，满身酸痛，疲倦困苦，我想农民成年累月地干都不觉得辛苦，而且他们干劲比我们还大，工作效率更高，为什么我们不能坚持下去呢？现在政府号召下放人员，每个人都要从事劳动，假如我们不来锻炼，哪能体会到劳动人民的价值呢？所以我还是克服困难，鼓足干劲，积极劳动，第三天以后身体也适应过来，不但不觉得辛苦，反而有些愉快了。

这次帮耕，我体会到劳动农民的干劲和那艰苦朴素的精神是我们工商界学习的榜样，同时也是从劳动锻炼中改造自己本质的好方法。剔除轻视劳动的思想，树立劳动创造世界的观点，才能更好地为社会主义服务。

乐昌行（1959年4月13、14日）

今天是13号，上午帮耕回来，班里开了一个会总结这次帮耕的成绩，然后宣布放假休息二天。离家较近的同学都准备还家，我也就趁此机会去乐昌到内弟展彝处一行。

下午 6 点 50 分，我从马坝乘火车前去乐昌（车费 1.16 元），晚上 9 点到达，同行的乐昌同学，引领我到县商业局去找琼香。我在三八门市里面坐了一下，琼香恰好下班，见到我随即摇电话至一中叫展彝，学校说他已回家，便随琼香走路到他们家见到了彝弟。离别 7 年的至亲，相见万分高兴，略叙离别之情后便宿于彝弟家中，是夜已经 12 点了。

五十年前琼香展彝（前排左一、二）朱军德琨（左三、四）与亲人乐昌合影

翌晨见到了他们的儿女小青和虹霓，真是天真活泼伶俐可爱，兄妹俩不停地叫我“姑爷、姑爷”，见到这样活泼可爱的孩子，心里十分高兴，保姆也笑容满面，态度和蔼可亲，我特别感到他们的小家庭是多么美满幸福。

早饭后，我与彝弟来到乐昌中学，看看他的学生们正在自己建筑的校舍和其它勤工俭学做出的成绩。由于早饭时我喝了点酒，觉得有点头晕，便在彝弟卧室里睡了一觉，下午 3 点与彝弟游乐昌县城，晚饭后与彝弟去看戏，是晚 11 点到火车站搭车返韶关，彝弟与琼香亲自送我到车站话别。我乘坐的火车于 11 点半开车，凌晨 2 点到达马坝，3 点半安抵南华寺班部。

这次出行走亲戚，使我最羡慕的就是展彝弟美满幸福的小家庭，他们的孩子是多么清洁活泼可爱，他们的生活是多么美满愉快，他们夫妻俩是多么和蔼相亲。我学习回去后，也决心让自己的家庭也以他们为榜样，教育好孩子，希望他们在新社会做出伟大的事业来。

五十年后舅妈琼香（二排左四）德琨（左五）与亲人河源合影

难忘的友谊（1959 年 4 月 15 日）

我自 14 日夜由乐昌回来，感到最难忘的事就是同学们的友谊。当我回到班里时，已是深夜 3 点半了，肚子很饿，而戴佛金和龚监章两位同学早已把晚饭取好留着，又将其回家带来的田螺留些给我吃，使我感到又饱又舒适，心里有说不尽的感激。第二天，我去找帮耕时那套肮脏未洗的衣服，才知道戴佛金同学已经帮我洗干净晒去了，使我更加感动。俗云在家靠父母，出门靠朋友，这句话真的不错。不仅这样，在我们学习相处的几个月中他们二人都是和兄弟一样地相爱相助，从未论长论短、计较高低，在我心头留下了难忘的深厚友谊。

可是在小队里，有的同学是不同的，自高自大瞧不起人。如我们的小队长，全队学习讨论时有提出与他意见相反的，则施行压制，如有批评他的，则私图报复，满怀妒忌。他自己又胸无点墨，害怕劳动，无半点带头作用，个性固执，让全小队的同学个个不满。只不过大家都认为学习时间不过 4 个月，认识他不理睬他就是了，所以也不去反对他。

我是一个个性强，敢说真话的人，对这种人当然看不习惯。最初我提出他压制别人发言的缺点后，他就怀恨在心，利用我无意的小事诬蔑指责，打击报复。当然我也是吓不倒的，我从来不会阿谀奉承，也不会看轻别人，对朋友我是谦虚相爱，象戴佛金龚监章同学，我随时抱着报答帮助的诚意。但对自高自大，看不起别人又盛气凌人的人，我也看不起他，也不怕他。这就是我生平的性格。我常常以“虚心使人进步，骄傲使人落后”这句格言作为我生平行动的指南针。

接到了家信（1959 年 4 月 22 日）

今天接到了家里来信，知道泉珍于本月 16 日夜（农历三月初九）下产了。生了一个男孩，母子二人身体平安，孩子健壮活泼可爱，使我学习以来一直挂念的事放下了，同时知道岳母恰恰于 13 日上来店里，这更使我喜出望外，因为在产期有了她老人家帮助，家里的孩子们和产妇的一切和生活，都能很好地处理，真是锦上添花了。

虽然在新社会男女平等，生男孩和女孩都是一样，可是在封建思想长期影响下的我，生男孩更加高兴。我已有三个男孩和一个女儿，还是认为越多越好，虽然负担越来越重，不管怎样总是欢喜在心头，有说不尽的愉快。

现在我是一个多孩子的父亲，负担着抚育后一代的重大责任。我随时都在想，我未来的一切，都寄托在这些孩子们的身上。孩子象我亲手栽种的果树一样，希望他们开出美丽的鲜花和结出丰硕的果实来。所以我毕生的劳动代价，都付出在孩子们的身上。孩子是我的后继者，我要好好地教育他们，使他们成为爱祖国、爱人民、爱父母的劳动者，更希望他们有远大的理想和高深宏博的才学来为人民服务。同时也希望他们兄弟姊妹间互相团结爱护，兄友弟恭，使我家庭幸福美满，使我夫妻俩安享老年的幸福。在这新社会里，我的理想一定是能够实现的。

粮食的我感（1959年5月1日）

昨晚（4月30日）班部召开一个会议。班主任报告说，为了支援农村，我们的粮食从4月份的19斤，自5月1日起减为16斤。当时听到粮食这样不断地减少，心里有说不出的抵触。我想，在58年大跃进的时候，我们粮食是翻一番的，而且全国各地的小麦又空前丰收，为什么减了又减呢？肚子饿了怎么办？能抑制得住吗？学习情绪不会低落吗？这些思想不断地在脑海里缠绕着。

在不断思想的长夜里，终于得到了答案。在学习第二单元第一课的时候，廖老师列举许多事实来说明58年粮食翻一番的证据，如据韶关粮局的统计，从58年以前韶关每月销售粮食数为28万斤，至59年每月上升到38万斤，到现在实增到42万斤，这是由于全民大办工业，大搞钢铁而增加许多工人，这些工人本来在农村是可以少吃点的，但由于转向重工业的劳动，每人每月的粮食都在45斤（大米）以上。在前段时期，甚至有吃60至80斤的（因不限量），比在农村每人每月增加大米15斤至20斤。而59年是更大跃进的一年，工厂兴办如雨后春笋，工人大大地增多，这样来推算对粮食销量增长的数字，就可想而知了；其次在1958年10月以后，农村都是吃饭不要钱，尽肚子吃饱而取消了限量，不但粮食的数量大大增加，而且普遍出现了严重的浪费现象，加上由于施行小株密植，谷种过去每亩田留10多斤，而现在每亩要留35至40斤，每亩增加25斤左右，在这广阔的土地里，需要的谷种也增加得难以统计了，再加上1958年饼食加工大量增加和市场饭店的大量供应等等，这样算一算，现在1个月的消费数就等于前段6个月的数量了，加上今后我国还要大办工业，争取1959年的更大跃进，对粮食消费需要更多，现在离夏收的时间还有二个多月，这样看起来我们目前节约粮食是非常正确而且必要的了。

事情就这样认识过来，自思自解地安慰了心里的情绪，可肚子饿总是事实，又怎样来对待呢？我想要从多方面去克服。第一要从思想上克制，不要斤斤计较到肚腹中去，把精神集中到学习的课本上和讨论上，这样一方面可以提高学习情绪，另一方面减少腹饥的抵触，古人“发奋忘食”，吾当效之；其次在班部统一布置之下，多方寻找野生植物（黄狗头、野艾等）作补充食物，这样熬过几个月，饥饿一定会过去的。这就是我对这次减粮的看法，同时我想起了古人之苦而感我们的今日之乐。

悯农

锄禾日当午，汗滴禾下土；
谁知盘中餐，粒粒皆辛苦。

咏田家

二月卖新丝，五月粜新谷；
医得眼前疮，剜却心头肉。

蚕妇

昨日入城市，归来泪满巾；
遍身罗绮者，不是养蚕人。

咏蚕

辛勤得茧不盈筐，灯下缫丝叹更长。
著处不知来处苦，但贪衣上绣鸳鸯。

老是不改变（1959 年 5 月 9 日）

我在讲习班里，最感头痛的就是听不懂白话。这首先应该归咎自己，因为我国的方言是多种多样的，每处都有所不同。而我长期住在廻龙圩，从未到过其它地方，听的讲的都是客家人的语言，所以在语言的多样化方面，自己有一个缺点，这也是环境所致。

1958 年，中央为了统一全国语言，指示全国推行普通话，学习普通话。这是一个很好的指示，各个机关、学校、企业、团体都作为一件政治任务来看待，非常重视，立即行动起来。

奇怪的是在韶关工商界讲习班里，这件事却肃肃不闻，从未听过讲国语。虽然讲习班的任务是为了改造私营工商业者的政治思想立场观点，是锻炼工商业者重视劳动的场所，但对推广普通话也是有责任的。试看今天每一个城市圩镇商店里都贴了许多墙标：“同志，请讲普通话。”我们工商界是负责商品流转供应的人，与广大群众接触最广，关系很密切，而且在每个商店里，自己眼前也贴着请讲普通话的标语，而自己不会讲，又怎能推动群众来讲呢？我们在企业很少有学习的机会，而脱产来到这里学习，安排点时间学习普通话，是一个很好的机会。奇怪的是，班里不但没有安排上课教学普通话，而且也没有推行大家来讲，甚至连老师讲课都是白话一套。虽然我们提出过这个问题，但得到的回答是照顾到一些人的听话习惯。可是我想，为了照顾讲习班少数人的听话习惯而忽视全国广大人民普遍推行的普通话的习惯，不是很矛盾吗？我想老是不改变的话，这对政府推广普通话的指示未免太忽视了，也使大多数同学失去了学点普通话的迫切希望。

对揭发两个学员的看法（1959 年 5 月 11 日）

昨天我们班里揭发出两个学员的严重错误，使我得到一个深刻的认识。

事情是这样的：有一个学员是英德县一间饼食加工厂的负责人，他两次借关心同学的名义，回单位找领导批条多买了 60 斤饼食，然后卖给同学，5 分钱 1 个的饼卖 1 角，1.27 元 1 斤的卖 2.10 元，从中牟取暴利。另一个学员也是一个门市负责人，到广州借探亲之名，买回 12 斤水果糖，每只以 2 分钱出售谋利。同时二人都超过了一天的假期。

他们不是抱着学习的态度，而是钻空子，把讲习班作为黑市赚钱的场所，我认为对国家，对人民，对同学，对自己都是非常不利的事情。解放 9 年来，党对工商界无微不至的关怀和教育，从安排互助过渡到国营，寄托于重任，使工商界得到劳动人民的看重。但是他们违反思想改造，无顾纪律，不顾同学友爱，把班部作为投机场所，见利忘记了一切，辜负了党的培养教育，辜负了人民的大米，这对他们的前途是非常危险的。但是能够及早回头，跟着时代前进的话，还是有益的。同时也证明工商界改造是一个长期、复杂的过程，绝不是短短几年就可以解决的事情。我们还要加强信心，热爱改造，彻底割断资产阶级的思想，树立人人为我、我为人人的思想立场，才能和全国人民一道，共同过渡到美好幸福的社会主义——共产主义的环境里，也才能受到广大人民的看重和爱戴，对自己的人生也才有意义。

谈自私的本位主义（1959 年 5 月 15 日）

解放几年来，党时常教育一切机关团体和个人都要打破自私本位主义，树立个人利益服从大众利益、集体利益和国家整体利益的思想。这个伟大号召，在全国各地区都响应起来，树立“人人为我，我为人人”的思想作风，这是在伟大的共产党和英明领袖毛主席领导下，才能做到的事。

可是在个人方面，有些人表面上口口声声说的很漂亮，同时也会教育别人，一旦发生在自己身上，则表现得不同了。拿件事情来说吧，我们班里不少同学家里或亲朋寄包裹来，接到包裹通知就要向队长请假去马坝邮局取，但所有请假的人都得不到批准，原因是专为拿包裹浪费了半天的时间，妨碍了学习。但是，今天队长突然来到宿舍对邝堆昌同学说：“阿邝，你到有包裹通知，现在去马坝取回来吧。”当下大家都觉得奇怪，为什么别人请假都不准，而今天反而主动叫邝同学到马坝去取呢？后来才知道他自己也有一个 10 多斤重的包裹要取回来，所以批假叫人代劳，这不是自私本位的表现吗？当然，自私本位思想是长期性的斗争解决工作，在我们工商界是普遍存在的，我本人也不例外。但身为领导，口口声声教育别人，而自己又另做一套，只教育他人而不教育自己，这样怎能为大家树立榜样呢?我是一个直白的人，心里对这件事情有所感，所以写下来。

十天来的苦闷（1959 年 5 月 18 日）

我在 4 月23 日到樟市公社参观访问时，由于吃了蕉头板，肚子寒，连续几天腹泻，身体弄得很疲倦，29 日才回班。五一节放假两天，又和同学去捡田螺吃了三餐，肚子又痛又泻，好在服了保济丸，慢慢好过来。8 日班里举行大聚餐，吃了用黄狗头做成的五种食品，同学们大吃大喝都发生了肚痛腹泻，我虽然不敢多吃，但也跟着泻起来。以后每天只将家中寄来的芋头干作补助食物，可是肚子经过几次的下泻，加上芋头干又是寒凉的，这样吃了几天肚子又痛又泻起来，使我感到特别痛苦。

经过几次腹泻，又没有什么药吃，身体太弱了，遍身骨瘦，体重减了许多，而且日常的饮食又是比较寒凉的，芋头干也不敢再吃，想吃点其他的东西，有钱也买不到，每天只能忍着肚子饥饿和疼痛，不禁想起在家千日好，出门事事难的话，越想越苦闷，真是度日如年，恨不得一下子结业回到家里去。如今离放假还有一个月的时间，唉，越想越难过越苦闷。现在我对饮食更加留心，也不敢去找野菜吃，只有坚持心里的苦闷，等待着放假回家。

谈共产主义风格（1959 年 5 月 28 日）

我国解放几年来，全国人民在党的领导下，经过了土地改革和农业合作化进而到人民公社，也经过了整风反右等一系列的运动。人民生活大大改善，人民思想觉悟大大提高，到处出现了拾金不昧，舍己为人的新人新事，新社会“人人为我，我为人人”的共产主义风尚可谓是史无前例的，说来真使每个中国人自豪。

可是在人口众多情况复杂的社会中，也还有不少自私本位的人，尤其在我们工商界里面更为严重。因为工商界的本质是长期受了资本主义毒素的影响，损人利己的思想一时还未能彻底改造过来，碰到事情的关键时就暴露无遗了。今天我们讲习班 200 余人到沙溪地方去担运木柴，早上 7 点出发。由于往返有 50 多华里，班部在沙溪煮粥给大家作为午点。当我们担柴回到沙溪准备吃午点，由于人多粥煮不过来，好多人便到不远的沙溪圩买一些自己合意的东西，我也一同去了。等我和这 20 多个同学回来时粥已经吃光了。我们只能空着肚子担柴回来。这件事虽然怨我们没有及时赶回来，但我还是有一种感觉。

本来这不算什么大事情，可是这个月每人每天只吃 8 两大米，同学们刻苦耐劳、忍饥挨饿地学习和劳动，这次远出担柴，中午的午点对每个同学就比较重要了。作为大队的领导也要留心本队的同学，关心大家。但是有些同学提出还有好多同学未回来时，队长说不要管他，我们自己吃。虽然是我们没有做好，迟到了没有吃上粥，队长反而冷言冷语说我们不来吃，害得他吃得十分饱等等，还批评我们违反了集体主义。在新社会里，我们对朋友对同学应该互相爱护，互相关怀，而这样的队长能称是团结友爱，互助互让吗？这与共产主义风格，做到“人人为我，我为人人”的思想和行动，就更有天壤之别了。我们来这里学习，目的是为了改造思想，而身为做领导的人更要树立榜样，为同学们效法，但是这样的做事风格就可想而知了，看看罗状元的《醒世诗》：

人情相见不如初，多少贤良在困途。
锦上添花天下有，雪中送炭世间无。
时来易得金千两，运去难赊酒半壶。
堪叹世情亲戚友，谁人恳济急时无。

这首诗在今天社会是过了时的，但比之我这次的感想则有可取。

（罗状元，明朝江西吉水县人，为人公正，人格高尚，办理事务忠直殷勤。）

深刻的体会（1959 年 6 月 15 日学习总结）

我自 2 月 14 日来这里学习，转眼间 4 个月过去了，在这 4 个月中，最初的一个星期是预学阶段，说明教学的方针和目的，然后分为三个单元课程。

在学习过程中，得到党的关怀和讲师们的辛勤讲解和启发指示，以及同学们的帮助，得到了莫大的收益。不论在政治思想立场认识等方面，都左转了一大步，也可以说是我有生以来的一次大进步，真是学习 4 个月，胜读十年书。这种收获，使我有很深刻的体会，现在总结出来，作为日后工作的参考和借鉴。

一、对国际形势看法的改变

我在来学习前曾错误地认为：

1. 帝国主义到处建立军事基地，设置导弹火箭，举行军事演习和核武器试验等，武力是非常强大，武器是非常厉害的。

2. 在物质方面，我民主国家的产品质量，如衣车、单车、手表等日常用品许多不及帝国主义国家的质量，而且也没有帝国主义国家丰富。

3. 苏联提出 15 年赶上美国，我国提出 15 年赶上英国，就是说现在民主国家还不如帝国主义国家。

4. 对解放台湾还没有足够的力量，苏联和我国的海军都很薄弱。

5. 对西藏叛乱中央处理过于宽大，造成国家的损失和威信降低。

通过学习后深刻认识到：

1. 从帝国主义的本质来看，它是反历史反人民的，它们国内的一切大企业大资源都垄断在少数的军阀财团手里，一切政权制度都是为了保护少数人的利益，而剥削大多数的人民，用种种手段榨取广大工人的劳动价值，使工人只得到最低的物质享受，而去满足少数人的欲望。它的一切生产都是无计划的，片面追求高额利润而盲目生产，造成了生产过剩。因此帝国主义由于市场的缩小和原料的缺乏而不断地降低工资，用压榨工人的血汗来维持生产，甚至停止生产，使工人失业。同时由于工人受到不断的压迫和生活水平的降低而起来反抗，出现罢工高潮，这样又出现了世界人民和他本国人民愈来愈大的反抗高潮。另一方面，由于生产过剩的逼迫，就产生了对外争取国际市场，对一切不发达的国家倾销剩余物资和吸取工业原料来维持正常生产，从而走上侵略别国的道路。如现在美帝到处建立军事基地，设置导弹火箭等等都是为了倾销剩余军事装备，从各小国里榨取高额利润和换回工业原料等来摆脱本国经济危机，进一步造成紧张局势，达到获取更高利润的目的，把它作为摆脱危机的唯一途径。所以危机愈深疯狂就愈大，现在的行动就是垂死挣扎的最大行动。由于这样的结果，使各小国日益受到经济政治侵略的痛苦，认识了帝国主义的真相，而不断的进行民族民主革命。

2. 从历史情况来看，在第一次世界大战后仅出现了一个社会主义国家，而第二次世界大战以来就连续出现了 11 个民主国家，而且出现了 21 个民族民主独立的国家，这些都证明了帝国主义日趋灭亡的历史必然趋势。同时朝鲜战争和埃及战争，印度支那停战，匈牙利暴乱的镇压，干涉印度尼西亚的失败，伊拉克革命的胜利及侵略黎巴嫩和约旦的撤兵，都证明着帝国主义外强中干的纸老虎原形。

3. 从生产进度来看，英帝国主义的用了 100 多年的时间，美帝和西德用了50 多年的时间才建成了工业化的国家，物质才比较丰富些。而苏联仅仅用了12 年的时间就建成了工业化的强国。我国 6 年来钢和煤产量增长的速度，英国就要 50 多年的时间才能达到。目前煤的生产我国已经把英国抛在后面，6 年来一切生产的速度对于帝国主义国家都要用几十年的时间才能达到。

4. 从科学技术的发展来看，美帝第一次在日本投下原子弹的时候，就大吹大擂它的威力，可是不到几年，苏联也能制造出来，而且用到生产方面去。接着苏联发射了第一个人造卫星，并且成功地发射了洲际导弹和宇宙火箭，以及比美国早了三年半建成世界上第一个原子能发电站，比英国早二年多制成了第一架喷气式客机，连美国的氢弹之父泰勒博士也不得不承认苏联科学的进步。美帝国防部副部长卡利斯也说美国在十年内培养的科学技术人员，看来不可能赶上苏联，这就说明苏联的科学已经走在世界前面了。

5. 对台湾问题：台湾是我国的领土，解放台湾是自己的内政，美帝武装侵略台湾，是使台湾造成紧张局势，干涉我国内政，危害亚洲和平。从周总理的声明及彭德怀部长的《告台湾同胞书》中可以看出，祖国对台湾解放采取和平的态度，因为台湾是祖国的领土，台湾人民是祖国的同胞，假如用武力解放，台湾的建设和人民都会遭到极大的损伤，都是不利的。只要台湾蒋军官兵认清敌我，觉悟过来，归随祖国怀抱，中央政府都是以爱国一家的原则，不咎既往而竭诚欢迎的。同时台湾人民和军士在美蒋压榨下，反抗的情绪越来越高，加上蒋军官兵内部互不信任，矛盾重重，对台湾的和平解放，也是指日可待。若台湾蒋军冥顽不灵，至死不悟，我们是完全有足够的实力来解放的。至于海军力量问题，因为苏联与我国不是侵略国家，不需要大型航空母舰和庞大的海军组织，只要足够保卫自己的国防就够了。

6. 对西藏问题：中央对西藏的宽大措施是执行民族政策的正确措施。这次叛乱，使西藏人民从根本上认识到叛乱份子杀人放火，奸淫掳掠的兽行本质，而使叛乱份子愈形孤立而至灭亡，也进一步认识到人民解放军的崇高品德而衷心爱戴，使西藏僧俗人民更加热爱祖国，拥护中央民族政策和一切法令，认识农奴制度枷锁的痛苦，而迫切要求改革，走向新生道路，加速实现西藏的建设，因此对祖国的统一愈加巩固，国家的威信也大大提高。

总之，通过学习，认识到帝国主义必然灭亡的真理，在目前生产速度发展的形势下，东风已经压倒了西风，而且继续压倒西风，敌人一天天烂下去，我们一天天好起来。

二、对祖国建设的成就和政策方针路线及任务的认识

我来学习前的看法：

1. 对粮食的压缩和食品供应紧张，认为58年的粮食是没有增产的。

2. 以钢为纲，全民大炼钢铁影响了轻工业品的生产和怀疑58年的大跃进造成了供应减少。

3. 对人民公社的优越性认识不够，以为实现农村工业化、机械化、电器化是遥远的事，同时公社体制下放，是倒退到高级社。

4. 认为建立了人民公社就是正式的社会主义。

5. 对共产主义实现的条件不明确又不知道怎样才算是共产主义。

6. 对增产节约的意义认识不足，认为几年来都在开展，没有多大的潜力等等。

通过学习后认识到：

1. 1958年的成绩的确是非常伟大真实的。如粮食增产和副食品工业品的供应增加得很多，但是今年口粮为什么又要压缩呢？这主要有三个原因：①由于大炼钢铁工业人口的增加，1958年我国的工业人口增加了800万人，同时农村大搞土法炼铁，粮食数量数倍增加。②由于农业大丰收，农村出现了乐观情绪取消了限量，而且又出现了大批浪费现象。③由于推行小株密植，增加了留种数量，过去每亩留谷种15斤，现在要40斤，与此同时，市场饭店供应和饼食供应增加等等，这些数字加起来是非常惊人的。同时今年继续大炼钢铁，扩建新建工厂，增加工人，所以暂时压缩一些食粮是非常必要的。将 1958 年与 1957 年商店销售数字进行对比，副食品和工业品的供应的确增加了很多，但仍然出现供应紧张，它的原因有二个：①由于人们生活的改善，生产赶不上需要，1958 年国家增加了 800 万工人，付出了巨大的工资，农村转了公社，按月发薪，许多过去没有薪领的，而现在普遍都有收入，加上吃饭不要钱，减轻了负担，所有的钱都用在购买工业品和改善伙食方面，同时许多商品性的生产变为自给。②人为造成紧张，许多生产队强调农业和钢铁生产，之前做农副产品的社员都转去做重点工作，而一般民众，因看到物质供应紧张，有钱也不愿储蓄，争先恐后购买，许多暂时不用的东西也事先买了囤积起来。

2. 全民大炼钢铁运动，不但不会影响轻工业的生产，而且是推动生产，带动全面跃进的措施。我国社会主义建设的方针，是两条腿走路的一整套方针，也是在优先发展重工业的基础上，实行工业和农业同时并举，重工业和轻工业同时并举，中央工业和地方工业同时并举，大型企业和中小型企业同时并举，洋法生产和土法生产同时并举，这也是多块好省地加速社会主义建设的路线，必须优先发展重工业，才能得到更多的钢铁来制造轻工业的机械车床、农业的拖拉机和制造运输上所用的机车等等，才能迅速地增加轻工业产品和农业所必需的资料，才能更快地满足群众日益增长的需要。

3. 在人民公社优越性方面，通过参观樟市人民公社后，看到了铁的事实，这个社创办不到一年，就建起了水力发电站，万能综合工厂，买了四架拖拉机和二架汽车，建成了横直交错的公路网和新型宽敞的商店、人民医院、邮电局、农械厂等等，这些都是高级社所不能办到的事，是公社化带来人民的冲天干劲和“一大二公”（人民公社的规模大、公有化程度高）的优越性才能做到的。公社实行体制下放，对促进农业生产，加速改善人民生活起着积极作用，因为公社掌握着对生产队的生产管理，严格按照生产计划，实行三包一定一奖的生产管理制，更能发挥社员的积极性，刺激生产。所以中央颁布人民公社的新体制，实行“统一领导，队为基础，分级管理，权利下放，三级核算，各计盈亏，物资劳动等价交换，分配计划由社决定，适当积累合理调整，按劳分配承认“差别”的原则，在目前是非常必要而适时的，与原高级社有巨大的区别，是大步向前的措施。

4. 正确认识公社化是建设社会主义的开端。实现社会主义有9项生活标准：每人每天吃1斤大米、半斤猪肉、半斤牛奶、2斤蔬菜、1两油、1斤水果、2个鸡蛋、1两食糖，每人每年棉布10丈。只有以这样的社会主义生活标准为基础，才能进入共产主义的初期，到了正式的共产主义时，一切的美好更可想而知了。

5. 对实现共产主义的条件也有了明确的认识。除了人民生活达到上述的标准外，条件还有：①社会产品极大丰富，这是物质基础。②人民共产主义思想觉悟和道德品质大大提高，这是思想基础。③文化教育普及大大发展。④要消灭三大差别，即城乡差别，工农差别，脑力劳动与体力劳动的差别以及国家对内职权的消失，这样才能实现各尽所能，按需分配。到了那时，没有阶级的存在，一切笨重的劳动都由机械来代替，每天工作6小时，人民以劳动为乐，以劳动为第一需要，每个人都有了高级文化，都掌握了技术成为多面手，一切都富足起来，每个人都能发挥自己的才能智慧为人类做出卓越的贡献。总之，我国目前的路线方针政策和任务，都是促进建设社会主义，准备过渡和实现共产主义的必要措施。

6. 认识到59年是更大更好更全面跃进的一年，也是第二个五年计划有决定意义的一年。党中央提出的任务是艰巨而伟大的，周总理在人代会报告中提出，我们要完成59年的经济任务，要开展以技术革新和技术革命为中心的增产节约运动，有了58年大跃进的物质基础，有了各方面成功的经验，加上公社化带来人民的冲天干劲，目标是完全可以实现的。

三、对自我改造的认识

在来学习前我认为：资产阶级个人主义是旧社会遗留的产物，根深蒂固，到共产主义都是存在的，同时认为我是一个小商贩出身，企业既合并国营，自己也过渡到国营工作，只要自己工作积极，就没有改造的必要。

通过学习深刻认识到：

1. 自己还存在着严重的资产阶级个人主义。具体表现有6个方面：①好出风头，喜功望赏，一有思想抵触，则消极对待。我每时做事都以为自己能力强，积极去干，也为了得到他人对自己的称赞，来抬高自己的地位，但因工作缺点受到批评时，则消极下来坐观成败，显示自己的本领。②本位主义严重。我在合作社及过渡到国营工作时，只顾本门市的工作，解决自己负责的业务，希望占着大量畅销商品，争取红旗，为本单位出色求名，把小单位看成是自己的小王国。③工作动机不正确。做工作首先想到要得到上级领导的好评，第二才是为群众服务。④存在绝对平均主义思想，认为在过渡的私方人员之中，有的能力比我弱，工薪与我也差不多或比我还高，待遇不公平的自私自利思想。⑤有自满思想。认为我一贯对工作积极，曾几次被评为先进工作者，被选为第二届县人民代表，多次得到奖励，我已经改造好了，加上去年过渡到国营，更以为自己不是资产阶级的人了。⑥有狂妄思想。我在企业听领导说过工商界将来可以入党，所以自己在工作中，时时都想做出出色的成绩，博得党的好评和注意，创造条件入党，提高自己的地位。由此看来我的资产阶级个人主义的思想是非常严重的，这种斤斤计较个人利益的腐朽没落思想，是新社会绝对不能容许的。右派分子就是斤斤计较个人的名誉地位、待遇享受，而当其个人欲望不能满足的时候，他就对党不满，对新社会不满，对党结成仇恨，对反社会主义的言论很感兴趣，终于堕落成为右派分子，甚至走到反革命、反社会、反人民方面去，最后为人民所唾弃，以致自取灭亡，这是多么足以警惕的啊。这次学习，真的给我当头一棒，敲起了洪亮的警钟，使我觉醒过来。

2. 对加强改造积极服务的问题，不能认为企业已经过渡到国营，自己是国营职工，只要对企业负责积极工作，就不需要改造了。我的经济实体虽然已经改造过来，但思想改造仍是一件长期的事。积极服务就是为思想改造打好基础，推动改造但不能代替改造。也不能说思想改造好了才能服务，两者是互相联系的，如果只从积极服务方面去努力，而忽视了思想改造，就好像轮船失去了指南针一样，工作就会时冷时热，工作顺利的时候就积极去干，与自己的利益相抵触时，就会消极起来，所以在积极服务的前提下，要不断地加强思想改造。

四、对参加体力劳动的体会

我在企业里也常常参加体力劳动，农忙时也曾去农村参加帮耕抢插，深翻改土等劳动。但从未与农民“三同”过，认为农民的劳动强度比我大，是社会分工造成的，不足为奇，是农民的习惯所致。通过到樟溪的帮耕，与农民“三同”，及到樟市公社参观访问，亲眼看到农民辛勤劳动，每天早出晚归，干劲十足，一心搞好生产，争取丰收，这种朴素勤劳的高贵本质，比起我们斤斤计较生活来对待工作的思想，真是有天地之别。同时通过讲习班种菜的劳动，也体会到劳动得来的不易，所以我要不断地向劳动人民学习，树立劳动人民的思想感情，充分认识劳动的真谛，在劳动生产上要艰苦奋斗，发扬实干、苦干、巧干的精神；在物质生活上要克勤克俭，发扬艰苦朴素、节衣缩食的优良传统，以坚强勇敢的精神面貌去从事艰苦创造性的劳动，以工人农民的劳动态度来改造自己。

五、个人总结规划

解放后在党的教育下，经过整风反右和一系列的运动，我明确地认识到“三不得”（共产党反不得，右派当不得，资本主义道路走不得），这次学习又使自己的思想左转了一大步，使我的政治立场和思想认识基本改造过来，这是4个月来得到的最宝贵的收获。现在我将个人规划制订如下（7至9月底）：

1. 服从党政领导和组织分配的工作，依靠职工群众监督，全心全意为消费者服务，对顾客做到“十满意”。

2. 执行党的方针政策，千方百计完成秋季销售任务。

3. 爱护国家财产，爱护企业，做好商品保管工作，达到3个月无霉坏无变质商品。

4. 每月对技术革新提合理化建议2条以上，对脱销商品尽量用土办法制造代替，并大力增加成衣花色品种，满足顾客需要。

5. 搞好大协作，积极帮助各门市工作，每月帮助各门市搞好技术革新或提合理化建议2条以上。

6. 商品陈列整齐美观，做到有货有价，随时对顾客介绍新品种，解释脱销商品的原因，使顾客满意，7个月内实现“八好”门市。（“八好”红旗标准：①依靠党的领导和群众路线好；②贯彻党的方针政策与上级决议好；③完成业务计划好；④支援工农业生产好；⑤互助协作好；⑥政治思想工作好；⑦服务态度好；⑧改善经营管理好。）

7. 积极参加工商联会议，把每次会议的精神和指示，传达到每个私方人员中去，达到积极服务共同提高。

8. 积极参加体力劳动，帮助农民夏收夏种，随时参加市区义务劳动及卫生工作。

9. 加强学习，每天抽出 1 小时为学习时间，提高自己的政治认识与业务水平。

10. 抛弃资产阶级个人主义思想，树立集体主义思想，随时注意和不断克服个人主义的产生，一切服从整体利益，成为一个“八好”私方人员。

新社会的发展是高速前进的，随时会碰到新事物的发生和变化，这就需要自己不断地学习和改造，怎样来学习和改造呢？首先要认识社会发展的规律，用唯物主义辩证法来分析问题，认清帝国主义必然消灭，共产主义必然到来的真理，坚定信念，树立无产阶级世界观；其次要树立集体主义思想，因为人的思想有资产阶级个人主义的一面，也有无产阶级集体主义的一面，两者是互相转变的,要分清界限，向集体主义方向发展，不断克服和抛弃个人主义，使集体主义思想不断壮大起来；第三要积极参加体力劳动，从劳动中吸取工农群众的集体主义精神，在实际工作中锻炼自己，树立劳动创造世界的观点；第四要时时以毛主席提出的六项政治标准来检查自己，衡量自己，努力学习，加强改造，积极服务；第五要随时学习时事政治，以祖国各方面的伟大成就来鼓舞自己，努力做好企业工作，依靠党政领导和工农群众的监管，用大胆负责的精神，大搞技术革新和技术革命的增产节约运动，制定出切切实实的个人规划，响应省民建和省联工会的伟大号召，做出成绩向十月国庆献礼，这样才不辜负党对我的培养，组织对我的关怀爱护和讲师们的训诲，这才是我光明前进的道路。

未完的续篇（1960 年 5 月 6 日）

我自放下写这本册子，不觉将近一年了。在这一年中，由于从韶关讲习班结业回到企业，整天都忙着工作，且性情散漫，懒于执笔相搁一年之久。今晚稍事闲暇，偶感光阴荏苒，不觉虚度 37 年。回忆初到廻龙，正当年轻，转眼之间将近 20 载之久，但是一事无成，长作商途之客，不禁聊思感怀。

积善余庆度安康

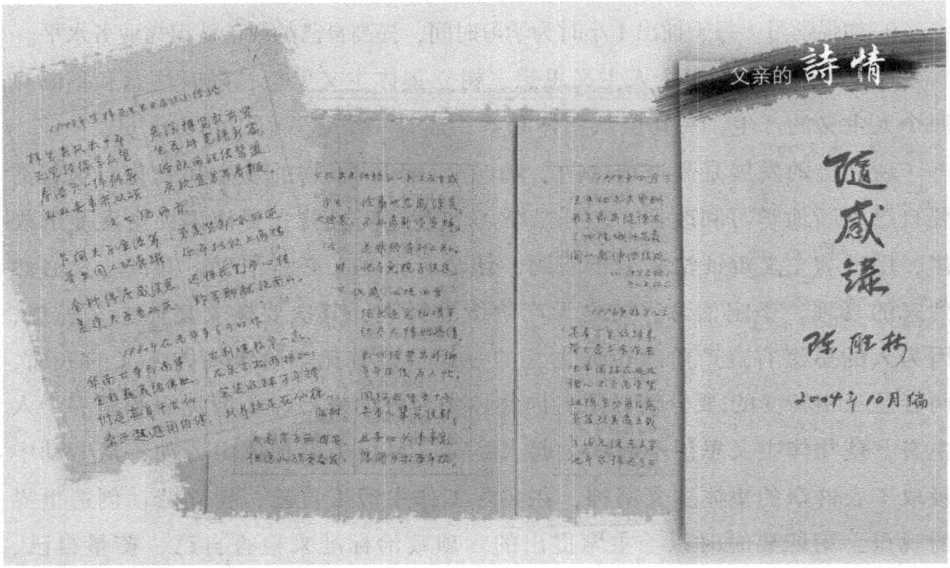

导言:父亲把他自己整理的诗集叫《随感录》,他的诗都是有感而发,与他的人生交织在一起,诗如其人,质朴无华,但是散发着一种亲和亲善的人文情怀。龙川县原教师进修学校吴泉林副校长读过父亲的诗后赞曰:

灵地廻龙藏卧龙,诗词惊世隐家中。

珠玑妙笔抒胸臆,诗韵甘醇情意浓。

下面是父亲的63首诗作:

贺罗梓宏先生生日及次子结婚

梓里①春风数十年,宏深博览效前贤;

先觉经纶孚众望,生花妙笔谱新篇。

注: ①故里。

寿添六一绵鹤算[1]，婚联两姓结鸳盟；
双双喜事齐欢颂，庆祝宜男早着鞭[2]。

罗梓宏先生是父亲小时读古学的启蒙老师。这是 1948 年父亲作的祝贺诗，上阕藏头“梓宏先生”四字，赞颂老师的才华和声望，庆贺老师双喜临门，下阕祝福老师健康长寿及其儿子早生贵子。父亲意犹未尽，又续七绝两首：

乍闻[3]夫子[4]屋添筹，更羡贤郎咏好逑[5]；
受业[6]同人[7]欣雀跃，把盏畅饮上高楼。

金针得度感深恩，还将花笔[8]尽心传；
喜逢夫子重双庆，野芹聊献祝南山。

这两首诗引用了三个典故。“屋添筹”出自“海屋添筹”的成语典故：传说在蓬莱仙岛上三位仙人互相比长寿，其中一位仙人说每当他看到人间的沧海变为良田，就在瓶子里添一个树枝作筹码，现在堆放筹码的屋子已经有十间了。此后“海屋添筹”常用于祝人长寿，比喻寿比南山。

第二个典故是“金针莫度”。传说唐时有一位绣娘，七月初七晚祭织女，织女给她一根金针，从此她刺绣的技能更加精巧。后来金朝诗人元好问作诗曰：“鸳鸯绣出从教看，莫把金针度与人。”意思是说绣出的鸳鸯可以任人欣赏，但刺绣的“金针”（奥秘）却不能传授给别人，借喻写出的诗可以给别人阅读，但作诗的诀窍却不能传给别人。父亲引用这个典故反其意而用之，以“金针得度”之句感恩老师作诗的真传。

第三个典故是野人献芹。有个人发现野芹很好吃，就兴冲冲地与大家分享他的发现。有一土豪也取来尝了一下，没想到土豪吃了拉肚子，大家有点

注：①鹤寿。②勉励人努力进取，这里指早生贵子。③刚刚听到。④称呼老师。⑤配偶。⑥跟随老师学习。⑦相同志向的人。⑧写作才能。

抱怨，那个人自觉惭愧。后来，“野芹”用以自谦所献菲薄。

1970年“一打三反”运动震感①

自愧无成过半生，沧桑世态感凉炎；
作嫁难从姑嫂愿，不如高卧作寒蝉②。

积善之心庆有余，是非终有别人知；
庭前莫栽荆棘树，他年免挽子孙衣。

“一打三反”是上世纪七十年代的一场政治运动，是文化大革命中最沉重的一页，冤假错案遍及全国，父亲在龙川县赤光供销社工作时，也是受害者之一。“庭前莫栽荆棘树，他年免挽子孙衣”，是父亲在这场运动中遭受迫害时所得的警世诗句，劝告世人要多做点好事积德积福，千万别在门前栽下荆棘树，免得来年剐了子孙衣钵。

时过30多年，一打三反运动的阴影还没有在父亲的脑海中消失，回忆起来仍然心有悸，81岁高龄的父亲又赋诗一首：

“一打三反”运动余感

商海沉浮数十年，逼出几多冤枉钱；
幸好健康绵百岁，皇天不负好心田。

父亲的“余感”，是心有余悸。但是善恶到来终有报，过去虽然遭到迫害，耄耋之年还是身康体健，上天不会辜负好心的人。天地间不论大小事物，皆有因果：为善者，善之因，善报者，善之果；为恶者，恶之因，恶报者，恶之果，善恶之报，如影随形，毫发不爽。

注：①像地震一样的感触。②像深秋的知了那样一声不吭，形容害怕不敢作声。

在上世纪九十年代，年逾古稀的父亲时常回忆人生，感怀赋诗，表达走过坎坷不平路、苦尽甘来心底宽的胸臆，抒发知足常乐的达观心情。

1993 年 4 月偶感七绝四首

足踏红尘七二春，绳头逐觅①忆艰辛；
经多世事胸襟阔，识尽人情眼界清。

余家原籍在齐昌②，数代经商出外乡；
地狭人稠房产少，年年压线③为人忙。

生平壮志似长虹，困迹迴圩五十冬；
绿叶成荫子满树，喜看儿辈觅侯封④。

贤妻肖子两相安，且喜心头事事宽；
但愿儿孙更奋发，悠闲自乐百年欢。

1994 年 4 月偶有感而作

生平壮志未曾酬，白发萧疏已满头；
长子离岗随侍右，仲男把戟镇琼洲。
老三老四师范蠡⑤，五儿夫妇读美欧；
闲从老伴偕孙玩，微躯此外复何求？

1996 年，弟弟启方夫妻双双荣获博士学位，父亲小时因为家贫而弃学，遗憾一生。现在儿子实现了他老人家多年的夙愿，眉开眼笑，喜上笔端。

喜看万里信归来，儿媳⑥同登博士阶；
萤火念年寒夜苦，黉门⑦终始为儿开。

生平困迹在迴龙，艰苦营谋五十冬；
诸儿不负高堂望，今朝荣耀觅侯封。

注：①从小时开始回忆。②古时兴宁县名。③织布。④寻找建功立业的机会。⑤指经商。⑥儿子媳妇。⑦古代称学校。

祖德宗功垂后裔，开放改革乘东风；
负笈[①]欧美满五载，学成为国争光荣。

学海无涯志未穷，勇攀科学更高峰；
他年衣锦还乡日，应为桑梓立新功。

父亲平生最重读书，2002 侄女立芳考取中山医科大学，家中好事连连，赋诗抒怀。

自笑平生为儿忙，老来不再费思量；
茅庐改建堪安宿，先人遗骸葬龙岗。
孙辈三人高学府，宜男两地武文当；
子肖妻贤商学政，积善余庆[①]度安康。

“积善余庆”是指长期行善的人家，一定会有后福。父亲一生向善行善，谦和待人，助人为善。我家邻居吴丰生，父母早亡，父亲怜孤恤贫，供衣供食助其长大成人。街坊吴火妹，其弟是国家干部，在哈尔滨工作，因家庭成份富农，长期不敢回乡与家人团聚，是父亲从中帮助他们兄弟保持书信联系和转递物件达 30 年之久。更为难能的是，吴丰生和吴火妹都因为家庭成分不

注：①背着书箱去远处求学。

好，他们的父亲都在廻龙圩建有门店，解放后被充公占用，父亲冒着那个年代的风险，为他们完好无损地保存着房产地契，得以在八十年代落实政策时店归原主。廻龙罗塘村吴某与我家无亲无故，2003 年父亲借给他 2000 元供小孩上学读书，父亲逝世后吴某找到我，要归还借父亲的钱，我没听父亲说过也无字无据，就说过去的事算了，他说不还清钱他的心里不安，我只得收下。这些凡心善举的小事几可看出他的善良，他老人家得以绿树成荫、齐眉白发、安享晚年也是因果使然。

全家福

2002 年，父母年过八十，子孙满堂、亲朋满座，在龙川县城启中弟开设的明珠宾馆祝寿庆贺：福如东海寿比南山，齐眉白发其乐融融。现场录制的《双寿情》留下了传家的经典回忆，父亲的《亚翁颂》更让子孙叩仰。

碌碌忙忙八十春，今朝双庆度生辰；

满眼子孙依膝下，众多亲友喜临门。

座上樱桃香入鼻，筵前糕蛋祝声频；
更喜录成光碟片，预祝期颐①伴此身。

生平淡泊皆俭从，肖子贤孙敬意浓；
杖朝②夫妇身心健，钓渭经纶不老松③。
举行寿诞齐舞彩，席设明珠宾馆中；
酒酣耳热兴意在，开怀祝愿庆亚翁④。

2003年生日感怀

年少漂泊到廻龙，栉风沐雨过秋冬；
处世“贤文”为准则，持家“朱训”记心中。

忍让待人承祖训，修身自省孝友忠；
绿叶成荫子满树，齐眉白发谢苍穹。

父亲感怀人生，是对漫漫人生的回顾。童叟无欺、与人为善是他的口碑，忍让待人、从不结怨是他的修养。一生从商，与多少顾客打过交道，年复一年，与多少街坊邻舍相互往来，人们从“胜隆哥”、“胜隆叔”、叫到“胜隆伯”（父亲叫陈胜林，开店名祥隆胜，廻龙人都叫他陈胜隆，也叫陈兴龙），从来不做亏心事，从来不做亏欠人，这是父亲做人的度量；父亲在赤光供销社工作16年，早在六十年代我读初中时我的老师就多次在课堂上讲过，说我的父亲是服务态度最好的售货员，不论老少都愿意找我父亲买东西。父亲不仅服务态度好，业务也非常精练，在纱布门市工作时，因他会裁缝技术，经常为顾客量身计算布料，特别是他的心算一口清，更为人赞叹：顾客来剪布(买布料）时，只要说出需要的长度尺寸，父亲边量边算、剪起布断，随即在耳边拿下粉笔写上价钱，一笔二、三位数乘以三、四位数的交易准确无误，

注：①古代对百岁老人的称呼。②八十岁可拄杖出入朝廷，后用作八十岁的代称。③形容有才学的人长青不老。④对老人表示尊敬的称呼。

三分钟成交，这是父亲做事的质量；父亲省吃俭用、勤俭持家，在六七十年代每天早上用一抓大米放进热水瓶里泡成粥作午餐吃，用过的牙膏罐用小刀划破将里面的残留牙膏刮出来洗东西，他平时最爱穿的衣服就是我的旧军装，这是父亲曾经过的生活质量。从这些小事可以看出和善、敬业、俭朴是他人生的德行，是他谦和处世的底蕴。

父亲毕生以孔孟之道是从，以《增广贤文》、《朱子家训》作为自儆，修身自省。84 岁高龄时，还亲用毛笔宣纸书写《朱子家训》分发儿女收藏，教育子孙秉承家风。

2004 年春节，合家团聚，济济一堂，又有我的战友和同事光临拜年，父亲兴致勃勃，赋诗《同歌盛世》：

酥苏①饮得两眉开，门对春风入户来；
喜见诸儿团圆聚，笑看孙辈满台阶。

座上宾客诚款洽，筵前美酒话情怀；
共祝期颐偕白发，同歌盛世步云梯。

注：①指酒食。

在龙川县光镇，有一位远近知名的修理单车师傅，叫“老虎哥”，他的真名叫邓文虎，兴宁市人，是父亲的世交挚友，亲如兄弟。他修理技术好，为人厚道善良，说话幽默风趣，群众口碑很好，1995 年不幸病逝，父亲题诗缅怀。

悼文虎兄

二十余年在赤光，业余把酒话麻桑①；
君今遽②赴琼楼③宴，徒忆音容寸断肠。

几度萦怀梦里从，故人无复遇知音；
而今人琴均已杳，怅望兰亭④又哭兄。

忆文虎兄

人生曰老最难期，老伴老窝老本齐；
痛失老友文虎去，心头底事向谁语？

（2004 年）

父亲喜欢以诗会友，廻龙镇好些文人墨客是我家的座上宾，父亲经常与他们饮茶吟诗，唱和作对，有时甚至彻夜长谈，乐此不疲。吴化龙老师，是廻龙资历最深的小学校长，父亲与他文味相投，词曲诗对，说古道今，无所不谈；骆汉珍先生常住深圳，只要回乡探亲，便与父亲切磋诗作，或以书信交流；还有骆建洪、骆建林等老教师，都是父亲的诗友，下面是父亲的一些唱和诗作。

化龙先生家庭幸福　（藏头诗）

化雨春风数十年，龙泉甘土隐家园；
先觉经纶乎众望，生花妙笔谱新篇。

注：①平常事情。②急，仓促。③指仙宫中的楼台。④文虎家乡。

家国英才桃李众，庭帏义训子孙贤；
幸喜齐眉偕白发，福满乡间禄寿全。

(1994 年)

赠骆建洪老师（步韵）

羡君交处是良师，夜话如攻十年书；
桃李满园皆茁秀，不教虚度几十秋。

道统尼山①得众钦，峥嵘岁月继长征；
老马伏枥君真健，满腹珠玑胜万金。

(1994 年)

为建洪老师《憾春归》（步韵）

声声布谷报春归，惹得骚人②别梦依；
遍地青蚨花际舞，满天紫燕逐群飞。

伤心虚度春光日，举手聊将笔砚挥；
老骥雄心犹未晚，休将往事忆前非。

(1995 年)

为建洪老师《春游》（步韵）

莺啼燕语报新年，万紫千红灿烂天；
野外丛花纷吐艳，门前桃李尽争妍。
白发愈催人健壮，红颜更比旧时鲜；
时人不识予心乐，漫步园林听杜鹃。

(1996 年)

1995 年，骆建林老师因经济纠纷被人诬陷，打了几年官司方才雪耻结案。

注：①尼山，孔子的出生地，指正统的儒家学说。②指诗人。

父亲题诗慰问，赞其刚正不阿的气节。

塞翁祸福有何常，总要男儿立志刚；
嫩草临风方见瑞，寒梅遇雪更添香。

羡君志气似青松，忽遭足刖[1]罪何深；
踏破铁笼逃虎豹，顿开金锁走蛟龙。

同时代的人，往往有着共同的经历，有着共同的趣好和共同的语言。父亲觉得与他的诗友们相见恨晚，颇有“与君一席话，胜读十年书”之感，下面几首诗表达了他的谦谦学习之意。

给骆建洪、钟质文老师诗
闲情偶兴学吟诗，皓首穷经自悔迟；
幸有他山常得助，喜教茅塞顿开眉。
（1996年）

观巫学湘老师诗词有感
邂逅无缘一识荆，不期有幸赏斯文；
辞锋章锐有肌骨，句警语新壮魄魂；

掷地有声评月旦，生花妙笔得传神；
词章佳句浑如画，出自先生体会深。

又一绝
生平藏拙仰他山，弄斧班门下笔难；
名士风流高格调，教人引玉用抛砖。

注：①古代一种断足的刑罚，这里指蒙冤受屈。

(1996 年)

田新镇小东坑为陈氏姓村，同姓人之间平日多有来往，小山村有女考取大学，父亲题诗祝贺。

金萍女士升学志喜（藏头诗）

金枝玉叶艳群芳，萍绿奇才正锋芒；
女男平等从新政，士庶同研科技堂。

升考高才名学府，学成为国争荣光；
志有竞成勤是岸，喜看他日凤呈祥。

(1995 年)

农业技术员何建中在廻龙镇工作 30 多年，家家户户，山山水水他都非常熟悉，深得群众好评，退休时父亲题诗称赞：

喜看稻菽千重浪，栉风沐雨紧相随；
难得几十春秋日，不待扬鞭自奋蹄。

(1997 年)

廻龙镇岐岭村农民吴开彬，革新传统的插秧方法，试验抛秧浅植法成功，县里召开现场会来取经学习，父亲作藏头诗“大力推广科学种田”为其鼓与呼：

大胆务农搞革新，力求造福在农村；
推选抛秧浅植法，广为大众带头人。

科技兴农树榜样，学成全县来取经；
种好杂优多增产，田园从此好收成。

(1997 年)

岁岁重阳，今又重阳。父亲在廻龙镇老人协会“秋光楼”即席吟咏：

节逢九九是重阳，离退老人聚一堂；

大家同饮菊花酒，还期福禄寿无疆。

(1997 年)

骆建林老师贤婿乔迁新居，父亲以其家人名字（婿名建荣、女儿玉凤、外孙女婷婷）题诗祝贺：

建业千秋盛，荣华富贵昌；
玉壁蓝田种，凤鸟棲梧翔；
婷婷莲碧立，嫋嫋在身旁；
喜庆莺迁日，长发永其祥。

(1997 年)

廻龙山村小镇，鲜有新张酒楼，父亲以“玉龙酒楼生意兴隆”藏头致诗：

玉液琼浆配山珍，龙井清茶极盛情；
酒肆幽香朋满座，楼台雅洁友如云；
生财有道师端木[1]，意境常怀效范君[2]；
兴高采烈迎宾客，隆情厚谊接嘉宾。

(1998 年)

旅游休闲，对现在的人来说是家常便饭，而对父亲来说，却是陌生的字眼。他老人家很少出远门，1996 年，弟弟启方请父母去加拿大探亲，因签证问题而未能成行，唯有一次是在 1990 年来海南岛看望我这个当团长的儿子。1959 年，父亲在韶关南华寺工商界社会主义改造讲习班学习，这是他近水楼台先得月的第一次“旅游”，留下了尘封了半个多世纪的游兴诗作。

游南华寺

华南古寺即南华，古刹堪称第一家；
殿宇巍峨诸佛壮[1]，龙泉古松[2]两相加。

注：①指师承端木赐，擅长经商。②指范蠡。

修道真身③千古仰，袈裟衣钵④万年夸；
乘兴遨游同约伴，此身疑是在仙槎。

咏霍七景八诗

霍山尽传世人知，见不见过都称奇。难行崎岖羊肠道，山前游客车马稀。传说登霍山有一种神秘感，曾有“相约不登霍，登霍不相约”之说。父亲近水楼台先得月的第二次“旅游”，是 1975 年参加农村工作队，在驻地石坑周塘村借机到霍山一游，雅兴所至，留下《咏霍七景八诗》。

霍山酒瓮石

登霍山

岁过五十天命年，每怀登霍恨无缘；
今朝拟约同携手，始信蓬莱在眼前。

船头石

石船普渡世人过，屹立千秋永不磨；
莫讶仙槎无处觅，一帆风送到天河。

注：①360 尊神情逼真、栩栩如生的木雕罗汉像。②寺后面有九龙泉和高达 40 米的古水松。③六祖真身像，镇寺之宝，已有 1200 多年历史。④指唐千佛袈裟及其他珍贵文物。

酒瓮石

酒瓮留痕石上悬，空教游客见垂涎；
我来会着如来意，留得琼浆宴众仙。

糍粑石

石团几个似糍粑，世上何人用齿牙；
古佛现身来说法，甘心吃苦到禅家。

七井仙泉

尖尖乳石现山头，千古何曾见汁流；
好教世人留警示，养身缪血问娘求。

太乙岩

大乙灵岩眼界新，天开狮口隔凡尘，
玉麟洞内香幽静，积善弥陀来念经。

一线天

逍遥自在是神仙，起眼高瞻一线天；
板斧劈开山河壮，唯留峭壁至今悬。

砻盂石

霍山胜景多称奇，巧夺天工有砻盂；
何日磨成黄金谷，教人辛苦莫忘饥。

现在的霍山，已经今非昔比，改革开放的春风，吹绿了霍山，成为河源AAA级旅游景区。

廻龙乡土竹枝词

山乡廻龙

导言：父亲熟悉廻龙的一山一水一草一木，与这片土地结下了深深的乡土情缘。他以竹枝词的文学形式所表述的廻龙人文地理和风土民情,语言通俗语调轻快,散发着浓浓的乡韵气息，纯朴的民风扑面而来。

春暖百花竞艳时，业余无事意神怡；
观风问俗知多少，握管①从根写竹枝。

廻龙乡土实繁华，勤朴民风史可夸；
女织男耕歌盛世，人才辈出遍东亚。

闲从乡老漫轻谈，圩头原有廻龙庵②；
历尽沧桑多变化，钟声已换读书声③。

圩尾原有三圣庙，座向河边圩口坳；
民国改为乡公所，而今故迹尽除掉。

圩头百步大王公④，座镇廻龙秀独钟；

注：①笔。②又叫廻龙寺。③解放后廻龙庵改建为廻龙小学。④神龛，现廻龙镇府侧边

每隔五年兴大醮[①]，村民齐庆祝年丰。

圩心顶上伯公祠，圩圩香火逐人流；
坐贾行商[②]齐祝愿，年年满载买归舟。

廻龙街上一株榕，百年树下安“伯公”[③]；
芒种前后叶落尽，三日一过又绿葱。

古来封建姓界强，各姓纷纷设市场；
袁姓石黄曾马布，骆家石角并横岗。

保和原是钟家设，吴姓宫下摆摊档；
独有廻龙今尚在，熙来攘往各营商。

七节桥[④]下河水流，令人千古谜难求；
难觅杨公来点穴，何方“铁镦锁金猴[⑤]”。

清清河水不断流，砂墩“金龟”[⑥]水上浮；
“狮象龟蛇”[⑦]守水口，子孙代代出公侯。

廻圩布卖品种齐，阿侬最喜是“卡叽”[⑧]；
“纽青毛浅马光白[⑨]”，衣被挡寒此最宜。

侬家居住半山庄，盛产油茶谷米香；
相隔大坪二十里，挑去变卖换衣裳。

逐末[⑨]崎岖道路难，抬猪破晓赴龙田[⑪]；

注：①用酒祭神的一种礼仪。②做生意的人。③烧香拜神的地方。④廻龙圩东南侧七个跨度连接而成的石桥。⑤⑥⑦均指风水地貌。⑧⑨各种布料名称。⑩做生意。⑪兴宁市的一个镇。

卖却换回盐杂货，归来夜半月常圆。

革命苏区是大塘，几多先烈姓名扬；
最恨伪军自卫队，借名清共搞“三光”①。

岐岭原有柏树庵，各省僧人都来参；
昔日禅房今废尽，改作林场保育坪。

白石面过是梅山，庵中昔日多戒烟；
石刻弥陀今尚在，只有孤寡住其间。

山川毓秀燕山塘，出有登山②姓名扬；
山东乐凌为知县，爱民若赤政清芳。

石角对面有孔坟，令人千古朝至尊；
碑文石刻仍可见，芳名永久齿留芬。

李布罗中水口边，设有牛神大王坛；
“三堡”③村民齐祝愿，风调雨顺万民安。

迴赤路边广福亭④，清凉避暑便行人；
才子题联歌胜景，古来传诵到如今。

文章阁在马布岗，昔日原来是学堂；
楼阁亭台今不在，只留断壁与残墙。

文章阁畔文章桥，桥小弯弯河水漂；

注：①烧、杀、抢光。②吴登山：迴龙燕山塘人。③解放前李布、罗中、岐岭分别称首、中、尾堡。④位于迴龙赤光两镇交界处。

两路行人难通过，而今改建大车跑。

马布村前马布庵，昔日尼姑有数名；
佛像巍峨今尚在，香烟缭绕满神龛。

夜闻鼓角闹喧天，问是农村打马灯①；
马前阿旦后小丑，补缸拆字更新鲜。

新岁农民乐事多，船坑牛灯②又出窝；
扶犁耙田男女唱，犁转霜田莳早禾。

圩头箫管闹喧哗，知是人家打采茶③；
十送涯郎情难舍，嘱郎早日回乡家。

布底花鞋百褶裳，娇姿阿娜换新装；
大边小捆添银链，知是人家娶新娘。

阿侬择吉近归期，手轭银钗已备齐；
最是难梳龙凤髻，请教姑嫂整蛾眉。

二八佳人巧样妆，低头窗下细思量；
阿侬出阁行将近，如何学会叫新郎。

廻龙本是好地方，解放年前烟赌场；
圩期摆满赌摊桌，赌到做贼走他乡。

数间出卖鸦片烟，吞云吐雾聚床灯；

注：①②③民间戏种

食到面黄肌又瘦，卖儿卖屋又卖田。

廻圩古来不寻常，通公方准建店房；
最喜邻舍来共壁，免教盗贼来挖墙。

解放政府好主张，烟赌毒品一扫光；
打倒恶霸分田地，人人买店建私房。

横岗坪上英烈坊，清明祭扫学生忙；
为国为民洒热血；英名千古永流芳。

廻龙圩侧有条河，清甜饮用小鱼多；
路房占建三分二，变成浊流污水窝。

升平祥瑞兆佳禾，到处犹闻击穰歌；
培育杂优大增产，党政丰功永不磨。

开放青年出外乡，留下老叟耕田庄；
多亏育秧塑料板，抛秧莳田又增粮。

山水因缘情不忘，星移物换感沧桑；
廻龙古貌留题咏，占领骚坛翰墨香。

欢心无奈毕生痴，夜不成眠唱竹枝；
最是有情窗外月，更深犹向旅人窥。

客居廻龙六十年，虽知古貌不完全；
辉煌好景多奇胜，拙笔还将写续篇。

83 岁老人陈胜林陆续完稿于 2004 年

附：吴泉林老师读《廻龙乡土竹枝词》有感 ：

博闻多见写廻龙，村寨民风古迹容。

笔墨传留成宝典，乡人永世赞陈公。

百副楹联翰墨香

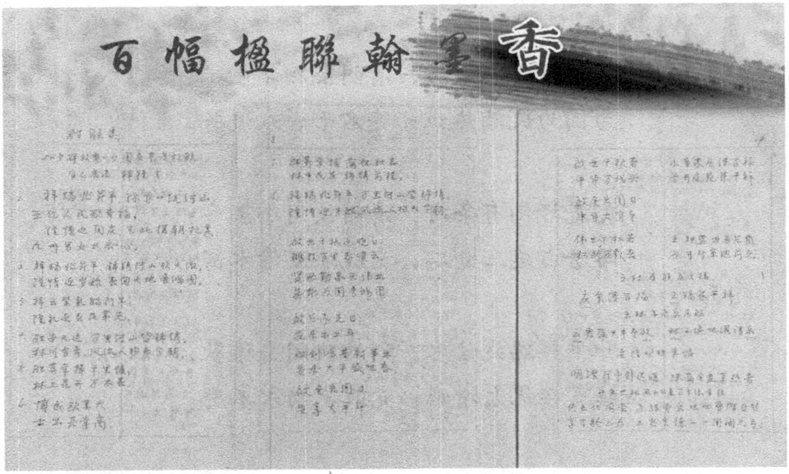

导言：胜景无边，万里河山皆锦绣； 林川有秀，风流人物数今朝。这是父亲以自己名字题写的嵌名联。父亲喜好题诗作对，与对联有着不解之缘，写对联是他人生的一件乐事。

有两个关于父亲与对联的故事，第一个叫“趣联忍让”，1996年，胞弟启方夫妻先后获得博士学位，父亲写了一副对联告诫子孙：

博士本平常，全赖祖宗积德；

忍让才是福，至嘱儿孙莫忘。

父亲崇尚孔孟之道，一生言行忍让，礼义待人，从未与人口角或结怨，童叟无欺，口碑甚好。他教育子孙有德方以成才，积德才能善后,这是他老人家题联告诫的缘故，为此他还讲了一个有关“忍让”的对联故事，说过去有一位长者为自己的“忍让堂”作了一副对联：

父亲手书博士楼和对联：博成欧美大，士出兵学商

忍字为高，内外不宜争口角；

让人是福，子孙需要记心头。

其子看后不以为然，将其改为：

忍字虽高，内外难免争口角；

让人是祸，子孙需要练拳头。

后来有人将他们父子的“忍让”对联题了一副趣联：

父对联子对联父子不联，

是对联非对联是非相联。

上联是指父与子的对联，意义相反不能联系起来；下联是说其子的对联是非不分，惹是生非。

第二个故事叫“引诗释疑”。2006 年腊月。父亲写了一副春联贴在廻龙老人协会会所秋光楼厅堂上：

楼上耆英，扪虱轻谈辞旧岁；

堂中老叟，持螯下酒祝新春。

一位姓曾的老师看了此联后写信给吴绿初会长，认为用“扪虱”（意为捉跳蚤）一词很不合适，有损老人形象，也有损于今天社会生活水平提高改善的现实。父亲看了吴会长转来的信后，复信给曾老师，解释“扪虱轻谈”一词的出处及其形容言谈不凡，态度从容的原意，并引用周恩来总理《送蓬仙兄返里有感》诗以予说明，诗云：

相逢萍水亦前缘，负笈津门岂偶然。

扪虱倾谈惊四座，持螯下酒话当年。

险夷不变应尝胆，道义争担敢息肩。

待得归农功满日，他年预卜买邻钱。

曾老师看后转来口信，谦称才疏学浅，表示谦意。后来有知情人为此口传一联：

曾老师误解对联意，

陈老伯引诗释疑嫌。

父亲常说，对联对联，与己相联。他题写的对联，绝大多数是嵌名联，将人名或屋店名分别镶嵌在上下联的开头，以名喻情喻景祈福祈安，感情充沛，表意明确，衬托出他的人生信仰和言行操守，寄托着他的情思向往和美

好祝愿。不论是街坊邻舍还是乡村老叟，不论是逢年过节还是红白喜事，他都是来者不拒、有求必应，问明题意，即席选词磋句，展纸挥笔就写，而且分文不取。父亲才思敏捷，撰联不打草稿，书法也颇有功底，通常是边撰边写，一挥而就。2008年元旦的前一天，正在握笔书写对联的父亲突然手停笔落，不能自语，随后虽经多方抢救治疗，终因脑血栓病重不幸逝世，他老人家的生命就这样最后定格在还未写完的对联上。

下面是父亲于2004年亲笔写集的100副对联。

一、为家人、亲朋的题联

1. 1950年建国第一个国庆节店联：

祥瑞兆升平，际兹一统河山，五亿人民歌幸福；

隆情迎国庆，当此抗美援朝，九州男女共齐心。

解放前后，父亲在廻龙圩租店做生意，店名“祥隆”，此对联表达了一个从旧社会过来人的爱国情怀。

2. 1952年春联：

祥瑞兆升平，锦绣河山歌大治；

隆情迎岁始，春回大地展鸿图。

3. 1953年春联：

祥瑞兆升平，万里河山皆锦绣；

隆情迎岁始，风流人物数今朝。

4. 1955年春联：

祥云紫气临门早，

隆礼迎春及第先。

5. 1982年退休后作联：

胜算常操千里幄，

林上花开万木春。

父亲以自己的名字嵌联，抒发老有所为的心怀。

6. 1993 年春节店联：
胜算常操，满怀壮志；
林中花发，锦绣前程。

7. 1996 年店联：
胜景无边，
林中有秀。

8. 1982 年伟松、玉兰新居联：
伟业千秋著，
松龄万载春。

9. 1982 年伟松屋联：
玉种蓝田垂后裔，
兰开斗室迪前光。

10. 1997 年启鹏、贤英新居联：
启业千秋迎晓日，
鹏程万里志凌云。

11. 1999 年启鹏屋联：
贤助勤家兴伟业，
英才为国展鸿图。

12. 1995 年启安新居联：
启后承先日，
安居乐业年。

13. 1996年启安春联：
启创鸿基新事业，
安居太平盛世春。

14. 1998年启安春联：
启展宏图日，
安享太平年。

15. 1995年启中、小兰新居联：
启业千秋著，
中华万代兴。

16. 1996年启中春联：
启展宏图日，
中华大有年。

17. 1998年启中屋联：
小室家居添百福，
兰开庭苑集千祥。

18. 1999年老店改建三楼取名“博士楼”，题联：
博成欧美大，
士出兵学商。

19. 陈云球“庆云楼”联：
庆余添百福，
云端集千祥。

20. 云球、启泉父子屋联：

云霞满天丰年启，
球山遍地濯清泉。

21. 2006年母亲逝世，父亲题写挽联：
勤俭持家教子有方，
谦和处世睦邻乡邦。

22. 1995年父亲世交邓文虎逝世挽联：
回首忆当年，剪烛西窗，喃喃细语谈心事；
噩耗传今日，大江东去，茫茫何处觅知音。

二、为老人、学校的题联

23. 廻龙老人协会“秋光楼”落成联：
秋色映河山，际兹楼宇落成，群集耆英歌上寿；
光辉照大地，当此华堂告竣，满堂老叟乐遐龄。

24. 2000年重阳题联：
秋菊芬芳，楼宇落成沾党德；
光阴似箭，晚踌犹奋好前程。

25. 2001年重阳题联：
秋景宜人，喜接嘉宾歌上寿；
光楼盛会，欣迎老叟祝期颐。

26. 2002年重阳题联：
铁骨生春，龙腾虎跃；
银光焕发，鹤算龟龄。

27. 2003年重阳题联：

花争秋后美，
人敬老来红。

28. 2004 年重阳题联：
夕阳红映重阳佳节，
秋光楼照福寿康宁。

29. 2000 年罗南小学接待香港企业家校门联：
盼祖国富强，振兴科技为本；
望民族兴旺，发展教育领先。

30. 2001 年香港企业家再次来校联：
忆去岁香港同胞一片丹心扶学子，
幸今朝罗南师生满怀喜庆接嘉宾。

31. 1997 年 7 月 1 日庆香港回归：
大庆值今朝，喜气冲宵，到处人流流不断，歌舞如潮；
万众尽欢欣，威振乾坤，百年国耻耻今雪，举世同饮。

三、为街坊邻舍的题联

32. 1950 年解放之初，廻龙圩“双利”打铁店开张联：
双手双锤、炼铁炼钢；
利人利已，加料加工。

33. 1960 年赤光货栈开办联：
货物畅其流，活跃城乡经济；
栈设调余缺，繁荣市场流通。

34. 龙川县城明珠宾馆联：

明洁厅房舒适暖，
珠满金盘菜热香。

35. 廻龙药材店开业联：
回转壮年称妙药，
龙钟若叟健身材。

36. 吴泮流“流通”店联：
流畅经营开利路，
通商贸易广财源。

37. 石松傢俬店联：
石料傢俬美雅洁，
松材器具巧玲珑。

38. 子承父业，永丰祥店联：
永承祖业光前德，
丰俭持家育后人。

39. 展兴店联：
展鸿图得心应手，
兴骏业锦绣前程。

40. 展兴店春联：
展望前程似锦，
兴办商业繁荣。

41. 展兴店门联：
展销财路广，

兴业利源长。

42. 吴宏章子国平店联：
宏图伟略兴邦国，
章法严明乐大平。

43. 吴小波店联：
小店宏开兴骏业，
波澜壮阔展鸿图。

44. 吴春贤乔迁店联：
春风满座宏图展，
贤助持家事业兴。

45. 晓波店春联：
晓日临门开利路，
波澜壮阔展宏图。

46. 国群、小波父子店联：
国富民强贫困日小，
群民共庆大海扬波。

47. 群生、晓周店联：
群力经营利如日晓，
生财有道复始而周。

48. 群生、晓周屋联：
群居闹市不觉晓，
生活城乡百事周。

49. 启辉摩托修理店联：
启业维修铁摩托，
辉车奔向好前程。

50. 华安酒店联：
华美佳肴迎宾客，
安祥雅座接嘉宾。

51. 松风店联：
松柏长青，枝繁叶茂；
风华正茂，继往开来。

52. 竹林店联：
竹帛成书千古仰，
林中花发万家春。

53. 梅雪店联：
梅开富贵财源广，
雪兆丰年利路长。

54. 凤生店联：
凤马翱翔春回大地，
生民共庆锦绣河山。

55. 开洪店联：
开泰三阳百业兴旺，
洪运亨通万福攸崇①。

注：①积聚的意思。

56. 开洪店春联：
开展宏图百业旺，
洪运亨通万福来。

57. 1994年廻龙保险站开办联：
保护群民皆幸福，
险情诸事化平安。

58. 1977年参加驻石坑村工作队，题赠“赤脚医生”联：
赤心为人民，尽颂阳春有脚；
医疗大众化，同歌起死回生。

59. 窑口村高辉先生诊所联：
高起药旗师扁鹊，
辉煌医业效时珍。

四、为乡村宅第的题联

60. 吴绿初屋联：
绿寿双全家兴旺，
初春喜报福满堂。

61. 陈国雄“天赐围”屋联：
天地龙蛇动，
赐福凤凰来。

62.巫远辉屋联：
远景前程好，
辉煌气象新。

63.以巫远辉父名“锦泰”作联：
锦堂富贵财丁旺，
泰运亨通福寿长。

64.“锦泰”尾联：
锦堂春色好，
泰运展鸿图。

65.朱新良屋联：
新居增吉庆，
良日集祯祥。

66.朱新良屋顶凉亭联：
小筑足消闲，日丽风和，畅叙时来好友；
草亭堪遣兴，山清水秀，开怀日聚良朋。

67.嶂江陈屋祖宗堂联：
祖德源流远，
宗功似水长。

68.陈屋“永兴围”联：
永承祖德，
兴旺发家。
69. 杨永香“永安围”大门联：
永建千秋业，
安居百世昌。

70. 杨永香祖堂“香远堂”联：

香溢华堂，此日安居承祖德；
远瞻茅舍，他年乐业蔚人文。

71. 吴继章父生日，以其屋名“长锦围”作联：
长庚永耀，
锦室生辉。

72. 曾令祥屋联：
令箭长征旗开得胜，
祥光普照马到功成。

73. 吴传文屋联：
传家忍让德，
文章诗礼香。

74. 吴传文新居“春辉楼”联：
春回大地，
辉映河山。

75. 杨氏“峰峦竞秀”斗门联：
峰彩层重竞，
峦山毓多秀。

76. 王强来新居联：
强劲春风，拂入华堂添百福；
来宾满座，喜迎珠履客①三千。

注：①指贵客。

77. 吴金明新居联：
金谷莺迁添百福，
明媚春色集千祥。

78. 宏安新居联：
宏图大业莺迁日，
安居乐业大有年。

79. 齐香家联：
齐心合力全家庆，
香苑迎春福满堂。

80. 曾运凡“繁茂庐”屋联：
繁花累硕果，
茂桂接云天。

81. 曾运凡祖堂“海量堂”联：
海墨书香，诗礼耕桑垂后裔；
量怀若谷，温良恭俭迪前光。

82. 吴开监祖堂“秀德堂”联：
秀毓人龙，诗礼耕桑垂后裔；
德行永著，功名伟业迪前光。

83. 陈国雄祖堂“光裕堂”联：
光启前人，诗礼耕桑承祖德；
裕垂后裔，功名伟业展鸿图。

84. 吴勤生屋联：

勤劳发家，六畜兴旺；
生产致富，五谷丰登。

85. 骆建荣新居联：
建业千秋盛，
荣华万代昌。

86. 吴丰生屋联：
丰年好景、春回大地；
生活美满、秀丽河山。

87. 钟如汀“华汀楼”联：
华堂春色美，
汀楼气象新。

88. 华堂垂裕后，
汀洲源远长。

89. 华堂迎旭日，
汀楼沐春风。

五、为乡间神坛庙宇的题联：
90. 有信有爱有盼望，
得义得福得平安。

91. 伯德巍峨，默佑一方清吉；
公恩浩荡，潜庇万户平安。

92. 王德千秋，众信同沾雨露；

母仪万载，群黎共沐鸿恩。

93. 王德巍峨，众信同歌升平日；
母恩浩荡，群黎共祝丰收年。

94. 大德庇千户，
王恩佑万家。

95. 王恩齐地厚，
母德与天高。

96. 车氏恩齐地厚，
仙娘德与天高。

97. 高瞻法座庇乡邑，
龙恩浩荡众称王。

98. 高恩广佈全乡邑，
龙德巍峨众称王。

99. 龙德恩施全乡福，
潭水清流佑万民。

100. 龙德巍峨万众福，
潭水泽庇万户安。

情切切　意悠悠

导言：父亲有一个本子，封面上写着“好诗好对选抄”，他平时看书读报遇见喜欢的诗歌对联，便抄在本子上，里面五味杂陈，不一而足。下面选取些许鉴借品读，雅俗共赏，诗外文字为编辑时所写。

2003 年 3 月，父亲和母亲在珠海参加外孙钟兵的婚礼，姐姐给俩老补拍了一张婚纱相，父亲将《老人报》刊登的一首“黄昏颂”抄录其边，读来绕有兴味：

簇拥婚纱上影楼，
花枝犹带几分羞；
世人莫笑老来俏，
难得相知到白头。

情切切、意悠悠，
当年婚姻为何求
园中桃李伤风雨，
池上鸳鸯恨未休。

2001 年，父亲 80 寿辰，吴化龙先生题诗以廻龙镇老人协会名义作贺。

胜林先生健康长寿（藏头诗）

胜景楼台放彩光，林中花木吐芬芳。
先进经商招富裕，生儿折桂辅朝堂。
健体身心书彩画，康强智慧谱文章。
长青翠柏苍松茂，寿比南山百岁长。

向日珍七岁自咏

柏本栋梁器，初生不自全。
尚蒙培养力，平地直参天。

（作者不详）

解晋十四岁作相，人讥太幼，自咏

微臣不与试官亲，一朝天子一朝臣。
甘罗十二为承相，臣比甘罗长二春。

（作者不详）

勉励读书诗　苏明允（宋）

读得书多胜大丘，不须耕种自然收。
东家有酒东家醉，到处逢人到处留。

日里不愁人来借，夜晚何怕贼来偷。
虫蝗水旱无伤损，快活风流到白头。

劝学　　颜真卿（唐）

三更灯火五更鸡，正是男儿读书时。
黑发不知勤学早，白首方悔读书迟。

勉励读书

儒林声价国家珍，历尽寒窗十载亭。
诵读岂容闲白昼，进修端的在青春。
此时不用苦中苦，他日难为人上人。
试看古今豪杰士，焚膏继晷①竭精神。

（作者不详）

注：①点上油灯，接续日光。形容勤奋地工作或读书。

劝戒歌 陈献章[①]

（一）戒色歌

世间花酒总为先，花酒原来枉费钱。
酒醉猖狂还要醒，花迷缭乱不知天。

鱼因吞饵投江岸，蝶为寻花到野川。
寄语江门诸弟子，莫贪花酒误青年。

（二）戒戏歌

锣鼓喧天上翠楼，男人扮作女人头。
少年容易成衰老，快活何难变困愁。

金榜题名空富贵，洞房花烛假风流。
须知光阴如过隙，莫作等闲去浪游。

（三）戒懒文

大舜为善鸡鸣起，周公一饭凡三止。
仲尼不寝终夜思，圣贤事业勤而已。
昔闻凿壁有匡衡，又闻车胤能囊萤。
韩愈焚膏孙映雪，未闻懒者留其名。

尔懒岂自知，待我详言之：
官懒吏曹欺，将懒士卒离，
母懒儿号寒，夫懒妻啼饥，
猫懒鼠不走，犬懒盗不疑。

注：①陈献章广东新会人，明代理学家，享有“岭南一人”、“广东第一大儒”盛誉。

细看万事乾坤内，只有懒字最为害。
诸弟子，听训诲：日就月将莫懒怠。
举笔从头写一篇， 贴向座右为警诫。

嘉兴民谣

做天难做四月天，蚕要温和麦要寒。
种菜哥儿要落雨，采桑娘子要晴干。

做地莫做热闹场，上盖瓦片下打墙。
一年四季三反复，草不回青花不香。

做人莫做富家翁，朝积金银夜积铜。
积得钱多无用处，千家叫苦万家穷。

廖仲恺与何香凝夫妻诗

1909 年廖仲恺从东京到天津进行革命活动。临行时何香凝写诗相赠：

国仇未报心难死，忍作寻常泣别声。
劝君莫惜头颅贵，留取中华史上名！

1922 年，廖仲恺被反动军阀陈炯明关押，写了一张纸条给何香凝，里面写着两首七言绝句和一首古诗。前两首是写给何香凝的绝命诗，诗题是《留诀内子》：

后事凭君独任劳，莫教辜负女中豪。
我身虽去灵明在，胜似屠门握杀刀。

生无足羡死奚悲，宇宙循环握杀机，
四十五年尘劫苦，好从解脱悟前非。

另一首是写给女儿廖梦醒和儿子廖承志的，题目是《诀醒女和承儿》

女勿悲。儿勿啼。阿爹去矣不言归。
欲要阿爹喜，阿女阿儿惜身体；

欲要阿爹乐，阿女阿儿勤苦学。
阿爹苦乐与前同，只欠从前一躯壳。
躯壳本是臭皮囊，百岁会当委沟壑。

人生最重是精神，精神日新德日新。
尚有一言须记取：留汝哀思事母亲。

这三首诗篇，体现了一个革命者大义凛然、视死如归的革命情怀。1925 年，廖仲恺被国民党右派分子暗杀，何香凝用诗句来表达继承廖仲恺的未竟遗志：

辗转兰床独抱衾，起来重读柏舟吟。
月明霜冷人何处，影薄灯残我自深。

入梦相逢知不易，还魂无术恨难禁。
哀思惟奋酬君愿，报国何时尽此心。

何香凝挽廖仲恺联

夫妻恩，今世未满来世再；
儿女债，俩人共负一人完。

陶铸，为革命战斗四十多年的共产主义老战士，当年在南京监狱中没有死在国民党的屠刀下，文革中却遭到江青一伙的阴险毒辣的政治迫害致死。下面是陶铸写给夫人曾志和爱女陶斯亮的诗词，父亲将它抄在本子上，其用意可能有三：一是陶铸与廖仲恺同途殊归，令人震叹；二是他们夫妇都是患难与共，生死相依，诗光照人；三是父亲在文革中也曾遭受过迫害，有同病相怜之痛。

陶铸手书《赠曾志》

一

身世浮沉只自扪，谁怜白发慰黄昏。
乾坤永照余肝胆，生死难忘负马恩。

纵使投荒能赎愆，不须酹酒为招魂。
每当梦醒难成哭，羞效王章有泪痕。

二

重上战场我亦难，感君情厚逼云端。
无情白发催寒暑，蒙垢余生抑苦酸。

病马也知嘶枥晚，枯葵更觉怯霜残。
如烟往事俱忘却，心底无私天地宽。

满江红　赠斯亮（1967 年 8 月 27 日）

指点江山，有无数,英雄俊杰。鼓风云，斗争深入，凯歌声烈。螳臂挡车终被碎，铁轮滚雷即成辙。看全球,到处展红旗,莫疑择！

伤往事，何悲切女长成，能接班。喜风华正茂，豪气千叠。不为私情萦梦寐，只将贞志凌冰雪。羞昙花,一现误人欢，谨防跌！

题槐　苏轼（宋）

凌然相对敢相欺，直干凌空未若奇。
根到九泉无曲处，世间唯有蛰龙知。

无　题

天为罗帐地为毡，日月星辰伴我眠。
夜深不敢长伸足，恐踏山河社稷穿。

（明太祖朱元璋未登基时作）

瀑布联句

千岩万壑不辞劳，远看方知出处高。—— 黄檗
溪涧岂能留得住，终归大海作波涛。—— 李忱

此诗的作者是皇帝李忱和僧侣黄檗，是一首托物寓理的联体绝句，它的意思是：在深山之中，无数的涓涓细流，腾石注涧，逐渐汇集成壮观的瀑布，令人有“飞流直下三千尺，疑是银河落九天”之感，却又不能窥见其“出处”，唯有从远处望去，“遥看瀑布挂前川”时，才知道它来自云烟缭绕的峰顶。小小溪涧留不住在岩壑中的急流，冲决重重阻挠，以“奔流到海不复回”的气概，终归白浪滔天、波涛滚滚的大海。这首诗蕴含着深刻的哲理：艰难曲折的生活和道路最能磨炼人的意志和品格，增长人的知识和才干；具有高远志向的人，才能干出一番大事业来。

嘉庆帝骂廷臣诗

满朝文武著锦袍，闾阎与朕无分毫；
一杯美酒千人血，数碗肥羹万姓膏。
人泪落时天泪落，笑声高处哭声高；
牛羊付与豺狼牧，负尽皇恩为尔曹。

嘉庆帝是清朝入关后的第五位皇帝，在位 25 年，正是清皇朝从“康乾盛世”走向衰落的过渡阶段。史书记载，嘉庆三年 (1799 年) 白莲教首领王三槐在北京受审时的供词提到“官逼民反”，嘉庆知道后受到很大震动，也想有一番作为，所以他一直重视“惩贪倡廉”，亲政后做的第一件大事就是把乾隆的宠臣、大贪官和坤赐死。此后，他一再发布整饬吏治的谕旨，也处置了多宗大案要案。这些都可以看出嘉庆“反贪”的决心和力度。在中国古代，不少皇帝骂贪官、罚贪官甚至杀贪官，但像嘉庆写诗骂得如此痛快淋漓的却不多见。嘉庆把百官看作自己和百姓的对立面，对百官生活奢侈、残害百姓、辜负“皇恩”表示出冲天怒气。“牛羊付与豺狼牧”的诗句，正是反映了他心目中的“君”、“臣”、“民”的位置：当官就像放牧一样应该把皇家的牛羊 (百姓) 养肥，谁知豺狼似的官员却把牛羊吃掉，皇上当然不能容忍了。然而，嘉庆帝的骂贪官诗并没有骂出澄清的吏治，当贪赃枉法成为一种规则、制度或制度或者习惯，在官员中泛滥成风，那就不是皇帝一首诗、几份圣旨所能感动，也不是办几件案、杀几个人所能震慑的。嘉庆去世 30 年后，中国历史上最大一次农民运动——太平天国起义终于爆发，官逼民反，天下大乱，这是历史的必然。

隐居诗　余邵鱼（明）

翠竹林中景最幽，人生此乐更何求？
数方白石堆云起，一道清泉接涧流。
得趣猿猴堪共乐，忘机麋鹿可同游。
红尘一任满天去，高卧先生百不忧。

清代诗人袁枚，在他的《随园诗话》里，提到一首骂男诗，说杭州有个姓赵的，有了点钱便到苏州买妾。有一李姓女子，天生丽质，赵某看中其美貌，却嫌其脚大。媒婆说此女子能作诗，不妨试试。赵某存心戏侮，便以《弓鞋》命题。那女子当即挥毫写道：

三寸弓鞋自古无，观音大士赤双趺。
不知裹足从何起？起自人间贱丈夫。

题广州火烧妓院

金屋无缘贮阿娇，大江明月衍吹箫。
年年寒舍添新鬼，夜夜香魂泣暮潮。

青埭白云千古恨，红颜黄土一般焦。
英雄自古东流去，惭愧名花咏六朝。

（作者不祥）

一乞丐临终自咏

赋性生来是野流，手持竹杖过通州。
饭蓝尚晓迎残月，歌板临风唱晚秋。
两脚踏遍尘世路，一肩挑尽古今愁。
从今不用嗟来食，村犬何须吠未休。

——后人怜其才而葬之

才女题诗救夫

古有一才女，将近婚期，其夫无钱办事，去偷牛被捕。才女亲往县衙求情，适县令在下棋，即叫以棋为题，牛字押尾，题诗作诉，女曰：

楚汉相争未肯输，满盘士卒下河洲。
任你陈平①千百计，只少田单②一火牛。

县令听罢升堂，又指墨盘叫题，女又曰：

本来一块顽石头，琢成器玉近公候。
轻轻磨起云烟墨，点点文光射斗牛。

县令怜她穷，叫再题，少什么赏赐她，女又再题：

奴乃一女流，十八甚娇妻。
妆台盆代镜，梳装水为油。
竹簪斜插髻，葵扇半遮羞。
妾身非织女，夫主是牵牛。

县衙众人啧啧称奇，纷纷叫再题，女又曰：

百世姻缘在此宵，诸君何不苦相邀。
可怜织女河边等，早放牛郎渡鹊桥。

诗罢，得尝获释，双双而去。

才女送夫应试诗

自古男儿志四方，出门何必泪汪汪。
满朝诸子文章贵，结发夫妻岁月长。
阴暖岂知桃浪暖，粉香怎比桂花香。
鳌头倘中青钱选，早遣音书还故乡。

注：①西汉王朝的开国功臣。在楚汉相争时，曾多次出计策助刘邦。②齐国大商，为了救国散尽家财，之后以火牛阵大破燕军，田单便为齐国丞相。

才女题诗催夫归

三十年来可娶妻，为何不效古人时。
莫将花柳留心恋，好把文章着意知。
黄榜科名宜早早，青云捷步莫迟迟。
鸳鸯总有成双日，何不题诗限日期。

夫步韵答妻诗

鸿雁传书寄与妻，青春莫怪少年时。
鞋穿衣破无人补，枕冷衾寒只自知。
梦里几怀情绻绻，相思不见意迟迟。
鸳鸯自有成双日，定在今冬十月期。

读书对联

咬成几句有用书，可以充饥；
养培数竿新生竹，直似儿孙。

——郑板桥

与有肝胆人共事；
从无字句处读书。

——周恩来

醒世对联

为善必昌，为善不昌，祖宗必有余殃，殃尽自然昌；
为恶必灭，为恶不灭，祖宗必有余德，德尽自然灭。

何必贪多，死后依然空手去；
莫宜嫌少，生前原来是赤身。

惜衣惜食，非谓惜财原惜福；
求名求利，是虽求己莫求人。

粗茶淡饭布衣裳，这点福让老夫消受，
齐家治国平天下，那些事有儿辈担当。

广州国民大学一学生溺水而亡，同学作挽联吊唁：
掩卷忆良朋，怕听涛声催泪下；
开窗怀学友，惊闻浪击更悲伤。

廻龙赤光两镇交界处广福亭对联：
广道建一亭绕二溪而通三径四阁风流五旅行商来意早，
福星招六路歌七碗以宴八仙九天月饮十方过客去心迟。

第3章 绿叶情意

我是你的一片绿叶，我的根在你的土地。暑来寒往，春来春去，叶不忘根，人不忘本，始终不灭的是对根的那份依念、那份情意……

——题记

启方家信

导语：弟弟启方是个少年大学生，15岁上的大学。他读书走天下，先后在广州、北京、上海读书，后来远涉重洋赴澳洲、美国留学，在迈阿密大学摘取博士学位后移居加拿大。在国内曾在中国农业出版社做过英语编辑，在英国壳牌中国公司做过职员。说起来应该感谢过去通讯还不很发达的年代，古老的“鸿雁传书”给方弟留下了纸质的历史记忆。因为那时候只有这样，才能经常向父母请安，才能安慰父母对儿子的牵挂。爸妈平时最高兴的事，莫过于接到儿子的信，收信成了老人家最大的期盼，见信如见儿啊！每次收到来信，爸爸总是看了一遍又一遍，就连认不了多少字的母亲，也要戴着老花眼镜仔细端详一番，好像是看看她的儿子是胖了还是瘦了似的。爸爸将方弟的信保存得好好的，这也是父亲寄托思念的一种方式。下面选编的是方弟在九十年代前后写的家信。

（一）

爸、妈：

今天是星期六，上半天班。外国企业服务公司今天上午也不组织学习，因此这个周末便有了一天半的闲暇。

我7号出差去福建，前天（中秋节）回到北京。在福州呆了四、五天,往返厦门二天。这次出差没谈买卖，只是到省、市农贸公司，省农业厅、省农科院植保所、果树所等单位了解情况。福州城没有广州大,更比不上北京。街道路面的建设也没这后两个城市好，但建筑物比较有特色，不是清一色的方格子，而多有现代味的当地传统建筑，整个城市的气氛也远为北京安宁。厦门是一个有 40 万人口的海岛，五十年代人们在此岛和大陆之间填海筑起了一条路，火车、汽车并用，这有许多国际、国内航班，所以人来人往，比福州繁华热闹。我曾登游艇沿厦门旁边的鼓浪屿游了一圈。鼓浪屿是个仅 1.32 平方公里大的小岛，但却很有名。解放前有 15 个国家在此地设领事馆，至今各国建筑林立。这岛上人口仅有 1 万左右，却产生过数位全国有名的钢琴家。岛的东北角上立着几百年前收复台湾岛的民族英雄郑成功石雕巨像，他日夜望着台湾，不远处仍在国民党控制下的金门各岛时刻在他的视线中。由此岛游水一个半小时即可达国民党控制区，天晴无雾时青天白日旗隐约可见。

月底我还将出差上海，30 号回来。北京去上海飞一个多小时就可达，而我飞往福建却花了 2 小时 20 分，北京到广州的飞行时间是 2 小时 30 分。

愿爸妈保重身体。我想找个出差广州的机会回家，现在的假期比以前少了，全年包括路上只有 15 天。

祝好！

儿：方

1989 年 9 月 16 日

(二)

爸、妈：

我现在南京的南京饭店给您们写信。

10 月 16 日夜，我从北京乘中国民航班机，经 1 小时 30 分飞行后来到二哥曾经学习过的地方，这是我第三次到南京。

第一次是 84 年春节，大雪纷飞之夜，我从上海到此与二哥团聚，那时住在长江大桥北面的陆军高级步兵学校，二哥学习的地方。

第二次是今年 8 月份，去黄山开会时路过此地，呆了二个夜晚，住在市中心的中山大厦。

第三次（这回）开始我只是按主人（全国爱国卫生运动委员会一个训练学习班的组织者）的安排，住在江苏饭店。昨天讲完课后，我就搬到了南京

饭店。

黄山开会时我介绍的是壳牌公司在中国注册的农田用杀虫剂、除草剂，这次是介绍杀蚊子、蟑螂、蚂蚁、苍蝇等卫生害虫的“奋斗呐”及杀鼠剂“杀它仗”。我虽然是来讲课的，但实际上我学到的比我讲授的要多得多。

南京现时气温与北京相似，只是没有北京的寒风，因此舒服得多，穿上件毛衣就够了。

廻龙天气想来也快变冷，望爸妈多保重。

我明天回北京。

儿：方

1989年10月18日

（三）

爸、妈：

非常想念您们，也常责怪自己为什么不勤点动笔，可就是这样，我的信总是慢慢出来，两个星期前就写好的一封信，由于一些变故，终究没能发出。

每日都非常的忙，忙的很快活。每天晚上若不到同事、朋友家蹭饭,便回宿舍自己做，包括第二天带到办公室吃的中午饭。累得不想动时，便简单做点面，像今天晚上一样（实际上，我在电炉开始烧水时写这封信，中间停不下来放面条，打鸡蛋，拌辣椒，吃了一半，太辣又停下来，继续写信），有时有老乡、同事来聊天，喝点酒，一个晚上很快就过去。星期天总是闲不了，上星期天是最忙的，洗衣服被单等用了近 4 个小时，出去买东西 2 个小时，修鞋 1 个小时，做饭 1 个小时，其余时间是陪同事聊天（抽烟、喝酒、说东说西）。再前一个星期天是经理请客，到外面玩，整整一天，很晚才回。

北京前几天很暖和，昨天晚上却下了雪。今年的天气很古怪，变幻不定。所幸风沙历年渐减，现在春天大风的日子还不是很多。但吹起来是很讨厌的，不但立足困难，而且满嘴、耳、鼻都会灌进细沙。

回北京后，在京城内出了二趟差。一次是到北京市农科院参加北京昆虫学会 40 周年大会，在那里见到了许多往日的老师和同学；一次是到北京农业大学植保系，给全国植保站长培训班的学员讲课，介绍壳牌在农业方面的研究、开发工作，以及壳牌在组织结构、具体措施等方面对农药的全面负责情况，还加上壳牌在中国注册的各个农药品种。

月底由上海去苏州，开壳牌卫生害虫用药“奋斗呐”研讨会 (29 日开会，30 日游览苏州)，31 日往杭州（1 号是星期天，正好游杭州），2 至 5 日在浙江调查，6 日往南京安排今年的农药试验，8 日星期天回到北京。

好，先写到此，我吃完面后去寄信。

祝安好！

儿：方

1990 年 3 月 22 日

(四)

爸、妈：

我现在苏州的外贸宾馆给您们写信，时间是晚上 11 点半。

昨天我由北京到上海再到苏州，在北京机场因飞机维修拖了 2 个小时，到上海又碰上大雨，交通紧张，至使上午 7 点离开宿舍后，下午 1 点半才到壳牌上海办公室，正点应在上午 11 点半到。在飞机上，碰到了相声演员侯跃文和歌唱家关牧村，关小姐没带雨具，我帮了下忙，才告别。下午坐出租车赶路 100 多公里，到苏州时已是晚 6 点半，忙着吃饭，与参加会议的各路“英雄”打招呼，11 点多才回房间，睡觉时已近 1 点。

今天开了整一天会，晚上在得月楼吃饭。会开的很成功、热烈。与会者包括全国卫生害虫防治方面的头号权威陆宝麟教授，以及各研究单位、卫生防疫站(使用单位)及生产厂家与经销商，我从各位的报告、发言中学到很多东西。

饭后，在当地人陪同下逛夜市，买了点给北京同事和朋友的小礼品，回来后又忙于跟专家请教，写小结报告，至此才有空给您们写信。

明天安排去游览地上天堂苏州市，晚上恐怕也少不了各种谈话。后天去杭州，争取在杭州时还能写封信回家。

祝：安康！

儿：方

1990年3月29日

(五)

爸、妈：

我现在杭州的新桥饭店给您们写信。

上星期五晚，我离开苏州（那是3月30日，当时还游览了苏州的狮子林、拙政园、灵岩山（传说西施与吴王活动过的地方）及天平山（此处有范仲淹的墓道等古迹），当晚在上海的锦江饭店住宿，次日乘火车到杭州，时间是中午12点半。下午去浙江省农科院园艺所联系往南京车票及安排本星期的访问日程。星期六，住在“柳浪闻莺”附近的柳莺宾馆，就在西湖边上，风光极好。星期天的上午绕着西湖走了4个小时，苏（东坡）堤、白（居易）堤、西冷印社址等风景点都转了一遍，只见到处桃红柳绿，鸟啼声脆，下午睡了4小时。第二天星期一驱车沿钱塘江、富春江、新安江往建德、兰溪、衢州拜访各地柑橘研究所及农场的科研人员及农民，所获甚丰，星期三下午回到杭州。今天是星期四，上午拜访省农科院植保所，下午打电话到北京、南京，汇报工作进展及下一站回程安排。晚上驱车50公里到富阳县拜访在那里开会的浙江省农业生产资料公司人士，向他们了解情况并介绍壳牌公司的农药产品，晚8点半回到杭州。

明天还要拜访省植保站，然后于晚上8点钟坐火车离杭往南京。后天（7号）早上到南京，上午拜访省农垦，下午到江苏农药研究所谈一个农药的残留试验安排。星期天（8号）飞回北京。

出差繁忙、紧张而有趣，回去办公室等着我的又将是一大堆事情。在北京总是不太想写信，也许京城的生活较单调，没有新东西输入就缺乏输出的刺激。

希望明天相片能洗出来，夹在此信中给您们寄出去。上次由北京寄出的相片谅已收到。

祝：安好！

儿：方

1990 年 4 月 5 日

(六)

爸、妈：

您们好！

爸的信是今天上午收到的，同时还收到桂云的信。好久没看到爸的字了，特别高兴，今天那么走运！爸的设想很好。我们姐弟之间对家里的资产都不会有什么特别要求的，爸有什么想法尽可以跟各个哥姐说，嫂子们也会通情达理的。总的来说，大哥大嫂应得到特别关照。

我以前在出版社一年总共不过 1000 多元收入，相当于现在 1 个半月到 2 个月的收入。自去年 3 月份到壳牌工作来，一年差不多有 1 万元积蓄，但办桂云的事把这一年积蓄花的差不多（机票 5000 元，停薪保职费 2000 元，我们回家，她回湖北带她母亲来北京，加上买点出国用的东西，差不多又是 3000 元）。90 年又半年过去了，所以手头又有了几千元。从现在起到我去美国探桂云，所积够一张半飞机票的钱，就很可以了。

上月底托我的老板去香港买了 5 瓶救心丹，已放在广州军区总医院王伟中同学处，并已信告四哥，看有谁出去时取回来。听四哥提到妈的身体，时常不安，很挂念，妈妈千万不要太劳累了。

此祝：安康！

儿：方

1990 年 10 月 8 日

（七）

爸、妈：

好久没写信了，一定让您们挂念了。

打了好几次电话到老隆，家里的事多少都知道，只可惜没法从办公室一直打到廻龙。从英国回来不久，请四哥给您们传了个信，说我平安就是。7月份可能会出差广州，这样的话请几天假回家看一下。

打报告到外企，要求去美国探亲，过两天就会批下来，然后办理申请护照、签证等一系列手续，整个办好大概要到8月份，那时我就可以去美国了。

5月份在伦敦，第一周陪国家卫生部几位客人访问壳牌公司总部，壳牌所属的一些工厂，也去游览了大英博物馆、蜡像馆等风景名胜。第二周学习，全部为农药方面的，得益颇多。

附相片一张，我面对壳牌总部大楼，身后是泰晤士河、大本钟，钟楼及其左边是英国议会大厦，最右边为国防部。伦敦市中心几乎都是二三百年的老建筑，很少新东西。星期天静悄悄，只有旅游者。周日很挤，车拥挤的比北京的自行车还厉害。从飞机上往下看，到处是绿地，不见荒山，在地面上行走也几乎没有尘埃，很干净。房租极贵，三流宾馆的价钱与北京市世界一流水平的王府饭店接近。中餐馆很多，有些味道还很纯正。但西餐不能多吃，我连续吃了一个星期，肚子都不舒服，幸好回国的时间也到了。

祝爸妈身体好！

儿：方

1991年6月17日

（八）

爸爸、妈妈您们好：

我们于1月13号就到了迈阿密，一路都很顺利。3号离开湖北去北京，住在一位朋友家里。8号晚上离开北京，10号到珠海姐姐家，11号乘快艇由珠海去香港，在香港住在堂姐家。我们改乘12号的飞机（原计划是16号），因为只有12号的飞机才有座位，这段时间机票很紧张。

回到迈阿密，没有什么变化，只是天气比我们离开时稍微冷些，但仍然是阳光明媚。这几天还没开学，就整理家务，送车去维修，拜访几位朋友。启方今天开始学习了，他在走之前有一门课没考，星期三让他去考。

我们的包裹大概是找不回来了，昨天打电话给航空公司，过几天才有答复，最终航空公司要赔偿，具体怎么赔我们还不清楚。

我们 12 号晚上（美国时间）到纽约，本来计划在纽约玩两天，看看朋友。出了纽约机场，冰天雪地，很冷！立马决定还是赶紧回温暖的迈阿密。当晚没有飞迈阿密的航班，航空公司安排我们在离机场不远的希尔顿饭店住了一晚，13 号一早就离开了纽约。

在国内东奔西走了一个月，回到迈阿密，觉得清闲多了，今早一觉睡到中午 12 点多，真好睡。

刚回来有一堆信要写，下一封给珠海的姐姐。

爸爸妈妈保重身体！向大哥、大嫂问好！

启方、桂云（执笔）

1993 年 1 月 16 日

（九）

爸、妈：

我写上一封信好像是在过年前后，好久了。

2 月份（公历）有三次打电话到大姐家，妈妈去兴宁经过老隆，我都没碰上。第三次姐夫提到妈要用的救心丹不多了，我就写了张支票和信给在广州売牌的任佩瑜老师，她回信说银行已同意 1 个月后（她拿支票去银行时算起）承兑，待她出差香港时就去买（以前她也帮忙买过日本的救心丹），另我还去信给钟兵，要他与任老师联系取药。2 月份我还寄去（地址廻龙）一小盒西洋参，价值 65 美元，不知收到没有。

3 月份又试着打了几次电话给大姐，不知哪边的线路有毛病，总打不通，好不容易打通了，刚说两句话就断了线，有些事想早点告诉也没办法，我也好久没写信给他们了。

这边 1 月 19 号开学，2 月份比较轻松，3 月份是各门课的第一次考试的时候，还加上桂云要通过博士资格审议的第一关——宣讲研究建议书，弄得好紧张。我那时还在等着经济系的通知，看秋季有没有助学金，心里好悬。经济系只有四份助学金，申请的几十个，我知道的有好几个似乎实力都挺强的，其中一个从浙江农业大学来的，农业经济硕士毕业，又在农经系教过几年书，还有的是每学期各门功课全部优秀的巴西留学生，或拿过工商管理硕士的美国人。每个人都好像应该拿到助学金。但这几个好像运气还没到，现在还不清楚。

我拿到了一年一万美元的助学金，另外还免学费，想来运气很重要。这学期刚好选了一门国际贸易经济学课程，主讲教授是研究生招生委员会的主任，他对我的功课评价较高，再加上去年让我入学成功的一位教授积极支持，还有一门基础课教授也支持（这学期我也在上他的课），这样，5 人委员会就有了 3 个人的多数。

好了，我要上课去了，4 月份又是考试月，5 月份大考，然后放假，到 5 月我再写信。

祝大家好！

儿：方

1993 年 4 月 5 日

（十）

爸、妈：

春节全家好！

元旦时桂云的同学送我们一个挂历，上面说公历 2 月 4 日是中国新年，没错吧。

美国人的节日（放假的节日）好像没有中国多。他们的圣诞节（12 月 25 日）相当于我们的过年，是全家相聚的时候，放假也就一二天。我们的春节政府规定有 4 天假，农村就更多了。其他重要的节日有“感恩节”（11 月底）、元旦、劳动节、国庆节其他没有公假的节日还有军人节、情人节、母亲节。圣诞节根据的是基督教的经典——《圣经》，据说公元第一年的 12 月 25 日天没亮，圣母玛利亚（当时还是贞女）受灵生下了耶稣基督。那一年定为公元第一年，那一天被立为最神圣的节日。感恩节来源于约 400 年前，欧洲人来到美洲，初来乍到没什么吃的，当地土著人把自己的食物（火鸡等）送给他们，所以后来就有了这个感恩的节日。每到此日，全家人必定要有一只大火鸡，一人抓一把吃。91 年的感恩节，我们也到一个同学家去了。那是个两口之家，主妇是桂云的同学，主人在一家电脑公司工作。他们以前在西部的内华达州，家在美国最大最出名的赌城拉斯维加斯，因为那里土地贫瘠，到处都是沙漠，就开赌城赚钱。在佛罗里达（它在美国东南角上），这种活动是非法的，但抽奖搞得很厉害，天天都有抽奖，有时最多奖金高达数亿美金，中奖后不能立刻抽钱，而要分几十年付给。美国各州的法律不很一样，当然也有联邦法律，但联邦法不全，细节由州法律规定。举例来讲，每州的税收政府就有不同。佛罗里达的消费税 6.0%，其他州有的 3%—9%，所以这里除了买食品，买其他东西时都要另付税钱。通常花在食品上的钱不多，象我们两个人一个月花 200 美元就充足，但房租+煤气+电话≈450 美元，两倍于伙食。这边的食用油很便宜，价钱跟饮料一般，有时我们用油比用饮料量还多。

在这边搬家是经常的事。美国人自己很少说自己是哪个州的人。他们在哪里工作、纳税，就算是那个州的人，在那里注册投票，他们的子女在那里上公立大学交的学费就会少些。外州人交较高的学费，因为公立大学、小学的钱主要是本州政府拨给，而本州政府的钱来自在本州工作纳税的人，外州人没纳税，所以要多交些钱。美国人也经常换州，他们没有户口，要去哪就去哪，谁也管不着。即使在一个地方呆下来，搬家也经常，特别是那些租房子的，当然自己有房子的人少搬。桂云在这里已搬了 3 次家，我们现在住的地方大概到五六月，可能又要搬了。

美国人平时不以州来划分，更多的是以种族来源和肤色划分，比如：白人、黑人、亚洲人、拉丁美洲人。白人又分爱尔兰人、英国人、德国人，还有犹太人。种族之间矛盾多，六十年代以前，黑人和白人还不能在同一学校上学。100 年前，黑人还是奴隶，现在黑人的平均收入远低于白人，比亚洲人收入还低。原来的地道美国人——印第安土著居民，现在分散在几十个“居留点”，与现代文明还有很大的隔阂。

尽管大体上来说，美国存在着种族矛盾，但我们作为一个个单独的人还不会直接感受到这些矛盾，基本上只要能表明自己有能力，就不会有明显的歧视，所以在这方面，我们感觉还可以。

转眼春节又到了，再次遥祝大家好。望爸妈好好保重身体！

儿：启方　媳：桂云

1992 年 1 月 15 日

(十一)

爸、妈：

桂云已正式毕业，拿了博士学位。我也顺便申请了一个工商管理硕士学位（通过博士资格考试，还没交论文就够条件要硕士）。寄出相片中，博士帽上挂的是金丝，硕士帽上挂的是蓝色丝带。一张是校园里毕业典礼后照的，余三张是在海边，背景是迈阿密的中心建筑。大姐、二哥、三哥、四哥处都寄了像片。

通过在多伦多大学的朋友，我们已找到了住的地方，是多伦多大学的公寓，六月下旬才能迁入。所以我们要在 6 月 20 号左右才离开迈阿密，到时租辆货车，把书籍、计算机、电视、家具几件搬过去。现住的地方 5 月底到期，暂时搬到朋友的空屋里住三个星期，他们回国去了。这样打电话就不太方便，待我们搬到多伦多安顿下来，再给家里打电话。

桂云现在多伦多大学，边读书边找工作，找到工作就可以不再读书。我还在写论文，学校还给我一年的奖学金，去多伦多后，我也会去找工作。

陆陆续续有好多人移民加拿大，特别是象我们一样的，在美国难拿绿卡，就往这边跑。加拿大的人口有广东省的一半，面积与中国差不多，或许多一点，只是寒冷的地方大。多伦多的人口占加拿大的十分之一，（300 多万/3000 多万），是加国的工业金融中心，离美国的纽约市不远，开车几个小时，多伦多也是整个北美（美国+加拿大）华人最多的城市之一。

到多伦多后，我们会抓紧办必要的证件，让爸早点申请去加拿大的签证，到了加拿大申请去美国的旅游签证较易。

望爸妈好好保重身体，我们在外一切都会小心，不要挂念。

儿：方　媳：云

1996 年 5 月 21 日

（十二）

爸、妈：

如在电话中所说，我们一路平安抵达多伦多，沿途 3000 多公里，停了三站，分别是佛罗里达大学、杜克大学和宾州州立大学，都有同学接待。他们分别是北农大的同学，华南农学院的同学和迈阿密大学新认识的同学。到了多伦多有桂云在科学院的同学为我们找好了住处并预付了房租。

我们住在多伦多闹市区一座 20 层高的楼里，一居室一客厅，很宽敞。迈阿密用的东西基本上都运了过来，所以不用新添什么家具，即可起火做饭，铺床睡觉。这里公共汽车、地铁比较多，不用自己开车也能行走各处，所以暂不打算买车，待日后找到工作再说。

加拿大人口不多土地很广，华人是第三大的民族，第一为英国人，第二为法国人，印度人也不少。与美国相比，黑人很少，在华人区里，广州话站绝对优势，香港移民很多。

住的地方离多伦多大学和中国城都不远，走路 20 分钟左右。在中国城里可以买到各种青菜、调料，豆腐很便宜又好吃，几乎天天吃豆腐，猪骨头也很便宜，四五角钱买一堆。与美国的大部分城市不同，多伦多的闹市区不是穷人才住的地方，有钱人也住，治安很好，半夜里街上行人仍众。

爸妈与儿子启方越洋通话

7月1号是加拿大的国庆节，今天已第三次去中国城，路过省议会山，看见人山人海，载歌载舞，原来人们在庆祝国庆。

问全家好！

儿：方

1996年7月1日

（十三）

二哥、二嫂：

我们在6月26日抵达多伦多市，把从迈阿密运来的一堆东西打开整理好，再在外面买点小东西，就重新安置下来。住在多伦多大学的宿舍，房租每月530加元（在迈阿密时是535美元），位于市中心，就像广州的中山五路—北京路旁边，总是很热闹。

离开迈阿密前，我们把车卖了，10年旧车已有15万公里行程，800美元卖给一个同学,美国的旧车很便宜。然后花500美元去搬家公司租了辆卡车，把桌椅、凳子、床铺、碗筷全运了过来。6月21日起始，跑了3000公里，中间走走停停，看看同学。他们分别在佛罗里达大学（离迈阿密200公里），杜克大学和宾州州立大学。这些大学都在山清水秀的大学城里，远离大城市。在杜克大学，我们住了两夜，主人是华南农学院的同学，女主人与我同班，大埔人。他们信主，是基督徒，一家四口主要靠男的工资过活，他们自己种菜、钓鱼、缝衣服，我还在他们家里理了个头发。94 年夏天，我们远游芝加哥、纽约，回迈阿密的路上也在他们家住了两夜，那时他们在弗吉尼亚大学，离华盛顿160公里左右，走时还运了一筐青菜回迈阿密。宾州州立大学在丛山峻岭之中，小地名叫“世外桃源”，周围有一些祖籍荷兰的人，他们过着传统的生活，不用电视、不开汽车，不接受现代教育与文明。

一路上，我们出佛罗里达，过佐治亚州（前总统卡特是此州的一个农场主，79年卡特政府与中国正式建交），南、北卡罗来那州、马里兰州、宾州、纽约州，而后进入加拿大的安大略省。从国境线到多伦多有 1 个半小时的行程，海关手续简单，几分钟搞掂，连签证都没有验证。

离开迈阿密的前一天，我通过了博士论文提案，表明论文的基本框架已得到同意，可望于明年准时毕业。

在美国，大部分城市市中心区都是很少人住的，只是上班的地方，或者住的是黑人，犯罪率很高。多伦多好像是例外，市中心区住人很多，房租也贵，但却很安全，路上很少看到警车。纽约市中心住人也很多，但抬头就是警车和警察。华盛顿则有许多的黑人，是犯罪率全美第一的地方，黑人失业率高，教育水平低，受政府救济的多。加拿大黑人少，好些皮肤黑的并非从非洲来的，是印度人。

祝好！

弟：方

1996 年 7 月 1 日

(十四)

二哥：

刚才跟大姐讲电话，说到爸爸妈妈最后在哪里安家的事：是让他们留在廻龙，还是迁到河源？

我跟她说，两个地方都好。要是留在廻龙，那是尊重爸爸原来的想法：廻龙的那块地是他选的，墓是他设计的，他还派人去把老阿公的骨头从兴宁迁上来，为得是他能照顾到，并且他也可以和他同在一处。要是把爸妈请到河源，为得是我们弟兄姐妹可以更好地纪念他们，也可以更好地照顾好他们的安息所在。这是学习爸爸的意愿尽心照顾他的阿爸阿公一样，这也是敬重他的意思。

姐姐哥哥们和我都很想念我们的爸爸妈妈，愿意好好的纪念他们。不管爸爸妈妈最后是在廻龙还是在河源，天上的主都会祝福我们，因为他说“要孝敬父母，使你得福，在世长寿”（《圣经》十戒之第五戒）。

妈妈是清清楚楚信上帝（天主，耶稣）的人。以前我每年回去，都劝她信耶稣，她很犹豫，说自己老了，拜了那么多年的佛，不好变来变去。2005年底她病重的时候，我回去，和大家轮流值夜班照顾她。在我离开她的前两天深夜2至3点钟光景，我又劝她要信耶稣。她终于信了，第二天早上五点多钟，我要走了，去和妈妈告别。她特别地示意三嫂把她扶起坐在床上，竭尽力气说：“我信上主。”当时，爸爸也在场。那是妈妈对我说的最后一句话。那时她已经很弱，不能多说，也不能再为她所至爱的小儿子做些什么。但是，她知道，那么多年来，我有一个心愿，就是她能信耶稣，可以日后在天国里再团圆。到了最后的时光，她能为她的爱子做的就是让我的这个心愿满足。这样，她就做了，给了我人所能给的最好的礼物，就是信耶稣。

我也曾劝爸爸信耶稣，不过没有象劝妈妈那么多，那么迫切。爸爸总是忙，又怕信耶稣影响他的生意，比如给人看日子之类。我原想，爸爸身体好，还有很多机会，想不到他突然病倒。在广州住医院的时候，我也曾给他读圣经，劝他信耶稣。可是那时他病重不能对我的话有明确的回应，我也就不能知道他到底有没有信。这是我心中深深的遗憾。我多么愿意从爸爸那里得到那同样的礼物啊！

大姐和哥哥们各有各的家庭事业，和大家讲耶稣的机会就更少了。可是，我又何尝不想从你们那里得到那一份礼物呢？

上帝实在很恩待我们全家。他让我们有很有智慧很懂得如何教导孩子的爸爸妈妈，他让我们姐弟六个团结相爱，彼此相顾。每每想到这些，感恩的泪不禁流下。

愿上帝天父的怜悯和慈爱常常在我们的前前后后，也在我们的心里，更把我们带到永恒的国度里，就是现在妈妈所在的地方。

弟：启方

2009年4月24日

天大地大 父母情恩

2006、2008，时隔两年，母亲和父亲相继去世。

天塌了，地陷了，儿女们悲痛欲绝!

母亲活了 83 岁，一辈子含辛茹苦，身心疲惫。

4 岁那年，母亲做了父亲的童养媳，19 岁过门到夏屋陈。

母亲的娘家在兴宁宁中古塘，4 岁时病魔夺走了她的父亲，

那时她的母亲还怀着她的二弟展彝，大弟朱军只有 2 岁，

世态炎凉，族人为夺取财产，一度将她的母亲赶出家门，

孤儿寡母四人相依为命，艰难度日……

朱氏一家人

外婆守寡而终，老人帮助母亲把我们姐弟带大。

大舅朱军，1948 年参加东江纵队打游击，

建国前夕的功臣，官衔副师，直至病逝。

出生后没有见过父亲的二舅展彝，任职乐昌县文化馆馆长，

积劳成疾，只过了知天命之年。

一根藤上的苦瓜，先掉落了两个，提起来母亲就哽咽不已。

1944 年，母亲随父亲漂落廻龙创家立业，夫唱妇随。

母亲叫泉珍，乡亲们都叫她“泉嫂”，

她象嫂子一样与街坊邻舍相敬如宾。

她勤劳善良，一辈子相夫教子，无怨无悔。
她生了十个儿女，养活了一女五男。
她长年累月承受着生活的困苦和辛酸，
她自己吃的是草，用挤出的乳汁养儿育女。
她教诫嗷嗷待哺的儿女们：
“有食自然到，冇食唔使跳上灶”。
她给儿女们讲“张古老在月亮中砍树不止”的神话故事，
她给儿女们唱“月光光，照四方”的童谣，
她教儿女们洗衣、做饭、扫地，
她从不轻易打骂儿女，尽管有时淘气，让她生气。
随着儿女的成长，出门求学、工作，
“慈母手中线，游子身上衣。临行密密缝，意恐迟迟归”，
——儿女是她一生的牵挂。
生活的艰辛、子女的拖累无情地透支着母亲的健康，
从中年到老年可恶的疾病总是找茬、总不离身，
儿女们多方寻医问道，祈求悬壶济世，哺药年复一年。
朝杖岁月，她仍不愿意使用“朝杖”，
但是，毕竟年老体弱，久病多舛，一病不起：
2006 年 1 月 11 日凌晨 0 时 16 分，母亲睡了，再也没有醒来!
兄弟子嫂、姐姐姐夫守护在床前看着老人家慢慢地合上眼睛。
母亲居住了整整 60 年的廻龙老家，

哀乐低回，草木含悲，花圈从灵堂摆到门口街边，
没有化妆、没有整容，母亲安详地躺在鲜花丛中，
亲朋好友不分远近从各地纷纷赶来，送别老人!
父亲亲笔撰写的挽联：“持家勤俭教子有方，处世谦和睦邻乡邦”
——概括了母亲的一生。
此时此刻，一个声音在太平洋彼岸祷告：
妈妈，一路走好!

母亲走了，父亲常日向西张望，眼里充满了忧伤茫然，
八十年的姻缘，酸甜苦辣，其中甘苦有谁知晓?
他的话少了，只是还是不知疲倦地忙这忙那，
儿子陪他去万绿湖游览，他也难露笑容。
一次，他病倒了，儿子陪他去广州治疗，

2011 年亲人谒灵合影

病好了，他还是闲不住。

一天，父亲正在挥笔书写对联，
突然手悬笔落，突然不能言语，漏夜送往广州救治，
启方回国昼夜守护在病榻前，
50 多个日夜子孙们聚集在父亲膝下，
2008 年 2 月 20 日凌晨 0 时 30 分，
他老人家慢慢地睁开眼睛，又慢慢地合上眼睛，
留下"勤朴敬业谦和处世，与人为善德高光宗"的身影，
在河源撒手 86 年的人生驾风西行，
去找他的老伴——我的母亲！

天苍苍、地茫茫，风吹绿叶见坟岗。
"胜地林景秀
泉川珍源长"
以父母名字镌刻的碑联，
竖立在河源青龙园大山之中，
天大地大，父亲母亲，
相依相伴，永远，永远！

仲儿启鹏写于 2013 年清明

地上的娃娃想妈妈

（一）妈妈给我最后的话

2006 年 1 月 10 日

今天中午十二点半，我在办公室接到陈铖从河源来的电话。二嫂跟我说，"半夜 12：16，妈妈走了。"

我正在吃饭，停了下来，一时茫然，不知如何是好。

我想起昨夜（北京时间 10 日晨）二哥在电话中跟我说，妈妈的病情加重，大姐和四个哥哥都在妈妈身边。他还说，妈妈去世的话，我就不要回去了。

我给桂云电话，告诉她妈妈去世的事。我说我会听二哥的话，眼下不回去，留下假期等年底再回去看望爸爸。

到此为止，我都还平静。

然后，泪水就禁不住流下来。饭再无法下咽，就停了。

我感谢天父让我的妈妈从世界中安息，我也感谢天父把她接到他的手中。

我想念妈妈。要过好多年，我也到天父那里时，才能再见到妈妈。

我犹豫片刻，不知该不该用办公室电话打国际长途，然后拿起话筒，给家里打电话。

显然二哥在等我，铃音刚响，他就接了。我们在电话里一起流泪。

二哥简要跟说了下妈妈的后事安排，又一次叫我不要回去。

我跟四哥也说了话。

哥哥们说我给妈妈祷告就好了。

我请他们多多关照爸爸。

哥哥说，妈妈走的很平静。走前几天，妈妈已经不能说话。不过，走前一天，她还勉力吃了半碗粥。（后来，大姐跟我说，妈妈曾拉着她的手，轻轻唤她：玉兰。）

这样，我知道，妈妈再没有给我留下别的话。

她给我最后的话已经说了，那是 2005 年 12 月 28 日早上 5 点 15 分。

当时，我正要离家去搭往深圳的早班车。

我到她的床前和她告别。

她打手势让三嫂扶她坐起来。爸爸也在旁边。

她说：“我信上主。”

这就是妈妈给我最后的话。

这也是妈妈给我，我们家，这个世界，留下的见证。

妈妈不在世了，可她因信仍然说话。

（二）爸爸献给妈妈的话

2006 年 1 月 21 日

爸爸长妈妈一岁。爸爸今年 84，他四岁时跟妈妈订的婚。八十年的婚姻，其中经历多少风雨，多少眼泪，多少忧愁，多少欢笑，我这个做儿子的，不知多少，只能想象，只知感恩。

我没有见过爸爸流泪。

我只听到他流泪，是在过去的几天，妈妈离开我们的日子里。

第一两天我和家里通电话，哥哥们跟我讲家事的进展，安慰我，要我放心，要我为妈妈祷告。我问到爸爸，他们说爸爸很忙，跟平时一样，大事小事都过问，并且亲手书写挽联，很少睡觉，劝也无用。

稍后我终于和爸爸说上了话。他向来不在电话中多言，此时更是这样。三言两语，就嗓音哽咽。

过后有机会和二嫂说话。她说，爸爸很坚强，只有独自一人时，才流泪。

前几天，侄女陈铖告诉我，从她的网上日志可以看到妈妈丧礼的照片。我到那里去看，第一张是妈妈的灵堂。灵堂的两侧是爸爸写的挽联：

持家勤俭教子有方

处世谦和睦邻乡邦

这是爸爸献给妈妈的话，是爸爸给妈妈的人生总结。

爸爸和妈妈的婚姻没有什么浪漫，也没有什么海誓山盟，但却是完满的。

他们做到了一男一女，一夫一妻，一生一世。

妈妈在离世前不久信了耶稣，爸爸现在还没有。

可因着神的恩，他们行了神的道，持守了神圣的婚姻。

我们这些做儿女子孙的，也都因此蒙福。正如圣经诗篇128篇所说：

凡敬畏耶和华，遵行他道的人便为有福。

你要吃劳碌得来的。你要享福，事情顺利。

你妻子在你的内室，好像多结果子的葡萄树。

你儿女围绕你的桌子，好像橄榄栽子。

看哪，敬畏耶和华的人，必要这样蒙福。

愿大家都做蒙福的人。

(三) 钟华想起外婆的话

2006年1月22日

周末整理阳台的花花，又想起我的外婆。外婆也是爱花之人，在楼上的阳台上也种了不少的花花，几乎每天都要提水上去浇花。后来外婆腿不方便了，花花也就没办法亲自打理了。

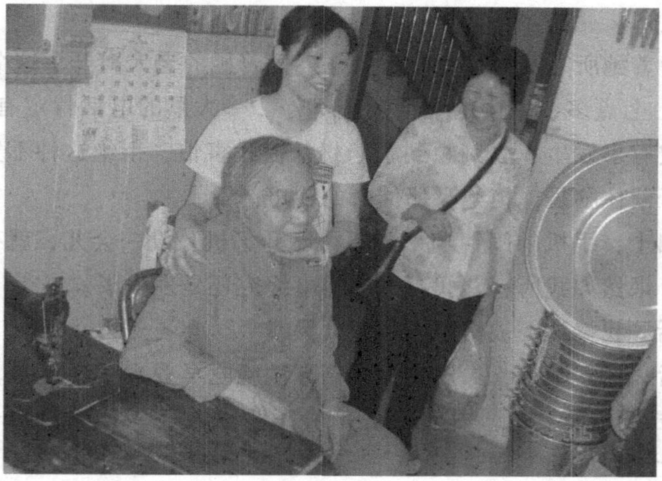

三代亲

以前只要寒暑假，我们小辈们就结伴去外婆家，一到外婆家就冲到外婆房间里，大口大口地喝外婆早已为我们凉好的白开水；吃上外婆自己平时舍不得吃留给我们的水果、零食。

和外婆一起总是快乐的，大家围坐在床边听外婆讲奇人轶事，或是聚在大圆桌上打牌，其乐融融；到了晚上和外婆一起看电视，总是偷笑外婆看到一半就忍不住打起瞌睡……

最后一次见外婆，她已经很是虚弱，说话都比较吃力了，临走时我向她告别，她仍不忘叮嘱我要好好工作，不用挂念她。没想到，那是外婆留给我的最后一句话了。

外婆，就像一朵典雅的百合，并没有奢华的颜色，却把所有爱和芳香留给了大家，直到最后凋零……

我爱百合，更爱外婆！

（四）珊珊纪念奶奶的话

2006 年 1 月 18 日

从家里回来已经有好几天了。

这一段日子经历了好多，让我觉得是如此的漫长。

奶奶去世了。

那个疼爱着她所有子孙、所有子孙也疼爱着她的老人离开了这个世界。

11日早上七点多，家中的电话响个不停。一大早的电话肯定有问题。我隐隐觉得一定有事发生，立刻想到了奶奶，但我害怕，拒绝这种不安的猜想。于是我用被子蒙住脑袋，拒绝听那催命的铃声。

但七点四十，手机的闹铃响了，不得已开了机。没一会儿，就有电话来，家里的电话。果然如我所料，我不愿想的事终究还是发生了。

放下电话，我蜷缩在被窝里，放声大哭。

哭了之后，抹干眼泪，像没事似的刷牙洗脸吃早餐去学校上课。

直到上完课，我走在回家的路上，抬头仰望天空，鼻子开始一阵发酸：奶奶真的离开了？

第二天，12日。等齐人驱车赶回家，在家门口就已听到了撕心裂肺的哭声。

我往里直冲，看到了奶奶。

奶奶正安静地躺在那里，是那么安祥。

我，不只我，所有的人，放声大哭。

哭得涕泪横流，哭得一塌糊涂，哭得撕心裂肺，哭得肝肠寸断。

站在奶奶的旁边，好几次我似乎听到了她的呼吸。

我想伸出手去探探，但拼命忍住了。

我拼命地哭，撕心裂肺地哭，肝肠寸断地哭。

因为我想用我的哭声把奶奶吵醒。

如果我们都哭得天崩地裂，也许奶奶会受不了坐起来骂我们：

你们吵死了，让我安静地睡一会儿好不好！

于是，我一边想着，一边拼命地哭。

可使她终究没有坐起来骂我们。

奶奶啊，为什么我们这么不乖，这么吵，这么闹，你还不舍得骂我们呢？

13日。奶奶要送走了。

这是最后一天。

我欺身上前，抚摸着奶奶的脸颊，是冰冷的。

奶奶啊，为什么我的温度你感受不到呢？

这一回，我终于确定奶奶是离开了，彻底地离开了。

当奶奶的棺木抬上灵车，我绝望了。

我没有奶奶了。这个认知让我伤心，让我痛苦，让我害怕。

借着鞭炮声，我肆无忌惮地放声大哭。

我静静地看着奶奶的灵车渐行渐远，直至消失。不知道是它远离了我的视线，还是泪水已经模糊了我的视线。

史铁生不能理解上帝为什么早早地召他的母亲回去。后来才明白是母亲心里太苦了，上帝看她受不住了，就召她回去了。

我也知道奶奶为什么离开。

我不怨谁。

那奶奶的心里有怨吗？

看着她安静的面容，我想她面对死神时应该是很从容吧。

这时我多希望能听到芦管的声音啊。

就是《边城》里头翠翠和爷爷经常在月光下吹起的管子。

翠翠问爷爷：爷爷，谁是第一个做这个小管子的人？

爷爷说：一定是个最快乐的人做的，因为他分给别人的也是许多快乐；可又像是个不快乐的人做的，因为他同时也可以引起人不快乐！

......

死神在屋外游走，他带走了翠翠的爷爷，也带走了我的奶奶。

姑且用别人安慰翠翠的话聊以自慰：天保佑你，死了的到西方去，活下的永保平安。

奶奶是个如此善良的人。

我相信善恶因果报应。

所以，我的奶奶现在在另外一个世界也会过得非常幸福。

所以，我也一定要幸福。

（五）妈妈教导我的两件事情

2006 年 1 月 29 日

这些日子常常想起妈妈。

妈妈的遗容非常安祥，时不时在脑海中浮现。

在我儿时的记忆中，妈妈有很多的劳累，很少的平静，我不乖时也没有疾言厉色。

但是，她说话的威力让我永生难忘。

有一回，妈妈买回降价的肉罐头。我和四哥为一块肉争了起来。妈妈看着我们，并不劝架，也不为我们分曲直，只是叹了一口气，说："哎，没吃冤枉，有吃也冤枉。要是妈妈死了，你们怎么办呢？"我们哥俩立刻安静下来。

又有一回，我对大哥说不敬的话，叫他的花名（外号）。妈妈吧我叫过去，没有训斥，也不批评，只是说："儿子，别人这样对你大哥，妈妈心里难受，也无可奈何，你怎么也这样呢？"从此，我再也不敢。如今下笔，提到这事，眼泪不禁流下，心里为曾经那样伤害大哥和妈妈难过。

我为有那么爱我的妈妈而向神感恩。

妈妈在我们都不认识神的时候，就让我得到了神丰盛的恩典，因为她让我成长在慈爱怜悯和赦免的恩典气氛中。

耶稣说："怜恤人的人有福了，因为他们必蒙怜恤。"（马太福音 5 章 7 节）

妈妈不是个完美的人，但是个怜恤孩子，怜恤邻舍的人。照着耶稣的话，他老人家也蒙怜恤，罪得赦免，成为天父的女儿，现在在神的国度里，在神的荣耀里。

天父啊，我为这一切感谢您。

（六）听妈妈讲那过去的事情

2006 年 2 月 10 日

小学时，老师教我们唱过一首歌，叫《听妈妈讲那过去的事情》。歌词的头几句是这样的：

月亮在白莲花般的云朵里穿行
晚风吹来一阵阵快乐的歌声
我们坐在高高的谷堆旁边
听妈妈讲那过去的事情

接下来的歌词是对旧社会的痛苦回忆，借此唤起对新社会的感恩。

我小时候的确常听妈妈讲那过去的事情，或在月光下，或在油灯前。其中有两件事记得特别清楚。

启方启中哥俩好·1972

有一个白天，妈妈看见一个人偷我们家的鸡。她没有出声，眼睁睁让他把鸡偷走了。过些日子，那人到她的门市买东西。妈妈看看周围没人，就婉转地告诉他，她知道他偷了鸡，但没有叫他赔，只是请他以后手下留情。打那以后，那人再也没有偷我们家的鸡。妈妈解释说，若是当时就喊抓贼，让他难堪，不能做人，既对他不好，也对己不利。脸皮撕破，就不好相处了。不如吃点眼前亏，大家都好过。

又有一回，妈妈所在的合作商店遇盗。同事们怀疑是一个贫穷的搬运工人干的，就把他给抓起来。妈妈知道那人穷但不至于做贼，就去为他说话，又帮忙找到证人，说明案发时那人不可能在现场。于是那人得以释放，从此对妈妈感恩不尽。妈妈说，不要因人家穷就瞧不起人家。

妈妈没有上过学，没有多少文化知识，但是满有人生智慧。

我感谢神，让我有那么一位有怜悯有智慧的妈妈。

（七）妈妈给我的生日礼物

2006 年 2 月 19 日（农历正月廿二日）

按农历，今天是我的生日。

妈妈生我的时候，大陆中国三年的大饥荒刚刚过去。后来，我的个子长得比我的哥哥姐姐都高，妈妈说是因为那时生活好转，甚至有盐焗制的鸡做营养。

妈妈生我的时候也是中国人口政策变化的开始，五十年代，中国学习苏联，鼓励生育。五十年代末六十年代初，中苏交恶，中国也在人口方面转向，开始计划生育。爸爸妈妈响应政府号召，生下我以后，就不在生育。这样，我就成了家里最小最后的儿子。

姐姐和哥哥们过生日的时候，妈妈有没有给他们什么礼物，我不记得。但是，妈妈给我的生日礼物，我却时时记得，不会忘记。

小时候，能吃饱饭就不错，菜是仅仅用来下饭的，肉和鸡蛋都是奢侈品。有鸡蛋，就是煎一个，然后加水做成一大碗汤，一家人分。

妈妈给我的生日礼物，就是整整一个鸡蛋，一个煮熟了，用食品红把蛋壳染得红红的鸡蛋。那一天，我一个人，吃一个鸡蛋。

妈妈给我的生日礼物，年年都是一样。我也年年期盼着生日的到来。

今天，又是我生日。日子相同，却时不我再。

今天，我与妈妈当年生我时同年。

今天，妈妈已不在人间。

然而，妈妈给我的生日礼物，永远在我心间。

(八) 母亲节里忆母亲

2006 年 5 月 14 日

今天是母亲节。

中国有三八妇女节，没有母亲节。

但中国人的母亲是世界上最伟大的母亲。

我母亲是其中的一位。

母亲的伟大在其对儿女们无条件的爱。

不管儿女
是美丽还是丑陋，
是聪明还是笨拙，
是智慧还是愚蠢，
是孝顺还是叛逆，
母亲都爱他们。
因为他们是她生的。

就像创造天地的天父一样，

“他叫日头照好人，也照歹人；
降雨给义人，也给不义的人。”
因为他们都是他造的。

我不丑也不温柔，
有听话的时候也有叛逆的时候，
有让她得安慰也有让她担惊受怕的时候。
不管什么时候，母亲总是在想着我念着我，
盼着能给我一碗鸡蛋煮酒，
盼着能让我吃上艾草蒸鸡。

上帝的爱伴我长大成人。
那就是
母亲的呵护，
母亲的叮咛，
母亲的宽容。
母亲是上帝给我的天使。

上帝成全了母亲作为天使的使命，
就让她休了世间的劳苦，
回到他那里去了。

谢谢您，我的天父。
谢谢您，我的母亲。
天上见！

（九）常回家看看

2006年10月16日

上个月，桂云回湖北看望她的父母姐姐兄弟。

下个月，我要回广东看望爸爸姐姐姐夫哥哥嫂嫂，以及可亲可爱的后生们。

我还要去看妈妈的墓。

今年加加上学，桂云和我轮着回家。

也许明年夏天，加加和我可以一起回家，放长假。

加加五岁了，回过两次家。

我是差不多年年回家。

我想常回家看看。

常回家看看的心情不仅在于家国亲情。这里还有一种忧虑和忧愁。

这些忧虑和忧愁仿佛如同以色列的先知耶利米对他同胞的心境。

他说：（旧约：耶利米书 8:18–20）

"我有忧愁，愿能自慰。我心在我里面发昏。

听啊，是我百姓的哀声从极远之地而来，说，

耶和华不在锡安吗？

锡安的王不在其中吗？

耶和华说，他们为什么以雕刻的偶像和外邦虚无的神惹我发怒呢？

麦秋已过，夏令已完，我们还未得救。"

是啊，麦秋已过，夏令已完，我所爱的亲人们还未得救！

怎能叫我不想他和她呢！

我多么盼望，有一天，家人们也可以常回家看看，常回神的家看看，象这首歌所说：

常回家看看

找点时间，找点空闲，领着孩子，来教会看看

献上颂歌，卸下重担，陪同老人，进神家看看

上帝预备了美好救恩，耶稣洗净了人的过犯

心中的苦水跟救主说说，人生的困惑向基督谈谈

常回家看看，回家看看，教会乃是今日神家园

天父不图儿女为他做多大贡献，只要信靠他就可以罪得赦免

常回家看看，常回家看看，主赐喜乐永世福无边

天父不图儿女为他做多大贡献，一辈子与他同行去把福音传

（十）铁桥断了

2006 年 5 月 28 日

一个星期前的晚上，来了个中国长途，是桂云的姐姐打来的。

一个意料之中，又不愿听到的消息：铁桥断了。

铁桥是桂云的二哥。

正值壮年的他，已经抱病 5 年了。

病根子却是年轻时种下的。

70 年代，还是公社的时候，被派去湖北血吸虫区修水利，染上了血吸虫，一直不知，5 年前才发现。

80 年代，搞乡镇企业的时候，在粉尘弥漫不见天日的工厂打工，肺吸下大量粉尘，5 年前开始肺病发作。

90 年代，假劣商品泛滥的时候，喝便宜的劣酒消愁解闷，伤了身体，5 年前开始糖尿病发作。

桂云说，铁桥是爱干净的。小时候，常常嫌她扫地不够干净，就自己拿过扫把来扫。

想不到，一个爱干净的人，能把自己的屋子扫干净，却对社会的污染无能为力，并且被它早早地锈蚀，从里到外彻底朽坏了。一座铁打的桥，就这样不到时候断了。

铁桥病中，桂云和她的父母都常常为他祷告，也不住地劝他接受主耶稣基督的救恩。老人家说他是信耶稣了。

今生不比永恒长。

在耶稣里就有盼望。

铁桥兄，天上见！

（十一）十年多伦多

2006 年 6 月 22 日

十年前的六月，桂云和我开车从美国的迈阿密到了加拿大的多伦多。

十年里，

我们悔改认罪作天父儿女，基督门徒；
我们有了自己的房子，地上的家 - home;
我们有了女儿加加，名副其实有了家 - family;

十年来，
启方一直在一家银行 CIBC 工作。
我们一直在一个教会聚会。

十年里，
我们送走了：
启方的妈妈
桂云的二哥
一个青岛来的姐妹
一个成都来的朋友

我们都是四十出头了。
前面 30 年，过的稀里糊涂。
后面 10 年，蒙耶稣的恩，多少记得常常谢恩。
感恩的日子是幸福的。

盼望越来越多的亲人同胞得到耶稣的救恩。
找到真正的人生，过感恩知足的日子。

下面一首歌代表这样的心情，愿与您共享。

歌名：迦南 1–带着你的欢笑

带着你的欢笑，带着你的歌声
带着你的诚实，带着你的心灵
走进美好的圣所，寻求真正的人生

只有相信耶稣才是我们的路灯

快把福音传，快把福音听

欢迎你们来到，欢迎你们来到我们的大家庭

（十二）男女相处

2005年11月27日

好多年前，我在北京农业大学学习生物防治，就是不用农药而用生物来治理害虫。

有一回，我的老师和美国某研究机构合作，试图用原生动物来控制草原蝗虫。

美国来了两位科学家，我陪他们去内蒙草原看那里的蝗虫发生情况。

我们坐火车去呼和浩特，路上没事就闲聊，不知为什么我就说到了男女相处的事。其中一位老美，当时大致五十出头，说了一句话，一直记得。他说："It's difficult to live with a woman,but it's impossible to live without."(女人难处，但没女人日子没法过。)

合唱一段时间，我都觉得他说的有道理。意思是，女人难处，女人麻烦，不像男人讲道理、易相处。

我现在知道，女人也会说一样的话："It's difficult to live with a man, but it's impossible to live without."说的准确一点，我知道女人会说"男人很难相处"，但不太肯定她是否能没有男人而活得更潇洒。

我先前以为只有女人难处，后知道男人也难处。我发现自己不是个容易相处的人。我有很多的毛病，比如自以为是，眼高手低，处理家务手脚很慢又不利索，对人对事缺乏耐心，为人古板缺少灵活性幽默感……要不是太太对我多多的忍耐宽容，我早就成孤家寡人了。

有了这样的自知，就不会只怪太太难处了，很多时候，家中闹矛盾气氛不好，是因为自己的毛病：只看见太太身上的刺，没看见自己眼中的梁木。知道问题的所在，多加注意，慢慢地情况就有改变，家里就有更多的和谐和睦和气。"女人难处"的感觉就减缓了。

这些自我发现和变化与读圣经很有关。我从亚当身上看到自己，看到男女相互抱怨的难处。

圣经第一本书创世纪第三章记载，人类之母夏娃受蛇的诱惑，吃了禁果，又把那果子给亚当吃，结果两人违背神的命令，导致灵性死亡，把罪引入人间，也种下了男女不和睦的罪根。

男女不和首先是亚当推卸责任造成的。男人是一家之主，出了什么问题，神先拿男人是问。

当神向亚当追究吃禁果一事时，亚当回答说："你所赐给我，与我同居的人，她把那树上的果子给我，我就吃了。"

亚当把责任推给夏娃，并把矛头指向神，他说："你所赐给我的那女人，要不是那女人，要不是神赐给他那个女人，他亚当就不会犯罪。"

亚当是我的写照，也是天下众男人的写照。亚当犯罪并不好玩，人间悲剧由此而来。

然后，我们不是非得在罪的苦海中沉沦。

好消息："神爱世人，甚至将他的独生子女赐给他们，叫一切信他的，不至灭亡，反得永生。"（约翰福音 3:16）。"您们受洗礼归入基督的，都是披戴基督了。并不分犹太人，希利尼人，自主的，为奴的，或男或女。因为你们在基督耶稣里都成为了一了。"（加拉太书 3:27–28）

男女在记得耶稣里都成为一了，男女相处难的难题就有了药方。

这服良药不苦口，我请你喝，耶稣买单。

干杯！

（十三）自卑，谦卑，骄傲

2005 年 10 月 4 日

记得读小学时，每个学期末了都会有一封家庭报告书。报告书上的成绩单总是让家人高兴，自己也高兴。不过，高兴之后，总会有一点扫兴的话，那就是老师的评语。老师评语的前大半还是很鼓舞人的，除了最后一句话：要戒骄戒躁。我的哥哥也是拿那句话来提醒我，不要骄傲。

我不能说什么，那样的教导是百分之百的正确。毛主席说："虚心使人进步，骄傲使人落后。"可是我心里就是很不舒服：我什么时候骄傲啦，怎么老是要提醒我不要骄傲，不要骄傲?!

现在想来，我实在是个骄傲的人。我的几十年，甚至现在的很多时候，还是很骄傲的人。不骄傲时，我就自卑，而不谦卑。

没信耶稣的时候，我时常觉得我比很多人正直善良，我觉得我很爱国，我觉得我对家人朋友很讲亲情义气，我对贪官污吏深深痛绝，尽管有时厚此薄彼也无妨，自我感觉良好。

信了耶稣，很多时候又觉得真理在我的一边，我比别人正确。其实，只有耶稣是“对的”。他的“对”，也不只是观念上的“对”，而是恩典和真理的和谐，行为和理念的统一。他的谦卑是“绝对零度–270k”，无人能为，又是万人楷模。试看：

他本有神的形象，不以自己与神同等为强夺的。

反倒虚己，去了奴仆的形象，成为人的样式。

既有人的样子，就自己卑微，存心顺服，

以至于死，且死在十字架上。（圣经腓立比书 2:6–8）

我们的至圣先师孔圣人是个很谦卑的人。他说，知之为知之，不知为不知，是为知也。他那时候，神的道在神州失落，“大道隐去了”。他无法知道，就以“不知为不知”。

今天的神州子民，耶稣的光已照到神州大地，就该去认识他，

做到“知之为知之”，就是效法我们的孔老夫子了。

（十四）家是爱的窝

2005 年 11 月 5 日

有一天收到钟民一封电邮。它这样谈论家庭 FAMILY:

假如明天我们离开这个世界，

我们所服务的公司会在短短的几天里找人替代我们，

而我们的家人却在他们的生命里不断感受失去亲人的痛苦。

仔细想想，我们对工作的投入往往超过了对家庭的投入，

这样值得吗？

这确实是个不太明智的投资，难道您不这样以为吗？

这给我们更深的启示是什么？

您知道家庭 \ “FAMILY” \ 这个词意味着什么吗？

家庭（FAMILY）
爸 Father
和 And
妈 Mother
我 I
爱 Love
你 You

我谢谢他的提醒，家庭的重要，父慈母爱的宝贵。
爱是一个家庭的基本元素。没有爱，家就不成为家。

它也说明，一个正常的完整的家，应该有父有母有孩子。
没有所谓“同性”父母之家。

创造天地的主也是创造家庭的主。
在旧约圣经中，神说：“当孝敬父母，使你的日子在耶和华你神所赐的地上得以长久。”（出埃及记 20:12）这是神给人的十戒之第五戒。
在新约圣经中，神要做儿女的“孝敬父母”。孝敬父母的人，神要“使你得福，在世长寿。“与此同时，神要做父母的“不要惹儿女的气，只要照着主的教训和警戒养育他们”。（以弗所书 6:2–4）

神不仅创立家庭，也教导家庭成员彼此相爱，这是神的爱。
儿女孝敬父母，这是孩子对父母的爱。
父母照神的教导来带领儿女，就是父母的爱。
家就是这样一个地方，那里有父母的爱，儿女的爱，和神的爱。家就是爱之窝。

（十五）爱的诗篇

2006 年 4 月 9 日

2003 年中央台的春节联欢晚会上，一个基督之家为国人献上了一首爱的诗篇：

让爱住我家
——赵明、麦伟婷全家

弟弟：爸爸妈妈……姐姐……
姐姐：我爱我的家，弟弟爸爸妈妈，
爱是不吵架常常陪我玩耍
妈妈：我爱我的家，儿子女儿我的他，
爱就是忍耐家庭所有烦杂
爸爸：我爱我的家，儿子女儿我亲爱的她，
爱就是付出让家不缺乏
夫妻：让爱天天住你家，让爱天天住我家，
不分日夜，秋冬春夏，
全心全意爱我们的家

让爱天天住你家，让爱天天住我家，
充满快乐，拥有平安，让爱永远住我们的家

姐姐：我爱我的家，弟弟爸爸妈妈，
爱是不嫉妒，弟弟要耍我也耍
妈妈：我爱我的家，儿子女儿我的他，
爱就是感谢，不记任何代价
爸爸：我爱我的家，儿子女儿我亲爱的她，
爱就是珍惜时光和年华
夫妻：让爱天天住你家，让爱天天住我家，
不分日夜，秋冬春夏，
全心全意爱我们的家

让爱天天住你家，让爱天天住我家，
充满快乐，拥有平安，
让爱永远住我们的家

姐姐：让爱永远住我们的家

这首歌亲切温馨，唱出了人们对家的情怀，对爱的渴慕。
这歌不仅在大陆广为传唱，在海外华人中也很受欢迎。
赵明、麦伟婷全家也曾到多伦多巡回演出。

在台湾，有一首流行很久，内容相似的歌。
我也很喜欢。我们教会也常常唱。
歌词是这样的：

爱我们的家
每个人爱它，家就有光彩；
每个人付出，家就不孤独；
每个人珍惜，家就有甜蜜；
每个人宽恕，家就有幸福。

让爱天天住你家，让爱天天住我家；
不分日夜，秋冬春夏；
全心全意爱我们的家。

因为这两首歌有相似的地方，有人以为麦玮婷是抄袭。
理由是，她是台湾人，一定熟悉《爱我们的家》。

我想麦玮婷熟悉《爱我们的家》是不错的。
《爱我们的家》可能给《让爱住我家》一些灵感。

不过，这两首歌的作者都有一个共同的灵感来源。
这个来源就是保罗和他的“爱的真谛”；

爱是恒久忍耐，又有恩慈。
爱是不嫉妒。爱是不自夸。
不张狂。不作害羞的事。
不求自已的益处。不轻易发怒。
不计算人的恶。不喜欢不义，只喜欢真理。
凡事包容。凡事相信。凡事盼望，凡事忍耐。
爱是永不止息。

保罗是谁呢？
我们来看看他的自我介绍。
“奉神旨意，蒙召作耶稣基督使徒的保罗”
(圣经，哥林多前书 1:1)
但是，保罗原先是耶稣的敌人。且看保罗说：
我原是使徒中最小的，不配称为使徒，
因为从前逼迫神的教会
然而我今日成了何等人，
是蒙神的恩才成的。

(圣经，歌林前书 15:9–10)
保罗“从前逼迫神的教会”。
后来成为耶稣基督的使徒，成为传扬爱的使者。
两千年前，保罗被基督的爱降服，
写下千古传颂的“爱的真谛”。
今天基督的爱，通过赵明、麦玮婷一家的歌声，
传到你我的心中，传到我们的家里。
愿我们珍惜这一份爱，

让神的爱常住我们的家中。

儿子启方2006年写于多伦多

清明时节雨纷纷

又到了霪雨霏霏的清明时节，这四月其实也只不过是农历的二月而已，但没有那二月初的梢头豆蔻，也不见那酒旗招摇的杏花村。咱家的老老少少一行几十人浩浩荡荡地踩着泥泞的山路漫步在纷纷细雨中，向着山顶进发。因为那里住着我们的列祖列宗。

我不能不说这的确是一块风水宝地：站得高，望得远，视野极好。我们家的这块地极大，这里住着阿公的阿公阿奶，阿公的老爸老妈，阿公的叔叔婶婶，还有最新的住户——我的阿奶。

其实祭祖的仪式很烦琐，加之人多嘴杂又逢绵绵细雨，大家七嘴八舌地嚷嚷着应该先什么后什么，应该这样或那样……总之，吵个不停。

阿公还是那么急性子。按说人活到了一定的年岁之时，生活的步调会变缓，活得更从容。可咱家阿公虽然快九十了，但脾性一如当年丝毫未变，步子依然迈得老大，说话依旧中气十足，做事依然利索得让我们这些孙儿辈看得目瞪口呆。虽说生是偶然死是必然，随着光阴的急速流转，阿公更是深谙善待生命之道，在他的身上丝毫不见颓靡的情绪。反倒是我，一个二十多岁的年轻人，却三天两头地长吁短叹感慨生命的无常，常常迷了路却找不到出口，以至一个花样年华的年轻人看起来像年逾九十阅尽沧桑的糟老太太。应该说是我老了，还是阿公日益年轻呢？

话题还是回到祭祖上。摆好了鸡鸭鱼肉包子酒水之后便点燃了香火，分别祭拜了皇天厚土山神。我要在这略做说明，天神、地神、山神要分列在祖坟的前方和左右两方。当然，“贿赂”（烧钱）是不可避免的。看来，这天上和人间都一样啊！虽然有点迷信，但“人法地，地法天，天法道，道法自然”，不如把它看做是中国人对天地自然的敬畏与对生命的热爱。

阿公开始读祭文时，这时我听到了三个“陈珊珊”的名字。这真让我汗颜！按说全中国十几亿人，同名同姓并没什么稀奇。可是让人汗颜的是在同一个家族的同一辈人中竟然有两个个人同名同姓，这着实让我为咱家人贫乏的想象力和创造力大大摇头。

阿公读完祭文之后，每人手里拿着三柱香，跟祖宗们说会儿话，说完之后就可以插在香炉里边了。我看着大家嘴里都在嘟囔着，心里不禁在想我们在这儿说这么多话他们能听见吗？说实话心里的确是想偷笑的。可我确实是有话说，于是先前的想法没有了也不在乎了，也站在一边和阿奶说了好些话儿。

希望我的阿奶不管听不听得到，不管她在哪儿,都能过得快快乐乐。希望阿奶保佑我事业有成，保佑咱家永远相亲相爱，保佑咱家老少身体安康、幸福无忧……

说实话，我确实是个贪婪的人。与其说是我迷信，不如说这是我的愿望。我真的为我姓“陈”而自豪。虽然这很老套，也很俗气，可我还是要说。虽然我没能让陈家因我而自豪，但最起码我的行为不能辱没陈家。我现在确实有点惭愧，但我希望以后我能做到问心无愧。

说完心里话，烧了些足可以给阿奶开银行的银子之后，整个祭祖的仪式基本上就可以结束了。

收尾工作做好之后，一行人又踩着泥泞的羊肠曲径漫步在细雨中渐行渐远了……

孙女珊珊写于 2007 年 4 月 5 日

他，让子孙骄傲

正当我还在积极地请各位学医的朋友们帮我寻找中风家庭护理具体步骤和注意事项的时候，正当我放下心离开家去外面游玩的时候，正当我还甜甜地睡在梦乡的时候，一个电话破坏了所有的宁静。

阿公走了，一下子不敢置信！之前我们以为他挺不过去的最危险的日子，他都顽强地挺了过来，而 24 小时前，我和堂弟烂跟头还在他身边，望着他虽倦怠却安详无恙的脸庞离开。

我一直以有阿公这样的爷爷骄傲。

他，精神矍铄，颇有名家风范。我总以为阿公是帅老头，高额亮目，腰板挺直，步伐坚定，谈吐大方，姿态从容。

他，勤勉耐劳，培育出了一个纯良勤恳的大家庭。阿公忙碌辛劳的身影是家里不灭的风景，他日出而作，日落不息。我记得他在裁缝车上劳作的样子，娴熟、专注，做出一件件漂亮的蚊帐、被子、枕头套；我记得他在盘点时候敲击在算盘上的指头，灵活、准确，列出一个个清晰的账目；我记得他清点货物的神情，仔细，认真，形成一项项详尽的进货计划。

他，聪慧好学，言传身教地感染了一代又一代子孙。父辈乃至我们这些孙字辈，都崇尚“学习”，不能不说是受了他的影响。他坚持看新闻报刊书籍，我有好一段日子在老家就靠着他订阅的《参考消息》和收藏的古书打发时间。我从小学一年级到大学，一直担着学习委员的虚名，若我还算有点读书因子，一定是源于阿公。

他，才情横溢，写诗作对撰文无一不通。他小小的记录本上留下了他的才情诗意；而我们后辈们对书籍有着特殊的亲近，对文字有着非常的喜爱，也是因于他的传承。他还写得一手好字，我们各家他作的嵌入名字的对联，映着他苍健有力的笔迹。我记得一年前姐姐阿丑托我摘抄阿公写的对联时，阿公爽朗地掀起袖子，替我抄，他边抄边念叨姐姐是教书先生，应该要学写祭文，以后肯定有人会请她帮忙写的。我说以后等阿丑亲自来请教您，这次就先教教对联。悼念会的时候，我凄凄地想：阿公，阿丑还没有学到您的文章，您就走了。

他，热心善良，对乡亲邻里伸出过多少次温暖的双手。作为尝过饥荒、走过清贫的老头，阿公节俭持家，对钱挺“斤斤计较”的，但对于需要帮助的人，即使关系不那么密切，他都愿意慷慨解囊，有种现在弘扬的“大爱”精神。

阿公在世间度过了86个年头，付出，收获，没有虚度过。我有时候想，若我能做到如此也不枉此生了。最后说一声：阿公，您走好！

孙女立芳写于2008年3月5日

爷爷的寂寞

矫健坚定的步伐，中气十足的声音，遒劲有力的笔法，清晰跃动的思维，就这样忙碌地奔走于寂寞的生活中，我看见他在悠悠的时光里来去自如地穿梭，似乎永不疲倦。

对，永不疲倦。打从记事起，他就不知疲倦地忙碌着，任何事都亲力亲为，这样一个顽固的老头是如此地执着。

父亲和孙辈，本文作者珊珊（前排右一）

可是，有一天，他终于倦了，累了，他再也迈不出矫健的步伐，从此只能躺在冷冰冰的病榻之上；曾经中气十足的声音我们再也无法听见，他从此只能睁大眼睛无力地看着头上单调的天花板；那只永远握着笔杆的有力的右手再也不能动，思维再也不复以往的清晰，时光在一宿之间迅速染白了他的头发，染白了他的胡须，苍老了他的容颜，憔悴了他的心理。

我望着躺在冰冷床上的他，心在剧烈地抽痛。他不愿打针，不愿吃药，也许他心里边正惶恐不安，然而任何安慰的话我都说不出口。他一定很寂寞吧？当他躺在冷冰冰的床上，他一定想到去世的奶奶了吧？他躺在床上前，从没想过他将面对这一天吧？因此，他应该是没有任何的准备吧？无论是身体上的还是心理上的。

一切都来得那么猝不及防。他离开的时候，眼睛还是睁着的。我知道他有多留恋这个世界，他有多热爱生活，他还有多少话没来得及说。

许多人说他现在什么都有了，一定走得很安心。可是我们心里明白，他一定留下了许多遗憾。看看他怀念奶奶的诗，自从奶奶去世后，他一定很寂寞吧？虽然有孝顺的子女，出息的子孙，但每个人都有自己的生活，他终究还是寂寞。

奶奶的离去给很多人以沉重的打击，许多人都非常伤心。其实，最伤心的人莫过于他。

我不了解爷爷奶奶的爱情故事，但八十年的风风雨雨一同度过，一生一世，不离不弃。“死生契阔，与子成说。执子之手，与子偕老”，这虽不是轰轰烈烈但却是多少人期待的平凡温馨的爱情啊！少不了争执，但更多的是相濡以沫，我常常在想，穷尽我这一生，也能找到这样的一个能伴我一生的人吗？

爷爷和奶奶站在一起，站在我的对面。在他们两个人的世界里，我始终是个旁观者。老妈和阿伯娘娘们有时会告诉我们爷爷奶奶生活里发生的一些趣事儿，我知道，这不是他们生活的全部，却也是他们全部的生活。听着两老的故事，我们总是会心一笑。

奶奶被送走的那一天，吃饭时，他痛哭失声，像个孩子一样嚎啕大哭。

你见过男人流泪吗？你曾亲眼见过一个男人流泪吗？在我的印象里，似乎没有。所以，爷爷脸上淌下的泪水似乎让我的心剧烈地抽搐。

盖世英雄项羽力能拔山，被刘邦逼到垓下之时，却为心爱之人虞姬和一直伴他征战沙场的乌骓流下了英雄泪。英雄征战沙场，固然值得敬仰，而英雄的泪，更不可等闲视之。

爷爷不是英雄，可他却是我心中的神祇。鲁迅说：无情未必真豪杰，怜子如何不丈夫。

说男儿有泪不轻弹？只因未到伤心处啊！

可是，我依然无法体验他的寂寞和痛苦。

他寂寞地过着剩下的日子，最后寂寞地离我们远去。我们都是寂寞的人，一个人寂寞地来到这个陌生的世界，最后又必须一个人孤零零地寂寞地离开这个世界。

孙女珊珊写于2008年4月29日

您走了吗？

您走了吗？

只是听说，没有亲眼证实我还是不敢相信

您走了？

那个记忆中永远脸带红光，神采奕奕的您？

您真的走了？

没能最后送您，是阿 Q 式的逃避更是无法弥补的遗憾！

您还是走了

我们照例饮食起居，只是在凝视熟睡了的孩子的瞬间，在等待锅里水烧开的片刻

您总不失时机闪进我的脑里，心一下子被触动，视线开始模糊

仰望今夜阴郁的天空

那抹云层深处，竟有颗星在闪耀

是您吗？

外公？

知道吗，

您是位可爱的外祖父

您说话声如钟，坐如松，走起路来疾如飞，我们必须小跑才能跟上您虽不拘言笑，却是和蔼可亲

您每晚电视只看新闻，看完就睡觉

您又是才华横溢的才子

您那雄健洒脱的书法，远近闻名，为多少父老乡亲写过对联、赠过佳句

您创作的诗歌、对联、文集。我们为之深深折服

您那精准，如行云流水的珠算让我们望尘莫及

您又是孜孜不倦的学着

读书、看报、记笔记十几年如一

关心家事、国事、天下事，不忘与时俱进

您还是位成功的商人

您的成功来自于您的勤劳、诚信和您独一无二的手艺

您是俗语“无商不奸”有力的反证

知道吗

我为有您这样一位外祖父而骄傲着

为我有幸成为您为首的大家庭成员之一而自豪着

您的血在我们身上流淌着，生生不息
您将永远与我们同在

仅此献给在天堂的外祖父！

外孙女钟华写于2008年2月24日

父母的相册

父母的相册
我每天捧着看看
看到父母
为家任劳任怨
为儿女含辛茹苦

父母的相册
我每天捧着看看
看到父母
善良和蔼可亲
一生勤劳俭朴

父母的相册
我捧着反复看
看到——
父母的情如巍峨泰山高不见顶
父母的爱如浩瀚大海深不见底

父母的相册
我捧着看了又看
一遍又一遍

满脸泪花凝望相册
父母的音容永留心间

女儿娟娟2009年清明于珠海

妈妈的笔迹

在一块两指宽的布条上，妈妈用圆珠笔写下“珠海市香珠（应为“香洲”）车站钟伟（漏写一个“松”字）收”一行字，是妈妈托人带东西给女婿时写的。这是妈妈留下的绝无仅有的珍贵字迹。很遗憾，只留下这片纸只字，但能写出这样的字，也是她爱学、勤学、苦学的结果。

我曾经听妈妈说过，小时候她很想去读书，但因外公过早去世，外婆带着她姐弟三人很艰难地生活，后来在亲戚的帮助下，舅舅才能去上学，妈妈小时带着弟弟去学校读书，经常站在课堂外面听老师讲课。后来被老师发现了，老师很感动，就让她上夜晚的识字课。妈妈上了两个月的夜读班，因为

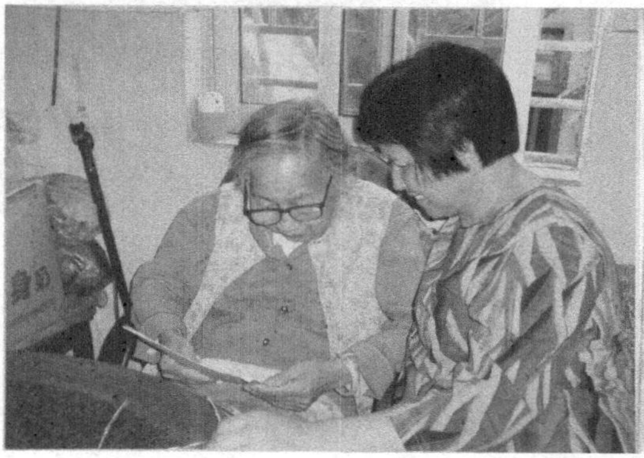

妈妈的笔迹

要帮助外婆做家务，就没再上了。

在我七八岁时，妈妈已三十多岁了，生下了我和三个弟弟。经常在夜间我睡觉醒来，看见妈妈在煤油灯下（煤油灯是从床架上用绳子捆着吊下来的）看书写字，身旁还堆放着用针线缝好纽扣的衣服（当时白天爸爸缝衣服，晚上妈妈缝纽扣挣钱生活）。我曾问妈妈：“您已缝好了衣服的纽扣，怎么还不睡觉呢？”妈妈小声说：“不要吵醒你弟弟，我再写几个字就睡觉了。”那时

我不懂妈妈为什么这样做，以后妈妈又常常跟我姐弟说，你们有书读，要好好珍惜，有文化有知识才能做好事情。随着我们渐渐长大，才越来越理解到妈妈生活的艰辛和对文化知识的渴求。

妈妈夜读的身影，深深地烙在我脑海中，妈妈刻苦求学的精神，一直激励我勤奋学习、努力工作诚实做人，也成就了我们姐弟六人。

2008年7月6日（农历六月初四）妈妈的生辰，女儿娟娟写于珠海

生日念母

——写给母亲的诗

睡梦中
我被耳熟的声音唤醒
母亲拿着一个鸡蛋
含着笑对我说
孩子，快吃
今天是你的生日
饱醮母爱的礼物
咀嚼在嘴上
铭记在心里

今天又是我的生日
好想给母亲写首诗
笔未动，泪已飞
情不自禁喊一声
母亲，你在哪里
儿子想念你

是你
一把屎一把尿

拉扯我长大
一口粥一口饭
喂养我长成
一针针一线线
为我缝缝补补
一天天一年年
为我操心，教我做人
大家都说你
勤俭持家教子有方
待人友善和蔼可亲

母亲
虽然你已经驾鹤远行
但依旧牵着儿女的心
盼你托梦，期待音讯
为你祈祷，遥寄思情
这辈子
母子情深，相依为命
下辈子
我还做你的儿子
你还做我的母亲

戊子年八月初一鹏儿泪笔

爸妈回来了

2008 年 6 月 22 日（农历五月十九日），拂晓。

我梦见了双亲——爸爸妈妈。
爸爸坐在廻龙老家前堂小方桌前，
桌上放着一鼎点燃的香炉。

爸爸穿着灰白色长袖衬衣，
脸容清瘦，长着胡子。
“爸爸，您回来啦？”我问。
“嗯，回来看看。”爸说。
我喊道：“爸爸回来啦。”
妈妈和兄弟们围上前来，
“你也回来了。”妈问。
爸点点头，接着问这问那。
一会儿，爸说去走走看看。
我陪着爸爸边走边看，
爸问我：“今天是什么日？”
“五月十九。”我说。
爸说要记住，我说好。
随后我拿了一本爸常用的软皮抄本，
写上“五月十九日爸妈回家来”。
爸问记好没有？我说记好了。
爸说那我走了。
我随即醒来，起床一看时钟：
“五点十九分”。
回头思梦，
梦得是那么真切，

梦得是那么亲切！

双亲入我梦，

明儿长相忆。

鹏儿梦于清和苑

我的阿公阿奶

2011 年夏，一个人逛北京石刻博物馆，在一面石碑前伫立凝望，眼前是一番熟悉的文字："黎明即起，洒扫庭除，要内外整洁；既昏便息，关锁门户，必亲自检点。一粥一饭，当思来处不易；半丝半缕，恒念物力维艰……"这是朱子治家格言，第一次看到，是在老家，阿公的墨宝，装裱好挂在墙上。阿公这么看重，想必也是以此作为自己为人处事和教育子孙的标尺吧。

阿奶和阿公在我读高中时相继过世，那时候才是刚懂事的年纪，如今时隔数年，回想起来关于阿公阿奶的往事，画面虽然多少有些模糊，却也如海滩拾贝一般，拾起点点而弥足珍贵。

自小在县城居住，所以跟阿公阿奶相处的时间并不多，就是逢年过节或是放假的时候会跟着爸爸妈妈、哥哥姐姐们回去住一阵子。记忆中，阿奶总是慈祥和气的样子，总会把好吃的拿出来和我们分享，所以大伙儿要找好吃的、特别是水果，通常会往阿奶房里窜，其中以我哥和芳姐为最（嗯，两个吃货=。=!）。还记得一次离别的时候，阿奶给我们塞上苹果和梨，小时候不懂事，觉得带着麻烦，到处都有买，而且自己也不爱吃，就想不要了。阿奶就说："要的，带上吧。苹果，平平安安；梨呢，就顺顺利利。"现在想起，会感到一丝暖意，阿奶是以自己的方式在表达她对我们的祝福：要平平安安、顺顺利利的！

阿奶也曾像个孩子一样逗我说："你和阿公阿奶比较好还是跟外公外婆比较好？"我犹豫了一下，还是和稀泥地说道："呃……都差不多。"阿奶当然看出来了，还是善解人意地说："外公外婆把你带大，当然是和他们好些咯。"嘻嘻，我只是笑笑。

当然，阿奶也有“不和气”的一面，比如和阿公拌嘴的时候。两人拌嘴大多是鸡毛蒜皮的小事儿，比如阿公说阿奶房里电视太大声啦，阿奶说阿公把好东西藏起来不给大家吃啦，诸如此类。拌嘴的结果多是以阿公败阵下来告终，而阿公通常会祭出一句阿 Q 式的语句“你 D 麦概啊（你知道什么）”作为结案陈词。这哪里算是两人拌嘴啊，分明是阿奶在“戏弄”阿公。当然，想来也多是阿公一直在让着阿奶的缘故。人生漫漫，我想，要是少了这些拌嘴，才该是少了不知多少乐趣。

阿奶“戏弄”阿公的时候，我在一旁也有点“幸灾乐祸”的样子。因为小时候阿公给我的印象总有些严肃，心里有点怕他，还有记忆特别深刻的是，阿公比较“抠”，平时很少给我们发过红包，一点儿零花钱也总是阿奶在给。小孩子的心思很简单，不向我们“表示”一下的阿公当然“抠”啦，而且店铺里的货物品种数量阿公都记得清清楚楚，“锱铢必较”，一点儿也不“大方”。于是连想在店里拿个小电池都不敢问阿公要，都是直接找阿奶的。不过呢，阿公也不总是那么“抠”，对他的猫可大方啦，有时刚放下碗筷就心系他的猫吃了没，猫餐上还配有猪肝，真丰富。这时，阿奶会不失时机地挤兑阿公：“人都顾不上吃，就顾着猫了。”阿公呢，还是选择无视了，把猫喂了要紧。

这么一比，小时候，阿公在心中的形象比起阿奶可差了好一截呢。当然，阿公也有特别令我欣赏的地方，阿公的书法写得很好。快过年的时候，阿公就磨好墨，在大厅的桌上铺上红纸，大笔一挥，家家过年的对联就出来了：“启业千秋迎晓日，鹏程万里志凌云”，“启后承先日，安居乐业年”，“启展宏图日，中华大有年”……每一幅对联都是以大家的名字开头，阿公自己酝酿出来的，很是有才。不过呢，我哥嘀咕过,阿公的对联不错，字也写得好，就是纸和墨水太次了。好吧，连小时候阿公最让我欣赏的地方也跟“抠”挂上钩，其实现在我才知道，阿公的“抠”，是他一生的节俭。

而现在，细细翻阅阿公留下的文字，才慢慢地了解一个和小时候记忆中“不一样”的阿公。阿公天资聪颖，却因家境贫困中途辍学，年轻时因战乱从兴宁逃难到廻龙，经商初有起色，却时运不济，不仅被赔光了本钱，且人生地不熟，最后连家中的四头大猪都被人骗走。爸妈听闻后，有些忍俊不禁，接二连三的霉运，仿佛电视里上演的情节，不禁让人联想到卓别林默片时代里倒霉的滑稽场景。同时，也确实感慨阿公当年的困境，生活艰辛，可谓是山穷水尽。后来同人赊来稻谷，辛勤经营，才有起色。按阿公的话来说，一路商途，多半坎坷。再后来“文革”时代的迫害，更让阿公过后想起都心有余悸。辛勤工作却被诬陷贪污，逼供成招。字里行间，可以窥见当时是怎样一个是非不分、颠倒黑白的动乱年代。

阿公的文字里，谈及阿奶，勤俭持家、教育子女拾金不昧，一生辛勤，却积劳成疾，晚年疾病缠身。我想，也就不难明白，拌嘴的时候阿公多半会让着阿奶吧。阿奶辞世后，阿公赋诗一首以念,款款深情蕴于字里行间。读及“人去楼空不胜悲，形单影只泪双垂”，依稀能记得阿奶出殡那天，陪阿公在房间里，他一个人静静的、落寞的样子。

谈及人生信仰，阿公悉尊孔孟之道，“孝悌忠信、礼义廉耻”已深入骨髓。我会想到，一副商人的外表下，藏着一颗传统士大夫般文人骚客的心，这就是我的阿公。再想来，自己从小喜欢读书，也与这血脉遗传有割舍不断的联系吧。我很庆幸，有这样的阿公阿奶。若有天堂，我希望，在那里，他们生活得安详幸福！

启中一家人，本文作者立栋（左一）

可亲的外公外婆

在我爸妈的家里，饭厅挂着一幅书法，是手书小楷《朱夫子治家格言》。字体端庄秀丽，笔锋内敛，是外公82岁时写的。在吃饭的时候，我们都会看到它。《朱夫子治家格言》，我原以为是宋代朱熹所作，后来上网查看，才知作者是明末清初朱柏庐。这篇格言，我们这辈都不太了解，但是在清至民国年间一度成为童蒙必读课本之一，想来是外公外婆那些年的启蒙教材，所写都是儒家为人处世的名言警句，以家庭道德为主，琐碎如“黎明即起，洒扫庭除”，大义如“读书志在圣贤，为官心存君国”，又有经商“与肩挑贸易，勿占便宜”。这些我们国人传统的美德，都在这里一一絮说。外公外婆辞世已有好几年，看着这些书法，想起两位老人的往事，不少都和这个格言相符。外公书写这个格言，到底是有意为之，还是顺手偶成，我无从知晓。但是，两位老人在有意无意间，终其一生，以言传身教、身体力行，对我们晚辈、家族的影响，润物无声，已经生根发芽。

本文作者：娟娟长子钟兵（右一）

外公、外婆住在龙川廻龙小镇，镇里有一条街，很短，大概只有300米，街尾有一棵上百年的大榕树，一条小河在街旁边静静流淌。小时候，每到寒暑假，爸妈都会送我们兄妹几个到廻龙住上一段时间，那是我们的快乐时光。

外婆非常疼爱我们，包括其他几个表姐妹。经常会给我们加加菜，买上一块好肉，最好的就是杀一个鸡，整个鸡腿就是留给孩子们的。在 80 年代，生活还不到小康，吃肉是有点奢侈的事情。一般都是年纪最小的小孩优先吃鸡腿，这是最高待遇啦。《朱夫子治家格言》说：“一粥一饭，当思来处不易；半丝半缕，恒念物力维艰。”外公、外婆一生勤俭，虽然晚年做小本生意，有些积蓄，但对物质没有太多追求。听母亲回忆，在她小时候，姐弟 6 人，生活不易，常常一个鸡蛋、一块豆腐几个姐弟分着吃，外公外婆含辛茹苦供小孩读书，把他们拉扯大。外婆时常会给我们家送些日用品，比如毛巾、牙刷之类，她说这些自家进货的东西质量好、便宜，好用。母亲小时候，常常是姐弟轮着穿一件衣服，做一件新衣服 (是用包布匹的布皮染成蓝、黑色的布来做，而且还是做男装)，我妈大，先穿，穿不下了，就给弟弟们穿，这样接替下去，可以用好多年。曾经在外婆的阁楼里面看到一件旧棉袄，许多年了，外婆说是我妈妈当年穿过的。但是，外公外婆节俭而不吝啬。记得每逢镇里圩日赶集，就有乡村的老乡来店里做客，有的是沾亲带故的亲戚，有的是七拐八拐的老乡，在厅堂里来来往往，一拨一拨，外婆就絮絮地和他们唠家常。有时他们也带点土特产，外婆往往要回礼，回礼更多。妈妈说起过，一天晚上，家里鸡舍有动静，发现有人偷鸡。外婆认得那人，知道家里穷，不但没有责备，还给了一些食物。小时候，外婆常教育我做人要善良，不惹是非，性情要平和，许多年过去了，这些话仿佛还在耳边。格言有云“富贵而生谗容者，最可耻。遇贫穷而作骄态者，贱莫甚”，这也是外公外婆对待财富的态度。

外公退休以后，利用家里的前堂，开了日用杂货铺。由于物美价廉，诚信经营，生意很好，可以说是全镇销量第一，甚至超过镇上的另外一家国营百货，至今算是老字号了。外公长期在供销合作社工作，对经商有经验，六七十岁的年纪，还经常跟着货车跑来跑去采购货物。他身体硬朗、走路快，早睡早起，一般看完新闻联播以后八点多就休息，早上五六点就起床打扫卫生。虽然外公一生从商，俗话说的“无商不奸”完全对不上号，他只赚取合理的微薄利润，不善侃价，常常是生怕赚多了别人钱的。有一次他到县城老隆批发一批镜子，带我去逛批发市场。我听见他报了个价，希望对方价钱再低些，但是他似乎不好意思，很快就说可能也低不了吧。当时我年纪尚小，但印象深刻，自己的反应就是外公不会压价。格言里面说：与肩挑贸易，勿占便宜。外公诚信、厚道的经商之道，还影响着我从商的理念，崇尚诚信。

外公有很深的古文功底，喜好书法。在八九十年代，镇里有人办红白喜事，都要买点日用百货送礼，大家都喜欢到外公的店铺。礼品要贴上红纸，书写贺词。外公最擅长这个，文言的称谓辈分、对联、贺词、请柬甚至祭文，都信手拈来，轻车熟路。红纸、书法，随货免费赠送，根据客户的需求，应景即时制作，这个增值服务，镇里只此一家。我经常看见外公一边卖货，一边提笔即书，遇到心情好，他端详着自己的字，颇为自得。也许是受外公的影响，我小学一年级，没有人要求，就自己买了毛笔字贴学习书法。记得有一次外公偶见我的字，还夸奖一番。后来，也学外公写春联，有一两年春节，家门口的对联就是我写的。

杂货铺的主打商品是床上用品和衣服，蚊帐、被单、还有老人和小孩的衣服，都是畅销货。这些都是外公、外婆手工制作。家里堆了很多布料，一有空闲，就开动缝纫机加工。外公又是一个老裁缝，外婆和我母亲还有几个舅舅，都是缝纫的好手。做缝纫费时间，利润薄，但是质量好，算是镇里的名牌产品。缝纫，也是当年外公外婆养家糊口的生活来源，一分钱一分钱地赚，慢慢积攒。母亲年轻的时候，也有好几年时间，下班以后靠缝纫补贴家用，家里有一台缝纫机，1974年买的，与我同龄，见证了那段岁月。

外公说话不多，为人严谨和善。外婆性格开朗乐观。外婆晚年腿脚不便，只能坐轮椅，但很乐天知命。坐轮椅如厕不方便，外婆开玩笑说，我就在房间里随地大小便算了。我们都笑，暗地里却一阵伤心，为她的身体担忧。外公因中风在广州住院，已经无法说话，动作艰难。我们去医院看望他，适逢中午吃饭时间，坐了一会，突然他几次挣扎着举起手，想要说些什么，我们一时不明白。他用手不断指墙上的时钟，这时我们领会了，他是的意思是到时间大家该去吃饭了。当时，我眼睛一热，老人病重，还在关心着我们啊！

外公外婆是普普通通的人，一生没走出过小乡镇。他们有最淳朴的品格，影响着我的父辈，以及我们这一辈，还有下一代，就像血液流淌在我们身上生生不息。

外婆、外公先后离开我们好几年了，我思念他们。一直愧疚没有提笔写点什么，这些零碎的回忆，是我心底深处对老人的怀念。

2013年立秋于珠海

第4章 幸福花开

阳光雨露，让树木郁郁葱葱，大地一片翠绿；春风化雨，让万物生机勃勃，百花争相吐艳。幸福之树开新枝，花儿绽放正其时……

——题记

童言蜜语

家有儿女，乐趣多多：他调皮吧，让你忍俊不禁；他淘气吧，让你欲打不能；他撒娇吧，让你骂不出口；他要赖吧，让你哭笑不得；他哭闹吧，让你心烦气躁……我家的小都都不仅给你带来又好气又好笑又好玩的趣味，他在 1 岁多到 4 岁的时候，常常还会说几句最纯真、最亲情、最甜美、最鲜活的童言蜜语，让你其乐融融。

1. 都都还不满两岁，有人问他，你爸爸姓什么？“姓钟”，妈妈呢？“姓陈”。你呢？都都看看爸爸，又看看妈妈，然后说：“我姓都，叫都都。”

2. 都都好像很懂事，一天爸爸妈妈拌嘴，妈妈的声音大了一点，小宝贝捧着妈妈的脸轻声地说：“妈妈，不要说爸爸了，要骂就骂都都吧。”又有一次，爸爸妈妈又拌嘴了，这次是爸爸的声音大了，小宝贝二话不说，走到爸爸跟前，“啪”，在脸上轻轻地打了一巴掌，大家马上安静下来。

3. 一天，爸爸哄都都，“宝宝，你去打打妈妈的屁股，爸爸就给你糖吃。”小不点听到有糖吃，赶紧走到妈妈身边，准备伸出小手的时候，想想又跑了回去跟爸爸说：“爸爸，还是你去打妈妈吧，我给你糖吃。”

4.“六一”儿童节天线宝宝早教班举办亲子活动，其中有妈妈参与的游戏，但是我没有抽到签，小家伙在喊着加油的时候突然转过身来，抱着我安慰说：“妈妈，不要伤心，等下就到你玩了。”

5. 一天，小宝贝不愿意上学，跑过来跟妈妈商量：“妈妈，我不想去上学了，我想去上班。”我奇怪地问：“为什么呀？”“因为上学没有工资领，上班才有。”

6. 3 岁的都都送舅舅去当兵，回家的路上对妈妈说：“妈妈，舅舅去当兵了，都都就去当警察吧。”

7. 都都总喜欢让阿婆抱，一天阿婆的腰扭到了，小家伙又不肯自己走路，于是他跑到阿公跟前，用很关心的语气问：“阿公，你的腰痛吗？”阿公不经意地回答“不痛啊。”小家伙赶紧举着双手喊：“阿公，那你抱我走吧。”

8. 经常不爱吃饭的都都在一天午餐的时候对老师抱怨道：“老师，今天阿姨做的菜怎么这么难吃啊！”

9. 一天家里来了客人，进门的时候穿上了阿公的拖鞋，又正好坐在阿公平时坐的位置上，小都都赶紧从鞋柜里拿了一双拖鞋，放到叔叔面前，很客气地说：“叔叔，你穿了我阿公的鞋子，这双才是客人穿的。”然后再指一指另外一张椅子说：“叔叔，你坐到这边来吧，等下我阿公没位置坐了。”

10. 一天，我们上街买东西，小都都看到一个老奶奶闯红灯过马路，赶紧大声地喊：“奶奶，不要闯红灯，有危险！”

11. 都都想喝王老吉，又怕妈妈不同意，自己又不会插吸管，于是跑到叔婆的面前故意问：“叔婆，你知不知道这个东西是怎么开的？”叔婆在不知情的情况下帮他打开了，都都赶忙痛快地喝了起来。

12. 幼儿园放学了，都都看到跟他一起回家的同学手里拿着一块诱人的蛋糕，他也想吃，于是走过去跟小同学说："难道你不想和我分享这块蛋糕吗？"

13. 一天，都都认真地看着爸爸妈妈的结婚照，妈妈故意问他："咦，我们的宝宝怎么没有在上面啊？"小家伙马上回答："我那时候很忙，没空去照嘛。"

14. 最近，都都迷上了看10年前阿公、阿婆、妈妈和舅舅去俄罗斯旅游的DVD，突然他跟大家说："我也去了俄罗斯。"大家都惊讶了，齐问："你怎么去啦？"小家伙马上回答："你们不知道吗，当时我在妈妈肚子里藏着呢。"

15. 爸爸开车有时很快，一天，爸爸妈妈和都都开车出去玩，爸爸一下加了油门，都都生气地说："妈妈，爸爸总是开快车，不听话，我们下车走路，打电话让交警过来罚他。"又有一次，爸爸又开快车了，都都冲着爸爸喊："爸爸，你下车，我来开！"

16. 有一次，妈妈带都都到文化广场游乐场玩了一回碰碰车，都都还闹着要玩其它的，妈妈说身上没钱了，都都赶忙接话："那我现在给你们领导打电话，让他明天给你发工资。"

17. 一天傍晚，阿公带着都都在河源文化广场江边散步，前面两个老婆婆慢慢走着。忽然一个老婆婆一个趔趄差点摔倒，都都赶忙跑上前去，连声说："阿婆，慢点、慢点！"

18. 都都走到奶奶身边，说告诉她一个秘密，将嘴巴靠近奶奶耳根，半天没吭声，奶奶说快讲啊，都都说："奶奶，秘密是没有声音的。"

19. 都都看电视，阿公说不要看那么久，把电视关了。过了一会，都都自己关掉电视机，问阿公："都都听话不听话？"阿公说"听话"，"那我就玩ipad吧。"都都说。

20. 都都跟着洋洋哥哥去动物园看老虎，回来的路上洋洋的爸爸吓唬洋洋，"你看你的小鸡鸡被老虎吃掉了……"小都都听到了赶忙摸摸自己的小鸡鸡，舒了口气："还好，我的还在。"

21. 一天，妈妈带着都都出去吃饭，服务员阿姨端上一盘清蒸鱼，小都都先尝了一口，然后说："妈妈，这鱼很好吃，很新鲜，你也尝尝吧。"

22. 大伙出去旅游，看完景点回到车上，都都看人没到齐，生怕司机马上开车，开口喊道：“司机叔叔，不要开车，导游阿姨和我阿婆还没有上车呢。”

23. 2011 年中秋刚过，天气还热，都都午睡，阿公问都都要不要开风扇，都都说：“不要开风扇，也不要开空调，要节约用电。”

24. 一天，妈妈下班回到家，小都都赶忙跑过来给妈妈捶背，妈妈故意问道：“呀，宝贝服务真好，要不要收费的啊？”他一边捶一边答：“不用的，在家里说这话干嘛？”

25. 一天晚上，阿婆带着都都睡觉，为了不让他看电视，阿婆拿了个大枕头挡住了都都的视线，都都有些生气地说：“阿婆，这是什么意思啊，是不是只让我听不让我看呢？”

26. 阿婆送都都上幼儿园，都都说：“阿婆，您也去读书吧。”“去哪里读啊？”阿婆问。“去大人的学校”。“阿婆没有钱怎么办呢？”“长大了我给您钱嘛。”

27. 晚饭后散步，都都走得有点累了，忽然叫“奶您，抱抱我！”奶奶问他奶您是什么意思？“就是爱您啰！”

28. 都都 4 岁了，说话跟小大人似的，每次想看电视都会跟妈妈说：“妈妈，我想看动画片，行不行？不要那么快回答，你先考虑一下吧！”

29. 都都一直都很关注爸爸开车的速度。一天，爸爸开车拉载着妈妈、都都和表妹出去玩，速度稍快了些，他很严肃地说：“爸爸，你能不能开慢点，妹妹坐在车上呢！”

30. 都都晚上有时缠着要跟妈妈住，阿婆装着伤心的样子，小都都觉得左右为难，怎么办呢？他抱着阿婆说：“阿婆，不要伤心了，有阿公陪你嘛，我明天就回来。”看到阿婆笑了，才招招手说声“拜拜。”

此文都都妈妈陈铖记录整理，《河源日报》以《家有儿女》为题分别于 2013 年 6 月 6 日、6 月 13 日、6 月 22 日刊登

都都的小生意

2013 年早春二月，爸爸妈妈带着 4 岁的都都坐火车去旅行，回家的路上还剩下三盒方便面，带着麻烦，吃又不下，丢了可惜，于是顺便给都都一个任务，给他一个小小的考验，让他拿着这几盒面到车厢的卧铺间去卖，小家伙非常愉快地接受了任务。手里抱着方便面走东间走西间，见人就问："叔叔（阿姨）买不买方便面？"可能大家都觉得这小孩子是闹着玩的，问了好些人都摇摇头。但是小都都并不灰心，小嘴巴还是不停地问，一个叔叔终于动了心："小朋友，你的方便面多少钱一盒？""五块钱一盒。"小都都干脆地回答。"那我要一盒吧。"说着故意拿出五毛钱，小家伙马上喊起来："叔叔，拿错了，这是五毛钱。"一句话把周围的人都逗乐了。小都都成功地卖出了一盒面，他非常开心地又走到下一个房间，有个阿姨故意说："我没钱，你能不能送给我吃啊？"小家伙听了掉头就走，嘴里还应了一句"没钱就不要吃"。旁边的人被逗得哈哈大笑……

陈铖录音整理

快乐都都

河源天线宝宝奇卡早教班毕业晚会侧记

雨过天晴，晚风送爽；
茶山公园，华灯初放。
悠扬的音乐在江边响起，
亚洲第一高喷飞流直上；
探照灯的光柱划破夜空，
交织成五光十色的天网。

公园中央的小舞台格外绚丽，
小演员们正在打扮梳妆，
都都带着玩具武器——
嘀嘀哒哒闪闪发光的冲锋枪。
爸爸妈妈是化妆师，
还有哥哥妹妹和爷爷奶奶，
这些忠实的观众围坐在身旁。

幼师姐姐欢歌起舞，
小宝宝们闪亮登场。
童真、童趣、童爱在这里融汇，
组成一曲“七彩童年”的乐章；
《我爱我的家》动人心怀，
台上台下欢声笑语亲情荡漾。

不是模特在“T”台表演，
孩子们“走秀”却有模有样。
你看——
小都都头戴红星帽、身穿绿军装，

嘴里唱着《我是一个兵》，
手里端着冲锋枪，
“立正”、“敬礼”，
迈着正步“一二一”，
阿公、舅舅 当兵就是这个样。

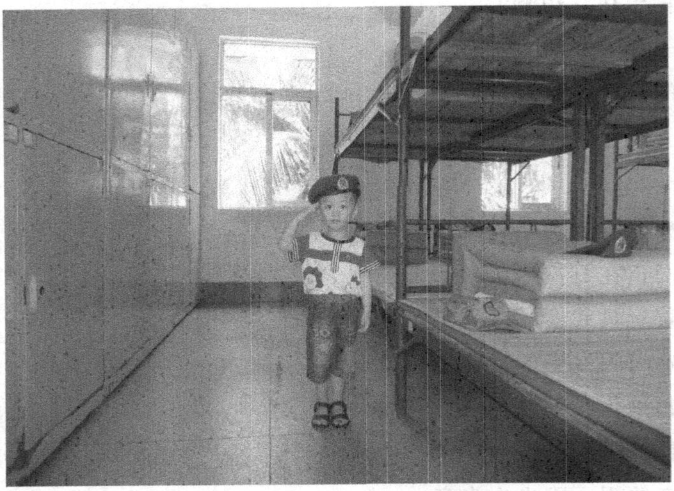

敬礼！

都都在快乐中成长，
不满 4 岁已经上了 3 年学堂，
从呀呀学语到爬行走路，
东方爱婴①给他颁发“优秀宝宝”奖；
从生活认知到智力言行，
奇卡教育②让他登上“明星宝宝”光荣榜；
“生活小能手”的称号，
记录在他的毕业证书上。
知道的人都夸赞：
都都你很乖，都都你真棒！

注：①②早教班名称。

晚会的节目丰富多彩，
妈妈牵着都都的小手同台演唱：
“小宝贝，我用彩虹和你约定，
一起走过童年的记忆，
快乐的长大，
迎接灿烂的未来，
就象红橙黄绿蓝靛紫。”
都都，亲亲宝贝，
平安长大，幸福成长。

2012/10/3 日《河源日报》 刊发（作者都都阿公启鹏）

加加说加加

作者：陈立加 （ Christina ）11 岁五年级
翻译：陈铖

Ch.1: The Time I Became Me

My parents had a lot of planning about my birth before I was born. They went to a doctor named Dr. Wong. He told them that I was sitting in my mom's stomach. This meant that Dr. Wong would have to help me arrive safely, so we had an appointment with him on August 17, my birth date. My parents hoped that I would be okay, and were glad that they knew when I would be born. Everyone was really prepared for me.

On August 17, 2001, Friday 8:00, at North York General Hospital, I arrived. After a short drive to the hospital, we walked into the operating room. My parents prayed for my safe deliverance. Dr. Wong put my mom partially to sleep and operated successfully. I was a girl! Then, he put greasy stuff on my eyes so that they could get used to the light. When I was welcomed into the world, I wasn't crying, though, so a nurse spanked me lightly on the bottom to get my lungs working. I was finally born.

Dr. Wong showed my parents to me. I was really healthy! Tiny, yellowish hairs covered my head. When my eyes were opened, they seemed to be the same colour as my hair. I was 6 lbs. and 11 ounces, which was very normal. My parents were overjoyed to hear about me.

(一) 我的诞生

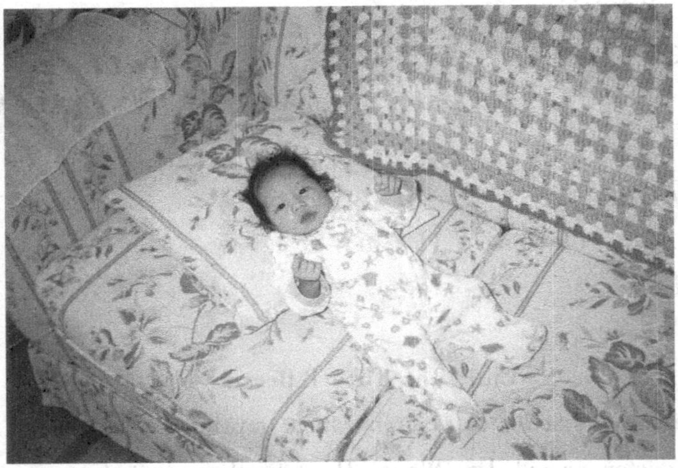

【译文】在我还未出生前，爸爸妈妈已经为我做了许多的准备。他们来到专门为妈妈孕检的黄医生那里，黄医生告诉他们我很乖的在妈妈的肚子里，很快就能平安地诞生。8 月 17 日是我出生的预产期，大家都做好准备好迎接我的到来。

2001 年 8 月 17 日，星期五上午 8 点，在北约克综合医院，我出生了。这天，我们很快赶到医院并走进手术室，爸爸妈妈为我祈祷，希望我平安地出生。黄医生为妈妈做了半身麻醉，手术非常成功，是一个小女孩，那就是我！之后，黄医生在我的眼睛上涂抹了一层滑滑的油以便于我能慢慢地适应外界的光。刚来到这个世界上时，我没有哭，于是护士在我的屁股上轻轻地拍了一下，以至于能让我的肺运转起来，就这样，我终于呱呱落地了。

黄医生给爸爸妈妈教了一些相关的婴儿护理常识，并为我做了体检，我很健康，就是有些偏小（6磅11安士），淡黄色的头发长得非常浓密。当我睁开眼睛的时候，他们看到我的眼睛跟头发相似的颜色，健康的我给爸爸妈妈带来了无比的喜悦！

Ch. 2: School Days

On my first day of school at P.C.A., I was super-excited. This was surprising to my parents, considering I had disliked going to Montessori. My junior kindergarten teacher at Peoples was a wonderful lady called Mrs. Hindmarsh, who often gave us really yummy mega-marshmallows. I did well at school and made friends. I was eager to go to P.C.A., from the very beginning.

At P.C.A., my grades were reasonably okay. Usually, I got A's, and occasionally B's. Physical education was mostly where I had B's. I got my best grades in spelling. Bad grades weren't normal for me.

I won some awards in school. When I was in Gr. 2, I went to the ACSI Spelling Bee and was awarded 2nd place. In Gr. 4, I went and achieved 1st place. I had also gone to the Spelling Bee in Gr. 5 and won 3rd place. I have gone to cross-country twice, my first time getting 29th, and my second time accomplishing 59th. At the Chess Club, I once gained a silver medal for answering a question, but I am truly bad at playing chess. I have been recognized, with awards, for a variety of school events.

（二）学校的日子

【译文】该上幼儿园了，爸爸妈妈考虑到我不喜欢蒙特梭利幼儿园，于是P.C.A.就成了我的第一所校。我的幼教是一位非常棒的女士，她的名字叫Mrs. Hindmarsh，她经常会给我们吃非常好吃的棉花糖。我在幼儿园表现很好，也认识了很多的朋友，每一天我都渴望到P.C.A.去上学。

在P.C.A.里，我希望自己能更棒。学习成绩经常我都可以拿到A加，但偶尔会是B加。体育经常是B加，在拼写单词方面我最为出色，差的成绩基

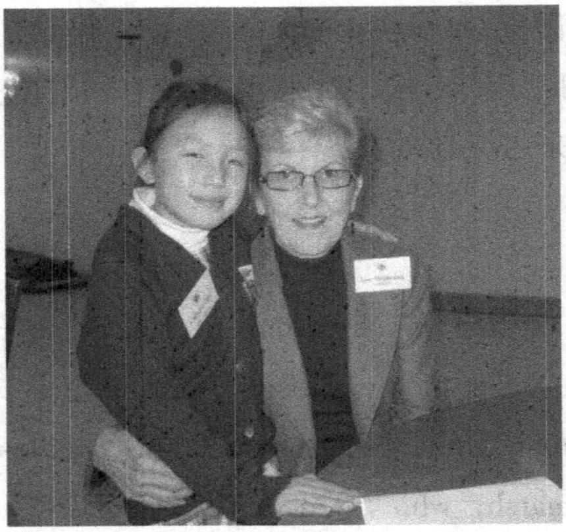

本上没有我的份。

我希望自己在学校里有所成就。在我读二年级的时候，我参加了 ACSI 拼写大赛，获取了第二名，四年级的时候我又获取了第一名，到五年级我继续参加了拼写比赛，荣获了第三名。我还参加了两次越野比赛，第一次得到第 29 名，第二次取得第 59 名。在象棋俱乐部里，我在回答问题的比赛中荣获一枚银牌，但我始终觉得在这方面稍微差一些。在学校里，还会有很多的项目可以参加，我要去获取更多的奖励。

Ch.3: I'm Very Unique

The way I look makes me unique. I am Asian, with black hair like Chinese calligraphy ink. My hair is cut unevenly and is plain and straight. My diminutive, dark eyes are tiny coffee beans with eyelashes short and thin. No one looks exactly like me.

I am quirky in many different ways. I read books as fast as lightning. I collect all sorts of things, such as coins, bookmarks, eraser shavings, and shells. Even though I am Chinese, I don't like most Chinese food. I can be odd at times.

I am unique because of my love to write lines. Writing lines is a great way to relieve pressure. When written neatly many times, lines are beautiful. Lines are also good for improving penmanship and discovering new ways to write. Writing lines has created wonderful experiences and is one of my favourite pastimes.

（三）特别的我

【译文】我的长相让我显得特别。我是一个亚洲人，有着如墨般的乌发，而且被剪得很乱且平直。我有黑色细小的眼睛和短且稀少的睫毛，没有人看起来会和我一样。

我在许多方面都做得非常出奇，如以闪电般的速度阅读，收集许多各种各样的东西，像硬币、书签、笔擦、笔刨和贝壳等。尽管我是一个中国人，但我却不喜欢吃中国菜，真是有些奇怪。

我很特别还因为我喜欢画线。画线是排除压力最好的方法，当你不断地练习，线条就会变得很漂亮，不仅提高了书法还能发现一些新的书写方式，画线给予我完美的体验和快乐的消遣。

Ch.4: Favourite Hobbies

One of the classes I go to outside of school is art class. My art teacher is a Chinese man who was born in China, and he teaches all by himself in an apartment he rents. I am learning many different ways to draw in art class. Art class is fun because I make a lot of friends and am getting to know more about artistry. A wonderful hobby that really inspires me is art class.

I also go to dance class at Toronto Dance Industry. I used to take ballet, but I don't anymore. Now, I take jazz and tap. Tap is my favourite kind of dance because I like moving my feet very quickly and it keeps me healthy. Dance class is another pastime I have.

In the season of winter, my interests are winter sports, especially skiing and skating. Every year, I go skiing at least twice, during Christmas Break and March Break, and sometimes at school. I used to go to figure skating class, which was so much fun! Still, I skate each winter, because I love the sensation it gives me when I glide on the ice, twirling and moving rapidly across the crystal-like ground. Skiing and skating are really awesome sports!

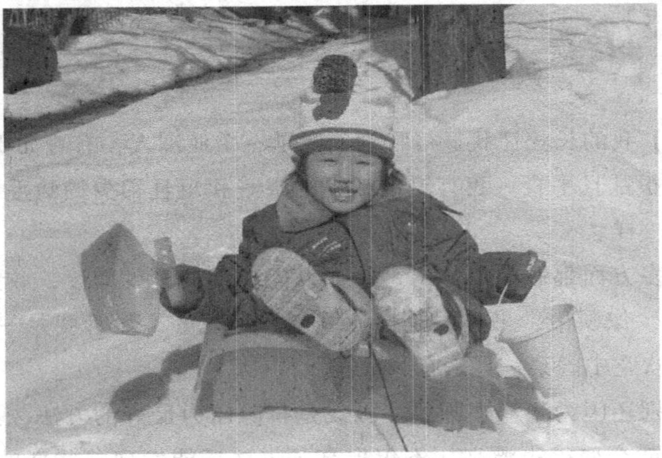

（四）爱好

【译文】一天我们到外面去上美术课。我的美术老师是一位地道的中国人，他自己租了一间房做教室。在美术课上，我学习了画画的各种方法，让我感觉非常开心的是又结识了许多的朋友，也了解了许多有关的艺术文化，美术课让我拥有了一个很好的乐趣。

除此之外，我还到多伦多舞馆参加了舞蹈兴趣班，跳过芭蕾舞但并不专长。现在我选择自己爱好的爵士舞和踢踏舞，因为我喜欢让自己的双脚不停的跳动起来而且还有益健康。就这样，跳舞成了我的另外一个消遣乐趣。

到了冬天，我的兴趣就变成了户外运动，特别是溜冰和滑雪。在圣诞节和三月假期，我每年至少出去滑两次雪。之前我经常去很小的滑雪班上课，可那里一点意思都没有，每年冬天我都出去滑雪，因为我喜欢这种快速转动滑行在雪地上的感觉。溜冰和滑雪确实是一项了不起的运动。

Ch.5: My Family

I am one of the youngest in my extended family. My first cousins are much older than me, and some of them even have kids, who are my second cousins. All my second cousins are around my age. Many of my older cousins take care of me. In my bigger family, I am one of the more youthful people.

Last year, I went to see my family in China, and my mom's and dad's side of our family were very different in eating habits. We ate almost every meal at a restaurant, when I was with my dad's family. With my mom's, it was the complete opposite. We ate all our meals at my aunt's house or my grandparents' house. That year, I saw both sides of my family's food customs.

I visited my mom's side of our family, leaving the day after last year's Christmas Concert. My parents and I didn't live in our relatives' houses. Instead we lived in the luxurious Holiday Inn. I met my second cousins, and they were almost as old as I was. My older cousins in Wuhan, China were getting married a month after I left for school. I had not seen my mother's family for a few years.

I saw my dad's side of our family after my parents and I left Wuhan. There, I stayed with some of my cousins and my cousin's son, who was about 3 years old. All my cousins spent time with me, and we went to many special places, such as famous monuments and parks. The only bad thing was that since we went to Chinese restaurants every day, I got skinnier. Going to see my dad's family put a smile on my face.

The only relative of mine that lives in Canada is my cousin Coco Rao.

She used to go to PCA, now she is in university. Coco goes to Queen's University in Kingston. Occasionally, she comes to visit and live with us for a few days. I am glad I have a cousin who lives in Canada.

I have gone through many birthdays with my parents. For my 8th birthday, my mom and dad paid an amazing magician to come to our house and perform. My parents bought me many books for my 9th birthday. On the day I turned 10, I was very pleased and content to receive a laptop. My mom and dad have been with me for all of my birthdays.

（五） 我的家庭

【译文】在我的大家庭里我是年龄最小的一个。我的堂兄堂姐都比我大好多岁，而且有的还有了自己的孩子。他们的孩子年龄虽然与我相仿，可大家都非常照顾我。

去年我跟着爸爸妈妈回到了中国的大家庭中。国内各地的饮食习惯都不一样。在广东我们几乎都在餐馆里吃；但来到湖北，我们却是在是小舅妈家或是外公外婆家吃。那年，我感受到了两地的风俗习惯。

去年学校的圣诞音乐会之后，我们离开了多伦多，先来到了妈妈的湖北老家。我们没有住在亲戚家，而是住在一个豪华的宾馆里。在那里我见到了我的表兄弟姐妹和他们的孩子。看起来他们的孩子也跟我差不多大。一个表姐在武汉，在我离开后一个月就要结婚了。我已经好多年没有见过我妈妈的家人。

离开武汉后我们又赶往爸爸的广东老家，住在我的堂姐家里，就是河源的二伯伯和二伯母家，堂姐和她3岁的儿子也在那里。我的堂姐花了不少时间陪着我，还带我们参观了许多的景点，例如恐龙博物馆和公园等等，但最不好的就是我们每天都要到餐馆用餐。

在加拿大我有个堂姐，叫Coco Rao,她曾经也在P.C.A.读书，现在已经在加拿大京斯顿女皇大学就读，偶尔她会过来看望一下我们，我非常高兴在这边还有一个堂姐陪着我们一起。

我和爸爸妈妈一起度过了好几年的生日。在我八岁生日的时候，爸爸妈妈在家里为我献上了一场不可思议的魔术表演，9岁生日的时候他们给我买了好多书，到10岁的时候，我很高兴地收到了一部笔记本电脑，爸爸妈妈陪着我度过了一个个开心的生日。

Ch.6: When I Grow Up

When I grow up, I might be an author. If I become an author, I 'd write all kinds of books. I would write children's books, which seem the easiest. Chapter books look hard to write because they are mostly over 100 pages, and I cannot imagine typing so much! Being an author could be fun.

When I grow up, I might be part of a marketing communication group in a bank. This means that I'd help design credit cards, flyers, contests, and even help decide which types of fonts to use! I'd have fun at my job and earn enough money to live. My mom works at a bank, so that's how I became interested. Being part of a marketing communication group must be very exciting.

When I grow up, I might be a book critic. This could be an excellent job, because I'd get paid for reading books. It sounds like a glamorous job, but I wouldn't enjoy having to tell some magazine or newspaper what I thought about the book or if the book was very boring. I think becoming a book critic would be difficult, though. A book critic is a great job but I don't think I'd succeed.

When I grow up, I might invent very useful items. I think everyone would love see-through refrigerators. They'd be super-practical, because they would save energy. Instead of opening the fridge, you'd just look through it to scan its contents. For those worried that their fridge is too messy, then a refrigerator screen would be included, it would just roll it down. Another helpful idea is starting a bread company. Some bread would be for people who loathe crust, (like me) which is bread without crust. I'd sell all sorts of bread. I'd like to create things that would make our life easier.

(六) 当我长大了

【译文】当我长大了，我可能是个作家。如果我成为了作家，我将会想写各种不同的书籍，但也许会写些看起来简单易懂的儿童书籍。章节性的书籍比较难写些，因为它需要写上 100 页纸以上，而且我也想不出太多的内容，能成为一个作家也许是挺开心的事。

当我长大了，我可能会成为银行市场通信小组的一员。这意味着我可以帮忙设计信用卡、传单、竞争活动和一些需要的东西，我将会很开心地工作而且赚很多的钱来生活。我妈妈在银行工作，因此我对这方面很感兴趣。能成为一位在银行市场通信小组的成员那将会是多么兴奋的事情。

当我长大了，我可能会做一名书籍评论家，这将是一份出色的工作。我会读取很多的书籍，这可是一份迷人的事情。但对一本很无聊的书，我不想让杂志报刊知道我对它的想法。我想成为一名评论家也许会比较困难，但确实是一份很好的工作，可我不一定会成功。

当我长大了，我也许会发明一些实用的东西。我想大家都喜欢一种无需打开门就能一眼看到里头所有东西的冰箱，而且这种冰箱还非常节能。除此之外，这款冰箱还可以收缩起来以避免有些人担心一眼看上去冰箱里头太乱，不美观。另外我还想开一间特别的面包店，做出各种各样的面包，如果有些人像我一样不喜欢吃面包上的皮，那么我就做出不带皮的面包。我想制造出各种简单的东西，让我们的生活也能变得更简单。

2012年写于加拿大多伦多

春节寄情

儿从军，一年余。
每逢佳节倍思亲，
每逢佳节倍思兵。

琼洲把戟接父枪，
初生牛犊当自强。
风吹雨打练筋骨，
喜报优秀士兵章。

佳节思儿儿思乡，
老兵新兵话情长。
承先继后报国志，
南天风云守海疆。

2013年2月20日《河源日报》刊发（作者 启鹏）

我从这里出发

婴儿呱呱坠地，是生命的起点，人生从这里出发；

我的启蒙教育，在部队的军营，我从这里出发。

出发了，走过了我的童年。童年的生活象一首歌、一幅画、一杯酒，让人唱过、看过、尝过之后永远都不会忘记，待岁月慢慢地流逝，这首歌，这幅画和这杯酒就成了美好的回忆。

我出生在八十年代，时下热称80后。在我还小的时候，有一天爸爸从部队回来家里，摸着我的头说："爸爸带你去解放军那里读书好不好？"我似懂非懂地点点头。后来爸爸带着我和妈妈从广州乘船渡海到海南岛随军，开始了我童年的"军旅生活"。

爸爸所在的部队驻扎在五指山市黎村苗寨的大山沟里。这里交通不便，生活艰苦，文化落后，村里的老百姓日出而作日落而息，军营的解放军叔叔白天兵看兵晚上看星星，而我们部队小孩的生活的却是无忧无虑丰富多彩。部队专门为我们开办了幼儿园，爸爸说那里过的是"军事共产主义"生活，一分钱都不用交，我高兴得对爸爸说，那就把省下来的钱给我买糖果吃，爸爸笑着点点头。幼儿园有十来个小伙伴，我们天天在一起打打闹闹，没有烦恼，没有顾虑，只有笑声和快乐。长大了一点，我和小伙伴们都成了同学，一起到离部队一公里外的山村小学读书。学校的教学条件很差，只上半天课，早上我们排着队一个跟着一个走小路过小桥去上学，中午又排着队一个跟着一个放学回家。读不了什么书，玩的倒是很开心，最大的收获是“民族团结”，跟黎民苗家的孩子们玩在一起学会讲黎族话和海南话。在这里读了二年书，爸爸工作调动，我和妈妈又跟着搬家到部队驻地屯昌县，我也转学到附近农村的竹头塘小学就读，后来又转到县城向阳小学读高小，部队每天派一辆“大屁股”北京吉普车接送我们上学，十来个小孩挤在小车上，“享受”团级干部才能享受到的待遇。这些年我成天像男孩子一样穿着小背心、小短裤、头上扎着小羊角辫到处乱蹦乱跳。跟伙伴们一起爬树，一起下小河沟抓鱼，一起到饭堂偷偷拿面包吃，一起登上团部大礼堂的顶楼玩“打仗”的游戏……环境造就了我自立、自信、自强的个性，也给予了我快乐无穷的童年。看看现在的孩子，已经见不到我儿时的影子了，就像我们感受不到父母小时候的生活一样。现在生活好了，环境变了，孩子们身边的东西应有尽有，但唯一缺少的是带着野性的童趣童乐，只能呆在家里或在幼儿园与一堆没有感情，没有交流的玩具作伴玩耍，这不能说不是童年生活的一个缺憾。在向阳小学读书期间，我被海南省委宣传部、团省委、省教育厅、省妇联授予“赖宁式特区好少年”的光荣称号，应该说这是对我童年“军旅生活”的最高奖赏。

步入了少年，我不再是那个成天想着玩乐的孩子了，开始有了烦恼，有了压力。小学毕业后父母就把我送到了离屯昌县八十多公里的海口市海南军区大院，这里专门开设了供山区部队军人子弟上学的中学食宿站，还配有两名当兵的辅导员负责管理我们。这意味着我们这些从乡下进城的孩子就要失去“自由”，要学会独立生活，自己管理自己。学校也给我们施加了不小的压力，因为我们就读的华侨中学是海口市的名校，而我们一直在乡村小学读书，教学质量低，学习基础比较差，所以把我们作为军民共建的一块“试验田”，照顾军人子弟进城上学，但是还不算正式的本校生，属于寄读生，转正要看两年的学习成绩和表现。就这样，我只能收回散漫的心，争取转为正式生。逍遥自在的日子已渐渐离我远去，但集体生活的乐趣又让我这颗不平静的心慢慢安定了下来。在城里读书，霓红灯下没有我的身影，喧哗的闹市我不去沾边，两耳不闻窗外事，一心只读教科书 。经过一年的努力，功夫不负有心人，提前转为正式生，拿到了侨中的“通行证”。正当我一门心思认真读书的时候，想不到爸爸脱下军装转业地方工作，我不得不告别海南，结束在部队吃军粮长大的十年生活历史，跟爸爸妈妈回到家乡河源，转学到我读书以来的第五间学校——河源市第一中学就读。我努力尽快地适应新的学习生活环境，不久就学会了河源话，经常与新同学骑单车去郊游，积极的参加学校各种活动，还曾多次在学校校运会的铅球、跑步等项目中获取多枚奖牌。更有意思的是我还与歹徒作过斗争，有一天早晨我骑着单车去上学，在一条巷子里被一个歹徒拦路抢劫，我急中生智，连忙跳下车将单车向歹徒迎面撞去，歹徒吓得掉头就跑，事后虽然有点害怕，但我觉得这是小时在军营锻炼的“本领”派上了用武之地。

陈铖（中）和爸爸妈妈

高中毕业后，我在广州上大学，当我沉浸在高等学府殿堂学习的时候，又踏上了海外求学之路，来到叔父定居的加拿大多伦多读书。无形中，我的压力变得更大了，我不仅独自一人漂洋过海来到一个陌生的地方，还要加倍地学习让我极少接触的外国语言，更是要尽快地融入这边的风土人情。幸得我在童年和少年“吃军粮”时有“野战生活”的经历，适应环境的能力比较强，让我在那边的生活过得游刃有余，也很顺利地完成了学业。但是求职的道路并不好走，毕业后，我只有三个月的时间去找一份正式且专业对口的工作，这样我才能继续留在多伦多。为了不让自己所学的知识荒废，为了能在国外获取更多的实践经验，我不停地向外发送简历，甚至提出自己愿意当一年的自愿工来换取他们对我的信任，即便这样还是没有任何一家公司肯接纳我，主要原因还是我的身份问题。日子一天天地过去，虽然连续试着在几家公司工作，但结果都是上当受骗，甚至还跟一家不讲信誉的公司闹了一场。三个月的期限很快就要到了，而工作仍然没有一点着落，四处碰壁的我感到很失望，要强的性格我又不愿意回国去找工作安排。上帝是真的在考验我了，但在关键的时侯又让我看到了曙光。在三个月期限的最后一个星期，叔叔和婶婶在报纸上看到一家国际旅游公司急需聘用一名女职员，专业等条件我都符合，就这样我很幸运被录取了，真是“山穷水复疑无路，柳暗花明又一村”，在期限的最后两天递交了工签材料，获准延期签证。

这次求职的三个月，说长不长说短不短的时间，让我一下子经历了不少也明白了不少，长大了不少也成熟了不少。为了能在这里求得生存，我咬着牙关挺了过来，但有得必有失，鱼和熊掌不可兼得，我失去了和家人的团聚，失去了自己的快乐青春，失去了和国内男友的“亲密接触”。但我还是感到宽慰，因为我通过努力取得了自己希望的结果，而且在国外打工，丰富了我的学识，历练了我的工作能力，这是最大的收获。

现在回过头来看看，我两次“出海”，一次去海南，一次去海外，两次都“海归”河源，因为这是我的家，我热爱的土地。在“海外”我度过了童年、少年、青年的三个时期，积累了人生阅历，看过人间的阴晴圆缺，还尝过漂泊生活的苦楚。都说风雨过后见彩虹，我感同身受，现在有了一份稳定的工作，有了一个温馨的家，和家人生活在一起其乐融融，小日子过得称心如意，这些不都是人生所追求的吗？可是在知足常乐之后又感到缺少些什么。我想，让平静的生活添上几朵进取的“浪花”，激起一些感恩回报的“涟漪”，有所追求有所担当才不至于人无斗志感觉空空。也许这样的生活才会更加充实更加多姿多彩吧。

陈铖写于 2012 年中秋

幸福的滋味

又是一天的早晨，踏着阳光，我坐上往蛇口菜市场的公共汽车。家有爱吃鱼的壮壮，几乎每周我都会来这里采购新鲜的海鱼。看着品种多样的鱼和各式新鲜的菜，恨不得把它们都买回去，把冰霜塞得满满的。突然发现自己十足的师奶味道，没有失落居然还感觉很满足。

在家相夫教子，打点家头小事的日子让我感觉从未有过的满足和快活，我知道这是我目前想要的生活。更重要的当然是有了壮壮，是他让我体验了这份至深至亲的感情。

娟娟的大家庭，本文作者娟娟之女钟华（右一）

每一天的午睡和夜晚，我都能和儿子相拥而睡；每一天早晨醒来的第一眼都能让儿子看到妈妈；每一天都能和他在院子里晒太阳，陪他蹲在花丛中看蜜蜂，牵着他的小手追蝴蝶，看路边的小狗，在池边玩水；和他一起滑滑梯，听他荡秋千时的笑声。每一天迎着太阳出门，踏着晚霞归来。每一天都是那么平凡却又那么的美好！

此刻，儿子在我旁边美美的睡着了，配合着顺畅的呼吸，宁静祥和。阳台上晾晒着的被子和着阳光的温暖气息，轻轻袅袅，是幸福的滋味 ！

人生有舞

喜欢跳舞，接触舞蹈应该是在我的幼儿园时代开始的。那时幼儿园内几乎所有的跳舞表演节目都有我的份，给家长汇报演出，幼儿园之间的比赛等等。印象最深的是有一年的六一儿童节，我们代表幼儿园去参加表演，每人还分得几块钱的“出场费”，我把生平第一次挣的钱全数上交给了我爸，我爸笑眯了眼！

到了小学时代，我的舞蹈兴趣更是发挥的淋漓尽致，入选了学校的舞蹈队，当选了班里的文娱委员，兴趣组当然还是选择舞蹈组。那时没有什么舞蹈兴趣班，也没有练什么基本功，基本是要演出了叫几个人一排舞就表演。遇到校际表演，组织排练的时间都在上课时间，所以我经常在上课的时候，被人叫出去排舞，因为是学校的名义，上课的老师也没办法只能让我去，于是我便在全班人羡慕的眼光中昂首走出课室门。整个小学时代，很大一部分的时间都在跳舞，放学时间，周末时间......有些是校际表演，有些是为班上节目，还有的是和志同道合的朋友们跳着玩。甚至有时在上课时间还走神在想舞蹈动作，可以想象我那时的学习成绩并不好，重点中学没有考上也在预料之中。

但是，我却以特长生的名义进了重点中学。没考上重点中学提醒了我，更狠狠地提醒了我的父母，不能让我再不务正业，于是舞蹈开始离我远去。我记得整个中学时代我只跳过一只舞，那时学校每年学期结束前都有个晚会，每个班级都要表演一到两个各种形式的节目，然后由校领导评审选出名次。那时候的为了迎合校领导的口味，主流舞蹈都是些民族舞，偶尔也会有些另类的如劲歌热舞、刚兴起的霹雳舞等，总能赢得全体学生的雀跃欢呼，当然想获得名次是不可能的，甚至这些舞蹈在班里选拔时就夭折。我也开始情迷这种新兴的舞蹈，虽然从来没有学过和跳过。

一次偶然的机会，认识了一个高年级会跳劲舞的学长，他教我们几个跳了一支当时流行的劲舞，杜德伟的《信自己》，现在来看其实就是爵士舞，这是我第一次学跳爵士舞，这只舞从来没有在学校汇演这种“正式”的场合表演过，在一次校内文学社社团晚会上，为造气氛表演了一下，结果惊艳全场，从此“名扬天下”，经常被邀请到其它学校的社团晚会表演。现在回想当时受欢迎并不是因为我们跳的有多好，而是这种舞蹈很受年轻人喜欢却被长期压抑。这就是整个中学时代我只跳过的一支舞！

终于到了大学时代，可以跳舞了，荒废了这么多年，我几乎不会跳舞了。我们的体育老师很喜欢跳交际舞，体育课经常就是跳舞课，都是教我们跳交际舞，什么慢三慢四伦巴之类，学校的晚会也以跳交际舞为主，我学的很快也忘的很快，出了校门再也没有跳过。

工作、生活，日子一天天过，我以为从此跟舞蹈不会再有什么缘分了，做了母亲身体也发福了，偏巧邻居朋友约我一起去健身房甩甩肥肉，欣然同往。到了那里就被操房内的劲歌热舞所以吸引，这里并不是传统的单一的健身操，而是有各种风格的舞蹈，从此我成为忠实的会员，只为了心底的那份热爱！

到健身房跳舞，都是录教练的视频好记动作，今天也让别人帮我录了一段，新学的爵士舞，只学了前面一段，歌曲是布兰妮的《BEAUTIFUL》。我还是放微博吧。

作者：钟华

一位80后的生活感悟

今天看了一才女师姐的文章《续杯咖啡》，讲了她和一个女孩的友情，更多是她对那个女孩又爱又妒的复杂感情，浓浓的喜爱中参杂着羡慕妒忌不甘心，酸酸涩涩，香味隽永，如同上好的蓝山咖啡。我评论道：“文章可以粉饰心情，而这篇文章，直透人心，真实不讳得厉害。想必很多朋友，特别是女生，都有过或者正有着你这样的心情，但没有如此直白表达出来。”我还有很多感触，没有一并说起，而这涉及到我最好的朋友，燕子。

燕子，中学时代成绩一直稳居第一，人称“电脑”，同班同学们更常称呼她为“老妖怪”，不管是哪种称呼，都是表明一个本质——“非人类”。而她确实也是毫无悬念地进入中国最好的学府，本硕博连读。现在她已经是女博士一名了，工作两年，术业有专攻，学业有成延续到事业欣欣向荣，钱途前途均不可限量。多么难得，层出不穷的仲永兄的故事没有发生，燕子同志正在大家的期盼中，过着大家臆想中“正统”的人生，在“笔直”的道路上昂首阔步地前进着，永不停息。

我和燕子其实没有存在什么竞争，一是成绩一向都是她独占鳌头无可动摇，二是我的竞争心没有那么强大。我庆幸在中学时代遇到她，可以激励着我保持好成绩，督促着我认真努力规矩地度过整个中学时代。在学业上最辉煌的日子，我以为都是美好的回忆，拿起日记才发现里面承载着挣扎甚至痛苦，我个性而言不真心喜欢那样认真辛苦的学习生态，却又贪恋成绩带来的荣誉赞美还有家人的欣慰，因此常常陷入为要不要尽全力的困惑中。正因为不能达到燕子那样的专注，那样的努力，我明白自己不合适那样钻研的人生，所以我不在学业上和燕子较劲。那其实有没有竞争的心呢？我想或许有的，表现形式就是中学时代我曾经参加各式各样的活动，活跃在各种场合中，企图从“全面”上为自己争得一席之地。

早餐的时候，和一同事说起现在我们身边的朋友同学。她说她很多同龄朋友现在年薪三十万，而且一直在发展中。想起昨天我和八位中学同学聚会，其中三位是医者，现在都在服务深圳人民，年薪可观，现在某位已经是工作一年抵我们工作五年，往后更是差距渐行渐远。换句话说，我若工作三十年后退休，他们只要工作五六年就达到我整个工作生涯的收入。而退休后保障，原本该是我们这行人的优势，对于医者们，也是不值一道的。

作为这种技术人才，他们的薪资暂且不再复述，最重要的是他们在不断进步中，时间和经验对于他们来说是资本，越老越吃香，广阔的天地在无限扩展、扩展。转而一想，付出和得到通常是正比的，医者承受的压力和付出的心血也是比我们要多，也必须是要多得多。只是偶尔喟叹，身边同行们不少精英，在忙忙碌碌中其实浪费了不少聪明才智，原来可以创造千万的实在价值的，进入这一行，可能也有所价值，但大多数能体现百万的价值就不错了，更令人痛惜的是，刚入职时的意气风发，激情洋溢、灵动创造，在鲜少变化的的工作中逐渐消失殆尽。

进一步想，就会发现我也陷入了只看见他人好的局限性了。对于个人而言，压力过大的生活并不适合我，若我也在医院，或许会卷进压力的漩涡中，痛苦辗转。所以，适合自己的职业选择才是明智的。而心态是决定生活质量的最关键因素。回顾自己二十多年的人生，就读重点中学，高考失手仍颤颤巍巍搭上了重点大学的末班车，然后保研，毕业班时考入政府部门，一路上貌似顺风顺水，然而工作三年劳碌中，值得说起的成绩寥寥无几。我正和很多朋友一样，有时候茫然失措，无聊空虚，在无知无觉中逐渐丧失青春的朝气和梦想。近日，我和一大学舍友谈到，我们现在要解决的问题是要停止继续这种仰着头走的人生，要学点东西做些事情不断充实自己，就近来说，点缀生活，丰富人生；长远而言，居安思危，避免未来被社会淘汰。

下坡路的人生，需要说——再见。

立芳写于2012年7月16日

一口吃成大胖子

从小到大，长辈们总向我们灌输一步一个脚印的奋斗模式，而我却时常会有“一口吃成大胖子”的幻想，并且乐此不疲。

我喜欢逛书店买书，手绘本或许可以成就我学画的心愿，古物鉴赏貌似可以增长见识，散文集最是沁人心脾……杂七杂八，信手拈来，心中激动不已，兴奋地畅想不久的将来，或许一两周，或许一两个月，这些书被我消化、吸收、发芽、生长，锻造出进阶后的我——一位饱读诗书，知识渊博，文采八斗，精通才艺的有才之人。而现实总是：愿望是美好的，实施是困难的。书往往被束之高阁，然后不复记挂，偶尔整理的时候，才发现原来自己还有这本书，继而朦胧记起买书时候那美好的憧憬，一声感叹后，继续幻想即将到来的美丽蜕变，循环往复。流程就是：盼望着，盼望着，转身忘记，碌碌无为，偶尔再次发现，继续盼望着，盼望着，再次忘记，再接再厉碌碌无为……最近让我惊讶的是，几天前逛书店，买了本包装精美的散文集。回到家想起书架上有本形似的散文集，遂翻看里面内容，发现也神似，书中至少二分之一的文章一样，书都能买撞啊。

现在，我的床头放了八九本新书，有品茶录、食品科学知识类的，有吴念真、周国平、张大春文学类的，有中国书画欣赏类的，还有创意涂鸦技术学习类的。我睡觉时闻了他们两个月的书香了，嗯……实际只翻了其中的三本。我的书，最大的作用不是用来看的，而是用来完成我“一口吃成大胖子”的幻想的。

除了读书，我“一口吃成大胖子”的想法还体现在应试上。大学时候，考试前突击复习，妄想几天搞掂一门需要理解力记忆力乃至想象力的医学专业课程。这临时抱佛脚的行为，在自修室和图书馆中，总是不缺同伴同心同德同行。

我再一想想，发现拥有“一口吃成大胖子”的想法，不仅我有，很多人也有。这，首先体现在“浮躁”。现代社会变化加剧，时代变化太快，新媒体、微信微博新社交方式不断推陈出新，信息化时代信息爆炸，人们面临的选择太多，不知道自己需要什么，容易迷失自己；同时面临的压力大，挑战高，竞争强，容易心神不宁，焦躁不安。现实物欲横流，文化快餐涌现，不少人更倾向于消遣、轻松的生活形式，往往看到一条微博不加辨别不假思索就转发，人云亦云，浅尝辄止，懒于思考，疲于沉淀，流于表面。

一口吃成大胖子，本质上是“急功近利”的思想。人心浮躁，其次表现为“着急”、“赶紧”。现代社会机会多，诱惑大，一夜暴富、一夜成名的事情并不少见。人们行色匆匆，追求速度，寻求捷径，幻想一夜成名，少了耐心，不愿等待，迫不及待，总想投机取巧，不肯钻研，不愿积累，“三天打鱼，两天晒网”的情形时有出现。大家愿意寻找见效快的“武功秘籍”,梦想像张无忌一柱香时间学会张三丰的武学瑰宝太极拳,因此，“七天速成减肥瑜伽”、“21 天公众演讲速成”这种时间少、见效快的方法，不少人趋之若鹜。总之，我们少了耐心，多了急躁；少了过程，多了目的；少了恒心，多了杂念；少了冷静，多了盲目；少了脚踏实地，多了急于求成。

一口难成大事，到需要表现的时候，就只能打肿脸充胖子应应景，结果往往不如意。这个教训我已经尝过，大学时候，被学校派去香港交流学习，发现英语口语实在贻笑大方， 悔不当初怕难畏久，没有扎扎实实练习口语。而有个朋友英语口语说得很好，于是向她讨教学习方法。她说一开始练习的时候，见效甚微，练着练着，在坚持不断练习的两年后突然发现口语“顺溜”了，量变终于质变了。所以，坚持一口一口的吃，是成功的要素。

在不断成长的过程中，读了一些书，认识一些人，经历了一些事，发现每个成功人士前面的阳光大道，其实是他们背后一步一步扎实的脚印堆砌而成。马未都先生是我很喜欢的名人，他才学广博，口才了得。这成就固然有其天赋的贡献，但我看来，还主要是因为他“勤奋”。他现今58岁，精力旺盛，笔耕不辍，勤劳更博，几乎每一两天都看得见他的新文章，对事对人对社会勤于思考，发挥热忱；更因为他在博采众长的基础上“专研”，他曾在一个访问提到，他读书比较杂，读得不够深，但一旦遇到问题就会恶补，把这一块给搞通。比如他曾喜欢摄影，摄影的事基本都搞通，堪比专业摄影师。可见这个“精”的掌握，是成功的诀窍之一。

曾听一位老师说：天道酬勤，一分耕耘未必有一分收获，但九分耕耘一定会有一分收获。不要以为一次努力就能看到成绩。成果是积累，是沉淀，需要长期的坚持。确实，一朝一夕大吃，不能成胖子。若急于求成，目标太远，心气太高，容易放弃。若朝夕奋力，耐得住寂寞，经得起磨练，等得起时间，一口一口的吃，积累能量，有一天你将突然发现：自己正在成为一个货真价实的胖子，有内涵有气质，这个时候你就会感到脚踏实地的成功喜悦。

收敛、修炼、积累、沉淀、升华，一点一滴做起，还有一句老话，从现在做起。

作者：立芳

与自己和谐相处

我和一些朋友时常陷入纠结当中，因为无法确定自己想要什么，小到买这个颜色还是那个颜色的衣服，大到拷问人生的真谛——究竟该怎么生活。周国平老师有篇文章《最合宜的位置》，喜欢这个名字，顾名思文，最是契合我一直在找寻的答案。

“一个人要找到这个对于他最合宜的位置，却又很不容易。环境的限制，命运的捉弄，都可能阻碍他走向这个位置。即使客观上不存在重大困难，由于心智的糊涂和欲望的蒙蔽，他仍可能在远离这个位置的地方徘徊乃至折腾。”

生活模式，一种是快乐无忧的放任，潇洒自在；一种是积极奋进的努力，拼搏争取。在我看来，这两种生活方式，没有谁好谁坏，重点在于合适不合适自己。若能全然放任自己，腾飞心情，不争不拿，自得其乐，过个闲适平淡的日子，对待他人的成就安之若素，不会不甘，不会唾弃自己，那选择这种日子未必不是幸福的终极目标。若能全心全意地付出，尽心尽力地努力，去争取，去表现，获得潜力的最大发掘，取得能力的最大发挥，为这种艰辛甘之如饴，不会苦不堪言，那这种人生确实是值得的追求。

而很多人的问题在于，一方面羡慕舒适的享受，一方面又期望做事的成就感。偷懒的劣根性和追求平和闲适的向往，让人倾向于前者；心底的不甘心和希望他人认可的得到，让人不得不思考选择后者。因此要解决的是，如何平衡两者，既不太过辛劳，又能获得成绩。而这样也就失去了那两种生活纯粹的快乐，既不能尽情享乐，又不能获得最大的成果。于是在寻找最适宜的那个点的过程中，会陷入困顿挣扎中，或许,摒弃愿望熊掌与鱼兼得的贪心才是关键之处。

我记起一个小故事，说的是一个女子，她的丈夫很帅，她觉得带出去有面子，很开心，其实在家里她丈夫对她不好，但她认为面子的快乐超过她承受的痛苦，那么她不是不幸的，可能还是幸福的，因为她找到了自己的价值标准，执行它，并且觉得值得。

最终的结论是：判断自己的选择是否适合自己，要倾听自己内心的声音，找寻到与自己和谐的相处之道，当你找到的时候，你就不会纠结矛盾困惑，你会获得平静、安宁、快乐。

启安一家人，本文作者立芳（左五）

“人的禀赋各不相同，共同的是，一个位置对于自己是否最合宜，标准不是看社会上有多少人争夺它，眼红它，而应该去问自己的生命和灵魂，看它们是否真正感到快乐。”

扪心自问：你，现在快乐吗？

说了也无妨

我家男人的家庭是传统和睦的客家家庭，“客家”代表了一种价值观，一种生活方式。我婆婆也是典型的客家婆婆，典型这个词真是好，若你接触过客家婆婆，那应该会会心一笑。 客家婆婆的理想型儿媳首要条件是勤快，其次是贤淑。勤快的意思是要包揽所有家务并且做得又快又好，贤淑就是认可这种包揽所有家务并且做得又快又好是儿媳应该做的。那可想而之，男人在家里可以就是个摆设。好吧，言过其实，男人在家务方面是摆设，在外的面子工程还是他们建设。估计在传统上，男人是天是脊梁，需要做很多养家糊口的劳力苦力，坚固的脊梁撑起这片天，而女人要在后方打理好所有一切让男人可以心无旁骛地顶天立地。而现在实际情况是，女人和男人一样在外面打拼，劳累艰辛。价值观没有与时俱进，客家男人实在幸福。

现在看什么《麻辣婆媳》，《婆婆来了》之类的电视剧，对于中国婆媳那种互动，心底忍不住啧啧两声，呀，演得真生活啊真生活，我们大陆还是擅长这家庭剧，这该是多少真实体验的浓缩啊。言归正传，我家婆婆心地善良，做派大方，但阻碍不了她是客家婆婆的生动表现。

现在年头，像我一样四体不勤，五谷不分，十指不沾阳春水，“一心只读圣贤书”成长的女子也有一些，但对于一位客家婆婆来说，我是特别值得念叨的儿媳。人之本性，父母的念叨无论对错与否，核心是为了你本人好，家婆的念叨本质上也是为了我家男人好，无可厚非。问题在于，我私心里以为这做法应该要考虑点公平性和现实性，还有操作性。幸而我是客家传统观点浸润长大的人，能够予以充分的理解。

我虚长那么些年，除了学业上曾被我家老妈子狂风暴雨般的怒叱过，其他方面其他人的责备还真没有什么记忆，于是养就了一个玻璃心肝，脆弱，难以承受他人的批评，成为说不得的小姐。婆婆不定时出现的新事件新句式念叨困扰着我，让我时常惶恐不安。为改变现状，对于偶尔会出现的“婆婆是洪水猛兽”的被害人妄想，我进行了深刻的分析和反思。

时代不一样了，西方的教子观念也慢慢渗透过来，现在倡导鼓励式的宽松教育，不再盛行打骂的教育模式。韩寒说，希望他女儿健康快乐，有没有出息都是假的，只要她人品好、善良，想玩什么就玩什么，她想要什么，他给她什么。咪蒙说，如果她儿子要当个 gay，就让他当个快乐的 gay，只要他需要，她愿意站在他身旁，陪他对抗这世界。不管这是不是父母的痴语乱言，实际行动上或许也有偏差，但至少表明了一种态度，而态度会影响行为。对子女不是教徒式的约束与权威式的压迫，而是自由宽松正面积极的引导，是我欣赏并羡慕的做父母的态度。

然而我们要面对现实，“无目的的美好生活”只是洪晃少数人的说法，放任的生活，在传统中国家庭来说，少之又少，于是有了《北京青年》这种类题材的电视剧，并且引起了很大一部分人的共鸣。长辈们在我们学生时代操心学业，毕业后焦心工作，成家后关心家庭生活，他们管制我们，教育我们，希望我们少走弯路，引导我们走向他们认为的光明大道。

这种不能放任的生活，难以避免的首先就是家人的念叨。“念叨”这词还是我为了对长辈以示尊重选择的最轻泛的说法。念叨，说教，批评，责备，责骂，程度依次递进，长辈们往往都运用过。既然不能改变家人，那就改变自己，改变对于念叨的心态。具体来说，一是强壮心脏，培养坚强的心理素养，对于念叨不烦不燥，不恐不慌，有则改之无则加勉。二是继续培育宽容的美德，家里面讲的不是道理，是宽容，是理解，是谦让，最好来点幽默。喜欢白岩松的话：“也许平和与安静会很昂贵，不过，拥有宽容，你就可以奢侈地消费它们。宽容能松弛别人，也能抚慰自己，它会让你把爱放在首位，万不得已才动用恨的武器；宽容会使你随和，让你把一些人很看重的事情看得很轻；宽容还会使你不至于失眠，再大的不快，再激烈的冲突，都不会在宽容的心灵里过夜。”三是以情动人，加强沟通。这是我的难关，畏惧让我怯步。一位朋友说，青春苦短，人生苦短，不能按照自己的意愿生活，太浪费了，所以该说的还是要说，该做的还是要做，长辈或许一开始不能接受，但是慢慢也会改变。确实，婆婆也是有血有肉有爱有理的人，通情达理不仅仅是小辈们的功课，高举和气沟通的大旗，“你好，我好，大家好”的和美家庭就在眼前。

除了家庭生活，工作上批评也在所难免，要受得起说，平和心态，虚心接受正确的意见，诚恳改正，留点心动点脑，不断进步，才是王道。

嘿，说不得先生说不得小姐，其实，说了也无妨。

立芳写于2012年9月25日

“拖拉机”的情结

“拖拉机”是一种流行的扑克牌升级游戏。在我们家，每逢节假日大家聚在一起的时候，茶余饭后总少不了打“拖拉机”。十几年过去了，它不仅成了家庭一道欢乐的风景，也加深了亲人之间的感情交流。在打麻将“砌长城”盛行的今天，可说是一枝独秀。

初接触“拖拉机”是在刚刚参加工作之时，晚饭后闲得无聊，就经常和同事们相约在宿舍打“拖拉机”消磨时间。起初手生，满满一大把牌抓在手里丢三拉四，弄得有些糊涂，老是出错牌。过了好长一段时间，才慢慢掌握了其中的技巧。

我刚结婚时，在叔叔家的附近租房子住。没想到婶婶居然也热衷于打“拖拉机”，每到周末，就约我和杨新华，叫上铖妹4人一起玩“拖拉机”。有时一拖到通宵，叔叔也不责怪我们。现在回想起来，很怀念过去的时光。

后来三叔、四叔陆续来河源安家，“拖拉机”更是我们追捧的娱乐，大家都清楚各自打牌的特点和脾气，贤英婶婶很较真，少一个或多一个牌，都要扣分；小兰婶婶出牌总是不慌不忙又拖拖拉拉的，弄得我们老是在一旁使劲地催，而她的牌总是出奇得好，经常有很长的“拖拉机”，但是底牌从来没有埋过分；启中叔打牌比较谨慎，他喜欢算牌，没有充分的把握他一般不去冒险，这可能和他多年的经商有关；三叔性子急，和三婶做对家时就经常吵架，而且吵得面红耳赤，后来三婶干脆不和三叔做对家；钟亮打牌时偶尔会做假，所以和他打牌时，一定要睁大眼睛看清他的牌，若是几局下来他没有做庄，他索性不打，拱手相让。最搞笑的是爸爸，他的牌技总是阴差阳错，让大家哭笑不得。

陈虹一家探望父亲和爷爷

如今，大家各自搬了新家，相隔较远，较少有时间聚在一起，更是难得打“拖拉机”了。但那份浓浓的亲情、暖暖的爱意一直让我回味，让我难忘。

本文作者启源之女陈虹写于 2013 年“五一”节

我和移动的故事

2003 年毕业的时候，在众多的竞争者中我有幸通过了中国移动广东公司深圳分公司的招聘面试，成为了移动公司的一员。这是我的第一份工作，所以我特别珍惜。

经过一个月的上岗培训，我以优秀学员的身份结业，进入服务厅成为一名营销代表。中国移动业务种类繁多，还经常推出新业务，中国移动的员工在工作之余还要组织学习，参加培训、考试。

我每天的工作除了在前台办理业务，还要跟客户进行“一对一”的跟踪服务。主动服务是中国移动员工的座右铭，从客户走进服务厅的那一刻，中国移动的员工必须做到“进门有迎声、坐下有笑容、离开有送语”。不管是来办业务的客户、还是进门咨询的准客户，或者是进来歇脚的市民，我们都会主动的递杯水，说声“您好，有什么我能为您服务吗？”向客户提供高质量服务是我的工作，客户满不满意就是对我工作的最客观的评价。在工作中，许多客户也慢慢地成为了我的朋友，工作之余，我会打个电话问声好，他们也公主动打电话向我咨询中国移动的业务。

一年后，我竞聘上了营销经理的岗位。市场竞争愈演愈烈，如何在提高服务水平的基础上“挽留老客户、争取新客户”成为了我的首选工作。在日常工作中，从服务厅员工选出“营销能手”、“服务明星”，每月一评，提高服务厅员工的服务积极性。把服务厅布置得典雅、温馨，让客户进入服务厅就有一种回家的感觉。

除此之外，进一步提高处理客户投诉水平也成为了我的工作重点。记得有一位林姓客户，每到服务厅就开口大骂，说“移动的话费不透明，骗了我的话费”之类的话，服务厅的员工对他都有一种害怕的感觉。后来，我接待了他，从他 1995 年开户时的话费开始计算，每个月的话费一笔一笔的跟他核对。两个小时后，当全部话费对上为止，他愤怒的脸上终于有了笑容。此后每到服务厅，他总是找我为他办理业务。“服务+耐心=满意”这句话成了我处理客户投诉的法宝。

2005 年我离开了我心爱的服务厅，离开了移动公司，回到了我美丽的家乡河源。回来的第一件事，我就到中国移动的服务厅开了一个全球通的号码。面对服务厅工作人员的良好服务态度与熟练的业务水平，我由衷地微笑：中国移动是最值得信赖的。不久，我成为了中国移动广东公司河源分公司的一名社会监督员，从中国移动的员工到监督者的转变，使我对中国移动的服务有了更进一步的认识，而我与中国移动的美丽故事也故事也在延续。

2007 年 11 月 11 日《河源日报》刊登，作者钟亮，陈钺丈夫

和谐号列车

当我还是红小兵的时候，中国的理想是共产主义；当我上大学的时候，中国的目标是四个现代化；当我成了海外华人的时候，中国有了一个新的梦想：和谐社会。

中国高速铁路上奔跑的“和谐号”列车表达的正是一个和谐社会的宏愿。

最近回国省亲，坐了一趟从武汉至广州的“和谐号”列车，乘坐的经历充满惊喜。上午 10 点到武汉火车站，进站、买票、上车，10 点零 8 分启程，期间环环相扣、一气呵成，没有国内城市常见的拥挤，也不用排队。车站建筑设施大方整洁，各样操作从容有序。“和谐号”上窗明几净，服务彬彬有礼。时速 300 公里，不用 4 个小时，就到了广州。不禁联想到 80 年代的某个冬天，我坐广州至北京的普通快车，广州至武汉就花了 18 个小时，在火车上还着了凉，到北京就发高烧，以致种下每年冬天就感冒的病根子。要是当年有高铁，何至于此！

让人惊喜的又何止于高铁呢？从广州回老家的路早已不再坎坷。当年 313 公里要花上 8 个小时的崎岖山路，已经被时速 100 公里的高速公路取代。家乡的年青人都往珠江三角洲打工去了。妇女老人和孩子照管着田地。可是他们不必再脸朝泥土背朝天地插秧种田，新科技让 8 岁孩子也可以抛秧种水稻，亩产千斤以上。更好的是，每收一斤稻谷都是自己的，不必再交公粮余粮（农业税），甚至有肥料钱补贴。

这些都让我振奋，但是，另外一些观察和见闻却让人有些失望和沮丧。

在北京，一个名叫“爱国”的出租车司机，一路诉说他对一些社会现象的愤怒，因为他和他的同事们受尽种种不平等的遭遇，却没有公开的渠道去争取公平和表达意见，只能和乘客发发牢骚。从北京、武汉、广东的朋友、亲属和邻舍的交谈中，说过去的“不正之风”早已成为标准做法，并且愈演愈烈，越来越荒唐。有一个市政府花了 3000 万人民币在山上立了一个关公像，没多久市政府换领导，这领导请风水先生一看，说那像对他的仕途不利，就找个“违章建筑”的借口把它拆了。政府官员和民间的许多腐败缺德，身在国外时只有在网路上看到，回去时发现是多么普遍，而且周围的人已经习惯成自然，没有愿望去改变了。是否道德中枢已经麻木，金玉其外，败絮其中，真是令人深思，发人深省。

过去的 30 年，中国创造了每年增长 8%的世界经济奇迹。他已经成了一个巨人，乘上了高速的和谐号列车。但是，列车不能“带病”行驶，中国的命运，才会有好收成。

启方 2010 年写于多伦多

第 5 章　警衣风华

解甲归田志未消，
金色盾牌话今朝。
莫道军中多豪杰，
警衣临风分外娇。
——题记

局长助理做的那些事儿

导语：从老百姓到军人有一段距离，从军人到老百姓也有一个过程，这个过程就是从说了算到说了不算，从不习惯到习惯的角色转变，在部队当上校团长指挥千军万马冲锋陷阵，在公安当局长助理率警巡逻维护一方平安，命运的安排，我承认了；心理的落差，我默认了，脚踏实地，而今迈步从头越。

话在腹中气自华

“粗缯大布裹生涯，腹有诗书气自华。”诗句出自宋·苏轼《和董传留别》，意思是虽然粗丝绑发、粗布披身、人生境遇清贫，但是只要饱读诗书，学有所成，气质才华自然横溢，高雅光彩。说来遗憾，我一上初中便撞上“文化大革命”，上课喊口号读报纸，下课大字报贴标语，天天都在批判学会数理化，走遍天下都不怕的“谬论”，有文化的是“臭老九”，不读书的是造反派。在那个年头，哪里去找诗书，又哪里敢读诗书啊？后来当兵进了部队这所“爬山大学”，才算学了点东西，但不是ABCD数理化，也不是之乎者也圣贤书，而是“跑步加卧倒，步枪加大炮的兵书。在时光倒转40年的1973年，刚穿上军装的我在湛江市调顺岛生产部队的围海稻田上，拉犁拉耙弯腰种地，当了半年多的“农民兵”，后来被选送到师教导队参加预提班长培训，结业后留在队里当了战术示范班班长，这个班长的基本要求是会讲、会做、会写、会教，叫做“四会”，否则打背包走人。打从这时起，我爱上了读书，研读战术训练教材，涉猎各种军事书籍。读读读，书中自有火药味，书中自有智慧屋，久而久之，读书成了我的习惯，读书成了我的追求。读书可以明目，读书可以开智，读了些书，战术眼光亮多了，脑子也好使多了，运用之妙，存乎一心。战神刘伯承有一句军事名言，叫做五行不定，输得干干净净，这五行是指作战双方的任务、敌情、我情、时间、地形，打仗如此，为打仗而“打仗”的军事训练也是如此。我迷上了“五行”之说，为这五行我下功夫练看（地形）、练写（教案）、练讲（口才）、练教（方法）、练做（动作）。经过一段时间的磨练，我带领战术示范班给全师师团营连“四长”教学法集训队作示范教学训练表演，课目是《防御战斗中的步兵班网状阵地打坦克》，这是一个新课题，没有现成的教材和教案。我在网状式阵地上摆兵布阵，设置和调理复杂多变的情况，行云流水般地手指口述，干脆利落指挥自如，灵活机动运用战术战法，形象直观启发教学，让现场观看的首长和行家们耳目一新拍手称赞，我也为此“一课走红”。这一课，是我脱稿教学讲课的起始，以后随着岗位的变动和职务的升迁，不论是训练讲课还是会议讲话，在部队还是在地方，养成了不拿稿不念稿的习惯，话在腹中气自华就是这样炼成的。

人在官场，少不了在各种各样的场合讲话。有的人口若悬河滔滔不绝，有的人妙语联珠幽默风趣；有的人出口成章逻辑分明，也有的废话连篇叫人爱听不听，如此这般，莫衷一是。我在军界和警方做了30多年的官，可以聊以自慰、对得起听众的是“话在腹中不念稿，字必躬亲不捉刀”，我习惯自力更生亲自“操刀”，写自己想写的东西，用自己的语言讲自己的话，表达自己的思想和意志。拿稿念稿照本宣科虽然不费脑筋，但是无稿或脱稿讲话可以少说空话套话直奔主题，讲者所讲，听者愿听。一般我作讲话，先思考打腹稿，脑子里有一条“话路”，讲起来开门见山自然流畅。有些重要讲话，自己写的稿子凭记忆脱稿讲话也不会“短路”，即便是即席讲话，平时积累多了“成竹在胸”讲起来也是习惯成为自然。讲完话以后，通常再回忆记录下来或者根据录音整理一下，将形成文字的东西收集起来作为资料，日积月累，将“老黄历”归综成档。

岁月如歌，往事已成记忆。1995 年，23 年的戎马生涯成为历史，脱下草绿色的军装告别兵营，穿上橄榄绿的警服走进公安，《我的战友我的团》的激情岁月已经过去，几度风雨几度春秋的《警衣风华》向我走来，将我在河源公安履职的所思所想、所讲所文、所作所为的实录编织成一件被风雨洗涤过的警衣，收藏在人生作品箱里。

换装不卸鞍

1997 年 1 月 16 日，河源军分区、河源市政府在市会议中心举行“河源市预备役军官授衔仪式”，我被授予预备役上校军官军衔并代表 100 多名预备役军官即席发言。

我们是解甲归田的解放军军官，今天怀着激动的心情，光荣地接受党和国家授予的预备役军官军衔，在此我代表全体预备役军官，向党和人民致于崇高的军礼!

我们是普通一兵。当年响应祖国召唤，报名参军保家卫国，跨进了中国人民解放军的行列，把一腔青春热血洒向军营，在练兵场上摸爬滚打，在边防海疆放哨站岗，在战火硝烟中报效祖国。铁打的营盘流水的兵，现在转业到地方，这是军转干部二次创业的用武之地，我们要把根留住，建设家乡河源，建设美好家园——咱当兵的人，就是这个心愿。

我爱军装，也爱警服。爱军装是我的军人情结，爱警服是我的公安心怀。今天我的肩上挂着军衔和警衔，帽上订着的军徽和警徽，头上顶着的是国家和人民的利益，肩上担负的是抵御外来侵略、守护一方平安的责任，我将握好枪杆子和刀把子，归田不解甲，换装不卸鞍，做到不辱使命不负众望。

预备役军官，时刻听从党召唤。我们宣誓：一旦祖国需要，我们将义无返顾，重披战袍，横枪跃马，奔赴战场，奔向前线！

(全场报以热烈掌声)

平安河源的风景线

巡警，从诞生的那一天起，就把“维护治安、服务群众”的旗帜插在河源城头，用脚步丈量着大街小巷，筑起一道道维护社会安宁的城墙。我和巡警相识，她还不满两周岁，她需要呵护，需要培育成长。三年多的时间，我象保姆一样，与巡警朝夕相处，加强队伍教育，组织队伍整训，强化队伍管理，规范队伍执勤，“量体裁衣”制定了《河源巡警执勤规范》：

公安巡警，肩负重任；
守护平安，执法为民；
上岗执勤，警容严整；
定点值守，姿态端正；
巡逻防控，明查细察；
盘查可疑，细致机警；
违法犯罪，严厉打击；
追捕逃犯，快速反应；
打架斗殴，坚决制止；
发现违章，耐心纠正；
服务群众，举止文明；
群众有难，救助热心；
接到报案，认真受理；
接警处警，随叫随应；
报告情况，及时准确；
交班接班，熟悉警情；

爱护武器，常备不懈；

树立形象，公正严明。

“规范”从实践中来，到实践中去。我组织一中队先行先试，征求意见，完善实施细则。“规范”定型后全支队现场看示范，互相观摩学习，大家反映简明扼要，易记易行，形成了巡警执勤的规范动作、例行动作。在施行规范执勤的同时，着手进行队伍整训，从警容着装到单个和集体队列动作，从盘查盘问到查缉战术，抓训练打基础，拿出我的老本行，没有教材自己编写，没有教官自己任教，手把手脚跟脚面对面教练，磨刀不误砍柴工，收到了立竿见影的效果。建队之初，规章制度还不完善，位于老城区的一个中队未经请示擅自跨过新丰江，进入新市区，“夜袭”兰兰发廊，“强攻”虹桥大酒店查处黄赌毒，造成了不良后果和影响。我和支队领导迅速亡羊补牢，教育整顿，采取警区中队调防，作出专司巡逻职责，不准擅查处黄赌案件等规定，此后逐步建立健全了教育学习训练、执勤检查评比、警区治安分析、紧急集合演练、武器装备点验等规章制度，依法依规执勤，强化队伍管理，加强对社会面的控制和治安动态管理。后来，巡警支队的这一整套做法被省公安厅肯定为“河源模式”。1998 年 4 月，第二次全省巡警工作会议在深圳召开，我代表河源巡警作了《加强队伍建设狠抓执勤管理》的经验介绍。

1993 至 2013 的 20 年间，巡警从“呱呱坠地”到长大成年，一直走在

让子弹向这里飞

"辛苦我一人、平安千万家"的风雨路上，随着河源经济社会的发展，巡逻区域在扩大，巡逻路线在延伸，巡警队伍在壮大，巡警装备在改善，但是巡警的职能和任务没有变，执勤的方式方法没有变，他们只有夜以继日巡逻的劳累，没有喋喋不休的怨言；只有打击街面犯罪的英勇，没有临阵退却的懦弱；只有默默无闻的奉献，没有徇私枉法的贪念。巡警——已经成为平安河源的一张名片，平安河源的一道亮丽风景。

"司马光"砸墙

司马光砸缸可谓家喻户晓，"司马光"砸墙却鲜为人知，前者已经流传一千年，后者发生在十多年前。

1996年11月24日五更时分，大地还在沉睡，东方还未破晓。放在床头的对讲机忽然传出一阵急促的火警呼叫声，我一骨碌从床上爬起来，拿起对讲机，向正在执勤的巡警查明情况，迅速着装，来不及叫车，冲下五层楼梯，向五、六百米开外的火灾现场跑去。各警区值班的巡警小组呼啸着警灯相继在第一时间赶到现场。火灾地点在新市区河源大道供电公司一侧五层楼高的豪达卡拉OK歌舞厅，火光冲天，浓烟滚滚，有几个人挤在钢筋护栏窗上哭喊救命。一会儿消防车赶到，水龙直扑火龙，火势稍弱，我立即指挥巡警准备入屋救人。但是就近没有消防供水设施，无法给消防车供水，火势继续蔓延。歌厅左右两侧是连排门店，一楼铁门紧锁一时无法打开，又找不到攀登器材，真是地上有路，上天无门，情势危急叫人束手无策。这时，我对身边的龚柏林支队长说了一声“大火不等人，你们跟我来”，赶紧走上与歌厅相邻的五楼露天阳台，阳台上的天井口火烟直冒，无法从这里下去救人。我急中生智，马上跑下二楼找到房主，问他的房是否与歌厅共墙，得到答复后当机立断叫中队长刘运华将房主请开，叫中队长陈云波去找工具砸墙。一转身看见阳台栏杆上横架着两根钢筋水泥桩，便叫几个巡警抬过来合力撞墙，倾刻间打开两个洞，龚队和刘队、陈队马上指挥巡警队员进入歌厅救人，接着又在三楼又打开一个洞，巡警冒着烟火逐层逐房进行搜救，他们拉的拉，抬的抬，背的背，将22个被困人员全部救出，其中重度烧伤2人，轻伤数人，所幸无人死亡。巡警队员有的头发被烧焦、有的皮肤被灼伤，抢在死神前面，避免了一场重大火灾事故。

火尽灰冷后，龚队问我怎么会想出这种方法来救人，我笑了笑，问他认不认识司马光，龚队恍然大悟，也笑着说：“啊，我明白了，司马光砸缸救人，陈助理砸墙救火。”我接着说，这叫做事有所成，来自读有所得。这次行动，刘龙辉、董向阳等十多名巡警队员在关键时刻奋不顾身赴汤蹈火救死扶伤，当之无愧地火线荣立个人三等功。刘龙辉说，这是他从警的第一个功。

事情本来是前事不忘后事之师，这次火灾却与前祸同行上演。7个月前的同一天（4月24日）凌晨，老城区国土大厦歌舞厅突发火警，我也是在第一

消防演练

时间赶到现场，组织指挥40多名巡警救火，由于消防供水不足，又无登高器材，火势迅猛发展，无法入室救人，眼睁睁地看着有人越窗逃生摔地致死。这是河源建市以来发生的最大最惨一次死亡四人的火灾事故。接连的教训也促成了好多好事，政府有关部门多方筹措资金，从德国进口消防云梯车，逐步改善消防装备和器材，完善市区的各种消防设施，加强消防安全检查和教育。

从那时开始至跨世纪的今天，河源市区再也没有“城门失火”，发生过重大火灾事故，造福社会，造福百姓。

老照片里的故事

1997年5月，市局党委给我加了一副担子——分管内保科。内保科主要担负警卫、金融机构安全保卫和经济案件侦查等职能，公安警卫工作，责任重于泰山。

1997年12月18日，原中央政治局常委宋平乘专列沿京九线视察，途经和平、龙川至梅州，在龙川火车站稍事停留。专列停靠在月台旁边，宋平同志未带随从人员，独自走下列车，县委县政府领导陪同他在月台上散步，随和地问这问那，我和内保科民警徐学章跟随警卫，看到首长平易近人，脸上露着笑容，紧张的心情也舒缓下来，眼睛却不停地扫瞄四周，执勤人员按部

就岗，一切依旧，一切照常。1 个小时后，我们向首长敬礼告别，目送列车远去。

1997 年 12 月 28 日，中央政治局常委、国务院候任总理朱镕基视察河源。下午 4 时，专列到达河源火车站，首长一行轻车简从沿河源大道、河埔大道进入园中园检查扶贫工作，察看园区的扶贫开发建设和果树鱼类种养，还走到一个农户家里，看他养猪种菜，在他家里喝茶聊天，然后沿河埔大道、长塘路、珠河桥、兴源路返回至市会议中心，听取市委书记张凯和市长杨华为的工作汇报。往返途中首长在车上“走马观花”，表扬了河源的城市规划建设比湖北麻城好。会后，市领导请首长题字，首长笑了笑，看了一眼“恭候”在桌面上的文房四宝婉言谢绝，就在会议中心的舞台上携夫人劳安与省市领导及我和徐学章等警卫工作人员合影留念。6 时 10 分，首长离开河源，专列开往深圳。

这两次河源史上顶高级别的警卫工作，没有鸣锣开道的张扬，没有鲜花簇拥的排场，也没有前呼后拥的长随。警卫首长的近身人员，市公安局只有六枚专用的标识微章。部署周密细致，措施具体到位，没有出现任何纰漏，圆满完成了任务。

嘴皮上的功夫

我曾经在中央党校九四级领导干部函授班学习，毕业前已转业到公安工作，结合工作实践写了一篇毕业论文，两年半修业期满后获时任校长胡锦涛签章的毕业证书和该校的本科学历证书。1998 年 6 月，我参加市委党校处级干部理论学习班学习，借此机会移花接木，将这篇被冷落的毕业论文作为参加这次学习的心得体会，放在嘴皮上脱稿演讲。

附《新时期公安队伍建设之我见》全文：

毕业证书

证字第 16041 号

[illegible]同志，自一九九四年八月至一九九六年十二月在本校领导干部函授班修业期满，考试成绩合格，准予毕业。

中共中央党校

校长 胡锦涛

一九九六年十二月三十一日

邓小平同志指出：“中国的事情能不能办好，社会主义和改革开放能不能坚持，经济建设能不能快一点儿发展起来，国家能不能长治久安，从一定意义上说，关键在人。”在建立和发展社会主义市场经济新的历史时期，公安队伍的整体素质和战斗力如何，直接关系着社会的政治稳定和治安稳定，关系着一个地区乃至整个国家的长治久安。因此，搞好新时期的公安队伍建设，是一个事关宏旨的问题。

一、新时期公安队伍面临的挑战和考验

纵观世纪之交的国际国内形势，我们有着不可多得的历史机遇，同时也面临着诸多的挑战和考验。从国际形势来看，和平与发展仍然是当今世界的主流，我国在今后十几年赢得和平的发展环境是可能的。但是，世界并不安宁，霸权主义和强权政治依然是和平与发展的主要障碍。美国等西方国家的反共反华势力从骨子里不愿看到一个强大的社会主义中国屹立在世界的东方，他们对我国实施“西化”和“分化”的战略不会改变，对我们的渗透颠覆活动也从未没有停止过。因此，全力维护祖国统一、国家安全和社会稳定，是我们同国际反共反华势力斗争的客观要求，是保证社会主义现代化建设顺利进行的客观要求，由此我们也应该清醒地看到国际形势给公安工作和队伍建设带来的挑战和压力。

从国内形势看，经济发展、政治稳定，民族团结、社会进步。但是，我们维护稳定的工作仍面临许多新情况和新问题。一些敌对分子在国外势力的唆使、支持下，加紧串联聚合，与我进行有纲领、有组织、有策略的政治斗争，妄图伺机挑起动乱，乱中夺取政权；还有一些别有用心的人，极力鼓吹西方的政治观点，制造舆论，妄图搞乱人们的思想，达到他们否定四项基本原则的政治目的。对此，我们必须保持高度警惕。

从市场经济的负面作用来看，给公安队伍和公安工作带来了新的挑战和考验：

第一，在实行国民经济两个具有全局意义的根本性转变过程中，势必触及一些社会深层次的问题。各种社会矛盾可能进一步增多，而相当一部分群众和领导对各种风险的心理承受能力还不强。所以，及时地处置因各种人民内部引发的突发事件，防止各种社会问题相互影响，造成局部地区的动荡，将成为公安机关日趋艰巨、繁重的任务。

第二，在市场经济条件下，产生和诱发犯罪的各种因素继续存在，新的防范和打击机制尚待建立，我们的队伍仍将面临严峻的治安形势：刑事案件总量仍呈增长之势，一些地方的治安问题严重；跨区跨境犯罪、有组织犯罪、黑社会团伙犯罪，利用计算机和其他技术手段犯罪的问题还将进一步发展；人、财、物大流动给经济带来了繁荣，但是严重暴力犯罪、重大经济犯罪、侵犯财产犯罪、毒品犯罪及卖淫嫖娼、制黄贩黄等社会丑恶现象，对治安秩序和经济秩序的危害将更加突出,社会治安在今后一个时期内仍将是社会热点问题。

第三，资本主义的腐朽思想和生活方式也会侵蚀我们公安队伍的肌体。改革开放，窗户打开了，新鲜空气和苍蝇蚊子都会进来，一些腐败现象和社会丑恶现象开始出现并有些蔓延，我们的队伍不是生活在真空里，不可避免地会受到来自外界各种消极腐朽思想的冲击侵蚀，由于职业的特点，公安干警还必须经常地面对腐败现象和丑恶现象，思想稍有动摇，很容易被拉下水，沾染上腐败毒菌。

第四，金钱和权力对我公安队伍的考验也将始终存在。金钱至上和拜金主义思想的侵蚀，必然会反映到公安队伍里面来，社会上的不法分用糖衣炮弹向公安队伍进攻，也屡见不鲜；商品经济的存在，权力商品化的可能也始终存在，权钱交易，以权谋财，以权谋私的危险也就始终存在。

第五，黑社会势力的渗透，也是公安队伍不得不承受的一种严峻考验。黑社会势力不断在我们的队伍中寻找薄弱环节，寻找空隙，以图打入我公安机关；国内的犯罪分子，也想通过各种手段收买、腐蚀公安队伍，寻找“保护伞”，为其犯罪活动打开方便之门。

综上所述，公安机关和队伍建设面临的形势是机遇与挑战并存，压力和考验同在。所以，我们要把思考的基点和工作的重点放在全面加强公安队伍建设这个事关大局、刻不容缓的问题上，迎接挑战，战胜挑战。

二、建设一支高素质、高效率的公安队伍，是新时期对公安队伍建设的必然要求

建设一支高素质、高效率的公安队伍，一是适应市场经济高速运转的需要，迎接新时期挑战的必然要求。以高素质的队伍掌握新知识、新方法、迎接市场经济的挑战，有效地打击违法犯罪活动，有效地管理好社会秩序；以高效率的队伍适应市场经济高速运转和动态发展，建立高效率的指挥决策机制，形成高效率的治安管理体系，强化公安队伍的快速反应能力和整体作战能力，以快制快、以动制动，打击防范动态犯罪;二是保卫市场经济发展的需要。一支高素质、高效率的队伍，无疑是一支有战斗力的队伍，有能力保一方平安，保社会稳定，从而为市场经济的发展提供良好的社会治安环境。

高素质，是公安队伍战斗力的根本特征。第十八次全国公安会议提出“向素质要警力”，就明确了建设高素质公安队伍的任务。公安队伍的素质主要包括如下几个方面：①思想政治素质。包括政治品德，政治信仰、道德品质、人生观与价值观，事业心与奉献精神等。新时期公安队伍面临着一系列的考验，没有良好的思想政治素质，则不能经受考验而丧失战斗力。②业务素质。包括受到中高等的公安专业教育和训练，有业务知识和技能，有一定的组织管理能力和分析、解决问题的能力等。公安队伍面临新的治安形势和新的犯罪问题的考验，没有较高的业务素质，将会束手无策，一筹莫展。③纪律作风素质。包括遵纪守法、秉公执法、服从命令、听从指挥、警容风纪、工作生活作风等。严格的纪律和艰苦奋斗、雷厉风行的作风，公安队伍才能打不垮、拖不烂，才能树正气、扬警威。④文化素质。“没有文化的军队是愚蠢的军队”，新时期的公安队伍，要与错综复杂的犯罪活动打交道，要与犯罪分子斗智斗勇，要管理社会治安事务，文化低、知识面窄，是无法胜任的。⑤警体素质。包括良好的身体条件，良好的警体训练，使用武器、警械的技能等。公安干警，不仅要求身体强壮，还要具备较好的警技素质，才能胜任市场经济下的对敌斗争。公安队伍素质是一个动态发展的体系，每个干警都具备了上述基本素质，整体素质就高，队伍的战斗力就强。

高效率，是公安队伍战斗力的体现，也是市场经济效率原则的要求。一方面要求公安机关合理配置警力，以尽可能小的人力物力发挥最大有功效。另一方面要求公安队伍具备快速反应能力，机动灵活，高效运转，及时打击犯罪，处理突发事件。因此，公安机关要建立高效率的指挥决策机制，有一个信息灵敏，决策迅速的指挥中心来协调整体作战；公安队伍要形成高效率的管理体系，公安管理应从行政机关型向执勤作战型转变；要加强队伍的快速反应能力，做到接警快、出警快、处警快。如福建省漳州市“110 报警服务台”就做出了很好的范例。

建设一支高素质、高效率的公安队伍，离不开现代化和正规化，因此，要把现代化、正规化列入公安队伍建设的主要目标。公安队伍的现代化建设，首先要实现思想和观念的现代化，解放思想，更新观念，求实务实，开拓创新；其次要实现装备现代化，用现代科学技术武装人民警察，向科学技术要警力；再次要实现警务手段和警务管理现代化，用现代科技方法执行警察勤务，用现代管理方法管理队伍，用现代管理手段管理社会治安。否则，公安队伍将无法战胜自己的对手，将不能适应新时期的需要而落后时代。公安队伍的正规化建设，首先是管理体制的正规化，构筑公安队伍的现代管理体制，使之制度化、规范化、统一化；其次是管理制度的正规化，建立一套与公安性质任务相适应的管理制度，规范管理工作；再次是公安行政管理行为正规化，完善公安管理法规，使公安队伍对社会事务的管理有章可循，依法办事，步入规范化管理的轨道。公安队伍的正规化，是顺应市场经济的规律，依法治警，依法行政，提高队伍的执法水平，能更好地满足市场经济服务的需要。

三、改革强警是新时期公安队伍建设的根本出路

适应社会主义市场经济的新形势，以改革的举措大力加强公安队伍建设，针对新时期公安队伍面临的新情况、新问题，以邓小平建设有中国特色社会主义理论为指导，坚持深化改革，以改革促发展，以改革求进步，从狠抓从严治警入手，大胆改革和转换队伍管理机制和工作运行机制，开创队伍建设和公安工作新局面，这是辽宁省本溪市公安局的成功实践，为我们的公安队伍建设走出了一条改革强警之路。公安部专门向全国公安机关发出了向本溪市公安局学习的决定。他们的经验说明：改革可以强警，强警必须改革，改革是新时期公安队伍建设的根本出路。改革强警，主要应抓好如下几个方面：

第一，要努力建设过硬的公安机关领导班子。领导班子是队伍建设的关键环节。加强领导班子建设，特别是要选一个好的一把手，并用领导干部自身正、自身净、自身硬的表率作用来影响和带领队伍。只有过硬的一把手才能带出过硬的领导班子，只有过硬的领导班子才能带出过硬的队伍，只有过硬的队伍才能创造出一流的工作业绩。近一年来，全国公安机关先后推出济南市交警支队、本溪市公安局、漳州“110报警服务台”三个先进集体，他们之所以在“严格执法、热情服务”两个方面做到了别人认为不好干、不愿干、干不了的业绩，解决了公安工作和队伍建设上的一些难题，十分重要的一点就是他们都有一个团结实干、奋发向上的领导班子，有一个政治上、思想上、业务上过硬的领头人。所以，要搞好公安队伍建设，必须按照江泽民总书记关于《努力建设高素质的干部队伍》的讲话要求，大力加强公安机关的干部培训、教育、选拔、使用工作，努力把一批忠于党的事业、坚持党的路线、刻苦学习、勤奋工作、勇于创造、自觉奉献的优秀人才放到领导岗位上。只有这样，才能抓住改革这一牵动全局的根本性建设，才能找到使队伍走向良性循环、健康发展的根本出路。

第二，要抓住机遇，锐意进取，坚定不移地走改革强警之路。本溪市公安局改革强警之所以能够取得成功，得益于国家改革开放的大环境。因此，要增强机遇意识，紧紧抓住各种有利条件，勇敢地接受挑战。要把从严治警与深化改革紧密地结合起来，用从严治警方针指导公安改革，用深化改革保证从严治警方针的贯彻落实。因此，要根据客观情况的变化，积极改革不适应新形势的队伍管理机制及方法。第十九次全国公安会议提出，要改革不适应社会主义市场经济体制新形势的工作运行机制，逐步形成信息灵敏、指挥有力、快速高效的新的工作运行机制；要解决责任不清、分工过细、交叉重叠，功能单一的问题，逐步理顺内部关系，形成有利于公安机关高效运转的管理体制，要革除人事制度中能进不能出、能上不能下、干与不干一个样的弊端，建立奖优罚劣，优胜劣汰的用人制度。不改革，公安工作的效率和效益难以提高；不改革、优秀人才难以脱颖而出，广大干警的工作积极性难以持久；不改革，公安机关就难以履行自己的基本职能。所以，坚持从严治警的方针，不能仅仅把工作停留在整纪、刹风和查处上，重要的是要立足建设，通过改革和转换队伍管理机制和工作运行机制，从根本上解决队伍中存在的问题，实现队伍管理由静态管理向动态管理的转变。同时，要注意抓好综合配套改革，改革机构设置，改革勤务制度，改变工作方式，推动改革强警的落实。

第三，要坚持教育和管理并重，保证改革健康、顺利实施。教育和管理是队伍建设的两个重要方面，是相辅相成的，只有把教育和管理紧密地结合起来，才能取得队伍建设的最佳效果。在深化改革、强化管理的同时，必须始终坚持政治建警的原则，坚持坚定正确的政治方向，使公安改革沿着有利于加强党对公安工作的领导、有利于提高干警的政治觉悟和工作积极性、有利于充分发挥公安机关职能作用的方向健康发展。要在公安队伍中深入持久地开展党的宗旨教育，使全体公安干警牢固树立全心全意为人民服务的思想，永远保持公安机关和人民警察的政治本色，解决为谁执法、为谁服务的问题，这是每一个人民警察正确对待自己手中的权力，忠于法律的思想基础，也是人民警察形成良好职业道德的思想基础。在市场经济的新形势下，面对任务繁重、保障有限的状况，面对权钱交换意识的挑战，面对各种消极、腐蚀思想的诱惑，人民警察首先必须解决为谁执法、为谁服务的问题，在固本强基上下功夫。同时，要把深入细致的思想教育贯穿、渗透到改革的各个环节，注意化消极因素为积极因素，认真做好后进干警的教育转化工作，克服对改革工作的抵触情绪。在做好教育工作的同时要与队伍管理工作双管齐下，互相倚重，实行依法管理，按章管理、严格管理、保证各项改革措施顺利实施。

第四，要建立健全内外监督和制约机制，敢于动真格、硬碰硬，狠抓各项措施和制度的落实。社会各方面的实践都说明，任何一项好的法律法规、规章制度，如果没有一套相适应的监督办法，如果没有敢于动真碰硬的决心和勇气，都是难于长久地坚持下去的。现在全国公安机关正在积极建立内部督查制度，有的地方公安机关已经实行了内部访察制，建立了专职的访察队伍。在有效防止、及时发现和制止公安干警违法违纪的问题上，发挥了很好的作用，使公安干警视规章制度为“高压线”，碰不得，谁敢“碰线触电”不管职务高低，不管权力大小、不管资历长短、不管关系背景、不管亲亲疏疏。谁碰“线”谁触“电”，都严肃处理，以保证措施和制度的落实，保证队伍的纯洁。但是，实践告诉我们，仅有内部的监督制约还不够，还必须有多层次、多渠道的外部监督体系，自觉、主动地接受社会各方面和人民群众的监督。这种外部监督更具公正性和制约力，把自己的工作置于社会监督之下，从中获取外在的推动力，推动公安队伍建设。

第五，要紧紧依靠党委和政府，依靠广大公安干警，坚持群众标准和战斗力标准的统一。公安改革离不开党委和政府的领导，离不开人民群众和广大干警的支持。在抓公安队伍建设中，始终坚持把人民群众满意作为最高标准，始终坚持群众标准和战斗力标准的统一，这是社会主义制度下警民一家的鱼水深情和新形势下战斗力增强的体现。用人民群众满意不满意作为标准，是邓小平同志一贯倡导的思想。江泽民同志提出要讲政治，也把人民群众满意不满意作为检验工作好坏的标准。公安机关讲政治、讲正气、讲宗旨，很重要的一个方面就是坚持人民群众满意不满意的标准。只有这样，我们的思想才能把握制高点，公安的改革和队伍建设才有正确的方向和目标，公安队伍才能永葆人民卫士的政治本色，才能赢得人民群众的心。要充分认识到，党委政府都十分重视公安改革，人民群众都十分支持公安改革，广大公安干警都在热切盼望改革，干警中蕴藏着巨大的改革热情和积极性。因此，要充分营造和利用有利于改革的良好环境，加强对干警的改革意识教育，使干警支持改革，自觉投身改革。公安改革的根本目的是提高队伍的整体战斗力，创造良好的社会治安环境。只有创造良好的社会治安环境，人民群众才能安居乐业，才会满意。所以，坚持把“群众答应不答应，群众满意不满意”作为检验改革成效的最高标准，坚持群众标准和战斗力标准的统一，把有效地防范、打击各种犯罪活动和深入持久地开展爱民、利民、便民活动紧密结合起来，才能以实际行动赢得人民群众对公安工作和队伍建设的理解和支持。

第六，要坚持从严治警和从优待警相结合。从严治警，是要求对公安队伍严格教育、严格管理、严格训练、严格纪律。这是提高公安队伍素质的有效手段。但是，公安队伍是一支“养警千日、用警千日”的队伍，长期以来，工作强度大而工作条件差，常常冒着生命危险，牺牲个人利益而生活待遇低的现象比较普遍，尽管我们强调公安干警的奉献精神，但是适当地改善工作条件，提高干警的生活待遇，满足干警必要的生活需求，在市场经济的今天是很有必要的，也是符合江泽民同志在第十九次全国公安会议上提出的“从优待警”的要求的。否则，我们队伍的稳定性将受到损害。从另一个角度看，从优待警也有利于吸引最优秀的人才参加公安队伍，壮大公安队伍，提高公安队伍的整体素质。所以，一方面从严治警，一方面从优待警，两者结合，相辅相成，是不可分割的。

总而言之，加强新时期的公安队伍建设，对公安干警要加强无产阶级世界观、人生观、价值观和中华民族传统美德的教育，坚定思想信念，使他们保持应有的政治本色。要从组织上、制度上加强队伍的革命化、现代化、正规化建设，坚持走改革强警之路，不断提高队伍的政治素质和业务素质，努力把公安队伍建设成忠诚可靠、训练有素、精通业务、纪律严明、作风过硬，秉公执法的队伍。

第一次亮相

1998 年 11 月 8 日，省公安厅政治部和市委组织部联合工作组对市公安局的领导班子进行考察，这是我第一次在全局干警面前亮相，脱稿述职。

我从部队转业到公安机关工作已经整整 3 年。这 3 年，是我从一名军官向警官转变的3年，是我第二次创业从头越的3年。3年来，我在“战争中学习战争”，在工作中熟悉工作，认真履行职责，做好分管工作，在工作实践中填写答卷。

一、找准坐标定位，正确履行职责

在军旅岁月中，我担任过较长时间的主要领导职务。转业之后，面临着思想作风、职务地位、工作生活、社会环境多方面的考验。经受这些考验，首先要坚定政治信念，用科学的理论去认识新问题，熟悉新情况，解决新矛盾。正确对待和处理三个关系，做到三个不变：一是职业转变关系。军人的职业，是为了保卫祖国、巩固国防。警察的职业，是为了社会的安定和政治稳定。军队和公安，都是革命的武装集团，国家的专政工具，都担负着保卫和巩固人民民主专政的重任。我先从军后从警，职业变了，爱岗敬业、为国为民的思想作风不能变；二是职务变动关系。我在部队指挥千军万马，现在分管三位数的队伍，工作任务变了，职位变了，要淡化“官”念，当好公仆，以保一方平安为己任，事业心和责任感不能变；三是环境变换关系。军营和地方是两个不同的工作生活环境，在新的环境条件下，既有一个适应问题，还有一个经受考验问题，普通一兵的政治本色不能变，保持一种健康的心态，以平常之心，干平常之事，做平常之人。摆正自己在履行职责中的关系位置，处理好上、中、下三级的关系：与上级的关系，做到尊重而不吹捧，服从而不盲从，请示而不越权，主动而不依赖；与同级的关系，做到通气而不封闭，分工而不分家，配合而不拆台，敲当面锣而不打背后鼓；与下级的关系，做到信任而不包办，放手而不放任，爱护而不庇护，批评教育而不哄人整人，认真履行职责，做好本职工作。

二、履职对象的工作现状

巡警、户政、经保、警卫四个科队是我履职的对象，是我工作的一面镜子，对照镜子，看看这些单位的工作情况。

巡警支队是市公安局人数最多队伍最大的一个警种。这支队伍按照“小机关、大队伍”的组织机制，建立了垂直领导、统一指挥、集中管理、高效运作的管理体制。几年来，我一手抓队伍建设，一手抓巡逻执勤，两手都比较硬。队伍管理严格正规，治安防控严密有效，有力地发挥了打击现行犯罪的战斗队、维护治安的执法队和为群众排忧解难的服务队作用，为市区的政治稳定和社会安定作出了应有的贡献。这支队伍的领导班子团结，队伍思想稳定，士气比较高，战斗力比较强，整体素质比较好，是一支信得过、靠得住、用得上、打得赢的警队。

户政科是一个窗口单位。全科干警面向群众，服务群众，默默无闻地做了大量的公安基础工作。户籍管理正规有序，证件管理严格规范，办证程序有条不紊，农村人口城市化管理和流动人口管理初步走上正轨。特别是人口信息化系统建设取得了长足的进展，全市305万人口信息已经全部录入微机管理，除和平县外，其他县区已全部实现一所一机，其中连平县已完成县镇二级联网。这是在我市各级经费捉襟见肘的情况下，户政科积极主动，上省厅、找市府、下县区、走乡镇，这里讨那里要，想方设法争取多方支持，推进工作落实的成果。

经保科和警卫科在今年三月份由内保科一分为二之后，各自建章立制，履行工作职能。经保科把打击经济犯罪摆在突出位置，加强情报信息工作，依法打击各种经济犯罪活动，对列管的重点要害部门，加强了安全保卫工作的指导、监督和检查，对经济民警逐个进行政审，统一组织培训，强化队伍管理。半年多来，经保科接受报案23宗，其中受理10宗，立案7宗，破案5宗，抓获犯罪嫌疑人21名，追回赃款赃物总值560万元。警卫科认真做好警卫基础工作，历次执行警卫任务有方案、有部署、有措施、有检查，坚守岗位毫不懈怠。今年共执行警卫和保卫任务14次，都做到了绝对安全万无一失，圆满地完成了任务。

三、履行职责的自我表现

在日常工作中，我比较注重管理教育，抓好队伍建设；比较注重调查研究，有的放矢指导工作；比较注重检查督促，抓好工作落实。

第一，履行管教之责，管好队伍带好兵。我经常与科队领导分析队伍状况，掌握队伍的思想和工作动向，加强管理工作的力度。为了加强巡警的执勤管理，制定了支队、大队、中队三级领导值班督查制度，实行层次管理，一级管理一级，一级对一级负责，落实管理责任。对队伍的教育，坚持把经常性的思想教育贯穿于日常工作的小结讲评之中，并针对带有倾向性、典型性的问题适时组织教育学习。今年上半年，巡警支队开展"执勤一班岗、干好六小时，治理松懒散"的专题教育，焕发了队伍的精神面貌。由于坚持严格的管理教育，队伍建设有了明显进步，三年来，户政、经保、警卫三支队伍没有出过问题，巡警支队九六年有四名队员违法违纪受到查处，九七年一名队员违纪受到处分，去年下半年到目前为止零违纪，整个队伍健康良好。

第二，履行指导之责，调查研究有的放矢。我分管巡警支队之后，对"点多线长面广，队伍化整为零"的勤务方式和在执勤中不作为或乱作为的等问题作了深入调查，我和支队班子对队伍的现状作了全面的分析，肯定主流，找出问题，为了保持和发扬这支队伍的健康发展，更好地发挥维护治安、服务群众的职能作用，提出了把支队建设成"政治思想坚强、警风警纪严整、技术业务精通、反应快速灵敏"警队的目标，确定了"抓班子带队伍、抓执勤树形象、抓纪律正警风"的工作思路，制定了《巡警执勤规范》、《巡警巡逻执勤管理责任制》等一整套利于操作、约束力强的规章制度，向社会作出了"有警必接、有险必救、有难必帮、有求必应"的承诺。实践证明，这些工作见之于行动，收到了良好的效果，树立了巡警新风，塑造了巡警形象。近几年来，我和巡警支队的领导经常检查指导各县区公安局巡警大队的建设，召开现场会推进巡警工作，连平巡警大队首开县区先河，开通了"110"接警处警服务。

第三，履行落实之责，检查督促跟踪问效。我抓工作，既抓过程，也抓效果。对警卫工作，我深感责任重于泰山，对每一项警卫任务，我都毫不怠慢，精心组织部署，检查落实安全措施，确保警卫对象和警卫目标的绝对安全。对经保工作，我经常了解研究案情，查宗问卷，严格办案程序，依法处理案件，按职责掌好权、把好关。对巡警巡逻执勤，我经常进行面对面和背靠背检查，每天昼夜随身携带对讲机掌握接警处警情况，根据不同情况实施遥控指挥或现场指导，遇有紧急情况或较大事件，我都及时赶赴现场指挥处置。

第四，履行廉政之责，严于律己干净干事。信守勤政为民、廉政为官的守责，经常警醒自重、自省、自爱，自觉抵制灯红酒绿的影响，抵御腐朽思想的侵蚀，珍惜党和人民给自己的荣誉和地位，决不做一失足成千古恨的蠢事。

以上述职汇报，请组织考察，请同志们评议。

政治处主任的政治担当

导语：1998 年 12 月，当了 3 年多局长助理的我晋升为市公局副局长兼政治处主任，副局长好当，政治处主任难做。因为我在部队没有做过文官，当的都是带长的“武将”，担任政治处主任对我来说无异于改行，如其说是角色转换，不如说是一种政治担当，这种担当就是队伍的政治建设。好在部队多年，耳染目濡知道一点，虽然不能驾轻就熟，但是政治工作说到底就是给人“洗脑袋”，记得部队一位首长说过这样一句话：政治工作不是万能的，但是没有政治工作万万不能，那就是军心涣散。

为了谁?

时下社会，段子满天飞，或褒或贬，或赞或弹，五花八门，莫衷一是。1998 年流传一条段子，歪曲警察形象，混淆黑白给警察抹黑，其云：

一等警察交警队，站在马路吃社会；

二等警察刑警队，案子未破人先醉；

三等警察治安队，赶走嫖客自己睡；

四等警察消防队，楼房未盖先收费；

五等警察防暴队，个个都是黑社会；

六等警察巡警队，吃拿卡要样样会；

七等警察保安队，里应外合偷单位；

八等警察警校队，吃喝嫖赌刚学会。

曾几何时，《少年壮志不言愁》这首赞颂人民警察的经典老歌，广为传唱：金色盾牌，热血铸就，危难之处显身手……每年都有数百名公安民警与犯罪分子作斗争光荣牺牲或者累倒在工作岗位上。

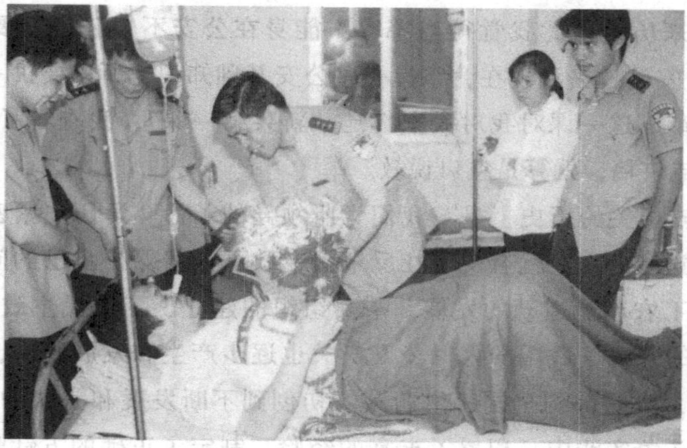

看望因公负伤民警

试问：和平时期有哪支队伍有如此大的战斗减员？有哪支队伍作出如此大的牺牲？只有人民公安，只有人民警察！峥嵘岁月，何惧风流，下面的“八说”为警察正名：

一说警察交警队，站在马路为社会；

二说警察刑警队，案子破了人再醉；

三说警察治安队，扫黄捉赌觉不睡；

四说警察消防队，灭火救灾不收费；

五说警察防暴队，狠狠打击黑社会；

六说警察巡警队，巡逻不怕苦和累；

七说协警保安队，千方百计守单位；

八说警察警校队，要为公安添光辉。

新兵第一课

（1999年6月16日）

同志们：今天河源市公安局晋督警衔培训班正式开课。在座的同志都是一级警司警官，培训合格后官升一级——晋升警督警衔。大家的从警时间都比我长，我是个新兵，第一次给老兵讲课，是因为我问过好多同志，都说不清楚公安的来历，因此我觉得当警察不能身在公安不知公安，要“知祖知宗”，了解公安的过去和现在，掌握一些公安基础知识，所以要讲一讲公安机关的历史沿革。这一课对我对大家都是“新兵第一课”，我查看了有关资料，但是没有形成讲稿，就算是空口说教。

我国公安机关的历史，是与我们党所领导的革命斗争历史紧密地联系在一起的。从党一成立，就有一个在反革命专政下如何保护自己的问题。随着我党领导的工农革命运动的发展、革命组织的建立、工农民主政权的诞生、革命根据地的开辟，我国的人民公安机关也逐步产生和发展起来，经历了一个从小到大，由局部到全国，由萌芽、初创到不断发展和完善的历史过程，并在长期的斗争实践中，积累了丰富的经验，制定了正确的方针政策，形成了优良的工作传统，建立了一支坚强的队伍，显示了中国公安工作所独具的优点和特色。纵观公安机关的历史过程，它的形成与发展可以分为四个阶段。

第一阶段，第二次国内革命战争时期公安机关的萌芽和创建。

一、公安机关的萌芽

1927年5月，中共中央军委成立了“特务工作处”，下设情报、保卫、特务和匪运四个股，分别负责搜集军事、政治情报，保卫党的领导机关与领导同志的安全，惩办叛徒、内奸和收编土匪武装等工作。这是我党最早建立的情报、保卫机构。“特务工作处”虽只存在了三个月（1927年5月至8月），但它在革命的危急关头，及时地向党中央提供有关敌人的阴谋计划，使党中央能适时揭露敌人，采取应变措施。

1927年8月7日，党中央在汉口召开了紧急会议，确定了土地革命和武装反抗国民党反动派屠杀政策的总方针，党的组织和工作由公开转入秘密。

会后不久，党中央机关从武汉迁到上海。面对国民党统治区的白色恐怖和叛徒奸细的破坏，党中央于1927年11月决定，由向忠发、周恩来和顾顺章组成“中央特别工作委员会”，简称“中央特委”。在中央特委下设立“中央特科”，作为中央特委的办事机构，中央特科在周恩来领导下，由顾顺章具体负责，为保卫党中央机关的安全的专门侦察保卫机构。

1928年6月,党的六届二中全会提出了加强公开工作和秘密工作的任务。1931年，中央特科负责人顾顺章叛变投敌，由于他掌握着我党的高级机密，叛变后又穷凶极恶地破坏我党各地的组织，成为中共历史上最危险的叛徒。在周恩来的直接领导下，在极其困难的环境条件下，同特务、叛徒进行了尖锐复杂的斗争，向苏区和各地党组织通报了敌情，并为以后党的侦察保卫工作培养了干部，提供了经验。同时还保卫了党在上海的机关和召开重要会议的安全；在敌人的军、警、特机关内部建立了情报基础，营救了被敌人逮捕的一些党的负责干部；镇压了严重威胁党中央安全的叛徒、特务；培训了电报人员，为党中央与苏区沟通了电讯联系。1934年顾顺章被国民党以秘密联络共产党为由秘密处死，落得一个投敌者反被敌处决的可耻下场。

第二次国内革命战争时期，我党领导的各路武装起义都进行了建立公安保卫组织的尝试。如“八一”南昌起义期间，在革命委员会下设立了政治保卫处，在南昌市设立了市公安局，广州起义又建立了人民肃反委员会。各个起义队伍的保卫机构，担负了保卫革命果实和镇压反革命的任务，党的“六大”提出了新生革命政权要建立同反革命作斗争的特别机关，建立维护秩序、镇压土匪、镇压反革命的民警队。各根据地随着苏维埃政权的建立，一般都设立了肃反委员会，行使部分工农政权的警察机关的职能，但这不是正式的人民公安机关。

1927年“八七”会议后，8月12日，湖南省工农军总部毛泽东在给修水西村区负责同志和平江南东北第六区部的《紧急通知》(第1号)中，要求组织好秋收起义的准备工作，其中一条就是“做好治安保卫工作”，并要求“委派一、二名忠实可靠的人到各地侦察敌情”。这一文件是目前发现最早的有关建立革命政权的“治安保卫工作”的文献。

二、公安机关的初建

1931年11月，中华苏维埃共和国在江西瑞金正式成立，随后成立了国家政治保卫局，这是我党历史上最早的人民公安保卫机关。根据中央苏区颁发的《中华苏维埃共和国国家政治保卫局组织纲要》的规定，国家政治保卫局在临时中央政府人民委员会的管辖下，执行侦查、压制和消灭政治上和经济上一切反革命活动及侦探盗匪等任务。国家政治保卫局在各省苏维埃政府和中央军委中有它的代表机关，代表政权机关侦查、接受与处理一切反革命案件。这些规定授予国家政治保卫局很大权力，不仅对反革命案件的侦查处理，而且对盗窃案件的侦破，也都起到了公安机关的作用，在非常状态下还进行行使某些法院和检察院的职权。在当时敌强我弱的形势下和严酷的敌我斗争环境中，政治保卫局同敌人的破坏阴谋进行了积极的斗争，保卫了苏区各根据地的建设，有力地配合了反"围剿"的军事斗争，其历史功绩是不可磨灭的。但是，在王明"左"倾路线影响下，国家政治保卫局照搬苏联的一套，实行撇开党委、撇开军政领导机关的垂直领导，大搞逼供信和肃反扩大化，造成许多冤假错案，成为沉痛的历史教训。

第二阶段：抗日战争时期，警察队伍的诞生和公安工作的发展。

一、历史上第一支警察队伍

抗日战争爆发后，国共两党进行第二次合作。后来的革命根据地改为国民党政府下的边区政府，第二次国内革命战争时期的国家政治保卫局改称为陕甘宁边区政府保安处，边区各县政府相应设立保安科。保安处（科）在各级政府领导下，负责对汉奸、敌探的侦查，缉捕以及对人民锄奸组织的指导。

1938年5月，为了维护边区首府延安的社会治安，经党中央决定，成立延安市警察队，全称为"陕甘宁边区人民警察"，简称"边警"。边警穿着统一的制式服装，佩戴有"区警"二字的金属领章，专门执行治安保卫任务，这是我国公安史上最早的一支比较正规的人民警察队伍，是公安发展史上的重要里程碑。

二、人民公安的发展

1939年2月，根据毛泽东同志在六中全会上发出的开展"厉行锄奸运动"的号召，中央书记处作出了《关于成立社会部的决定》，指出：为了保护党的组织的巩固，决定在党的各级组织内，成立社会部，在人民政权中，设立保安机构或公安局。《公安局纲要》规定"公安局是抗日民主政权维护治安的机关”，其主要任务是“在保卫抗日政权，保障一切公民的民主权利，与保障各抗日党派的合法民主自由的原则下，坚持镇压敌特汉奸与少数的阴谋破坏分子，以达到社会安宁、巩固抗日根据地之目的”。当时，在陕甘宁边区政府设保安处，各分区设保安分处，各县设保安科。在一些边区政府设公安总局，行政公署设公安局，专署设公安督察专员，县设县公安局，区设治安员，并在一些城镇设立公安派出所。1939年6月，建立了抗日根据地的第一个人民公安机关——晋察冀公安总局，还设立了《公安局警务规约》，工作人员称为警务人员。

1942年的延安整风运动中，我党对在抗日战争初期参加革命队伍的大批干部进行了政治审查，这对于纯洁组织，巩固各个抗日根据地起了重要的作用，是完全必要的，但是，由于康生主观臆断，大搞逼供信，造成许多冤假错案，这就是所谓的“抢救运动”。毛泽东同志发现后，立即着手纠正，给受冤屈的同志平了反。1943年8月，毛泽东亲自起草了《中共中央关于审查干部的决定》，提出了著名的九条方针：“首长负责，亲自动手，领导骨干与广大群众相结合，一般号召与个别指导相结合，调查研究，分清是非轻重，争取失足者，培养干部，教育群众”。这是我党和毛泽东同志长期领导保卫工作积累的正确经验的集中概括，使我党领导的保卫工作建立在马克思主义的原则和方法的基础之上，标志着我党对肃反工作的政策水平达到了一个新的高度。

第三阶段：解放战争时期公安工作重点从农村向城市转移。

1946年7月解放战争开始后，人民公安机关和公安工作有了新的发展。1947年3月，毛泽东同志在党的七届二中全会上指出：“从现在起，开始了由城市到乡村并由城市领导乡村的时期，党的工作重心由乡村转到了城市”。从这以后，我党把人民公安工作的重点也从农村转移到城市，迅速加强了城市公安工作的建设，把开展同隐藏敌人的斗争放在重要地位。

根据中央的指示，对新解放城市，实行了军事管制，由我公安局接管了国民党的警察局，并进行旧警察的改造工作，随着解放区的扩大，建立起省一级的政权和大行政区政权，公安机构组织体系由抗日战争时期各根据地分散各边区政府的公安总局领导，改为由省一级或大行政区人民政府领导。在大区人民政府设公安部，各省设公安厅（局）、市县设公安局，这为以后建立全国统一的公安体制打下了基础。

第四阶段：新中国公安机关的建立和发展。

新中国诞生之后，国家设立“中华人民共和国中央人民政府公安部”。1949年10月9日，中央人民政府任命罗瑞卿为第一任公安部长。

罗瑞卿在公安部会议上讲话

10月15日，召开第一次全国公安工作会议，统一了全国公安机构的设置和名称，明确了公安机关的任务，在各省、自治区设公安厅、市设公安局、地区设公安处、县设公安局、城镇、农村设公安派出所，各级公安机关在全国范围内逐步地普遍地建立起来。11月1日，以中央人民政府公安部名义正式办公，启用印信，这个时间确定为公安部的成立日。11月5日，公安部召开了成立了大会。在“文革”期间，“砸烂公检法”的反动浪潮使公安工作受到严重破坏，公安队伍受到严重摧残，社会秩序出现了混乱局面。党的十一届三中全会以后，经过拨乱反正，在“文革”得到严重破坏的公安工作和公安队伍得到恢复，重新走上健康发展的道路，公安工作的重点也迅速转移到保卫以经济建设为中心的社会主义现代化建设上来。

以上讲了公安机关的来历，下面讲一讲公安机关的性质和工作特性。

一、公安机关的宗旨、性质和职能

开宗明义，人民公安和人民军队的宗旨是一致的，都是全心全意为人民服务。公安机关性质是由国家的阶级属性决定的。它是确定公安机关职能、任务、职权及其对策的首要根据。公安机关的性质体现在公安机关的一切公安实践之中，寓于全体公安人员执行公安任务、行使公职的行为之中，并为这些行为提供原则性规定，主要表现在两个方面：第一，公安机关是人民民主专政的重要工具，是国家机器的重要组成部分，是掌握在统治阶级手中的暴力工具，它必然也以国家性质来决定其性质。因此，人民民主专政的国体决定了我国公安机关的人民民主专政的性质。这种性质，表明了它的鲜明阶级性，决定了它在调整自己国家的安全和治安秩序社会关系时，遵照国家和人民的意志行使国家警察权，体现了公安机关与人民民主专政国体的一致性。第二，公安机关是武装性质的治安行政和刑事司法机关，是我国行政机关的组成部分。它依据国家赋予的职权，对社会治安实施行政管理，反映了它的国家行政属性，这种行政属性包含公安机关的人民武装属性、治安行政属性和刑事司法属性。

公安机关的职能，是指公安机关对于国家与社会所应起到的效能和作用。它体现了国家赋予公安机关的使命和要求，主要有三项：一是对敌专政的职能。依法对蓄意破坏和推翻社会主义制度与人民为敌的敌对分子和敌对势力实施打击、制裁、改造和监控等，解决有关国家安全和社会治安中敌我矛盾性质的社会关系问题，以捍卫党的领导，保卫人民民主专政的社会主义制度，维护国家政治的稳定；二是对社会治安管理的职能。依法保护人民的民主权利和合法权益，教育人民遵守法制，发动和依靠群众同违法犯罪行为作斗争，搞好社会治安秩序的行政管理，处理好国家安全和社会治安方面的人民内部矛盾性质的社会关系问题，为社会主义现代化建设创造一个稳定的社会环境；三是对社会生产力发展提供必须的保护和服务职能。为经济社会的各项事业顺利发展提供各方面的方便条件，依法保护各种经济成份和多种经营方式，大力强化各大中小型企业事业单位的内部安全保卫工作，为群众排忧解难，爱民便民利民。

二、公安工作的特性

公安工作有三个特性，它是通过公安工作反映出来的区别于其它工作的特征。

第一，国家性与社会性相结合。所谓国家性，是指警察与国家的统一。所谓社会性，是指公安工作的服务对象是人民群众具有广泛的社会性。

第二，实力性权威与非实力性权威相结合。国家权力的权威性是以实力为基础的，军队的实力在武装起来的战士，警察的实力是武装起来的民警。

非实力性权威，是指行政性能、传讯、警告等，不需动用武力的活动都是非实力性手段，这种手段以实力性手段作后盾，所以具有权威性。

第三，隐蔽性与公开性相结合，隐蔽是为了更好地揭露敌人，公开是对人民负责的表现。

最后，讲一讲警察的本质特征和警衔制度。

不论在何种历史阶段、何种国家，警察的本质都是相同的。警察是统治阶级专政的重要工具之一，是统治阶级为维护统治秩序而设置的武装性质的国家治安行政力量。从社会力量角度看，警察是指警察机关和人员；从社会功能角度看，警察是指警察的作用，打击和防范；从社会行为来看，警察是指警务行为。马克思主义认为，警察是以国家暴力机关为本质的，具有以下几个特征：一是维护统治阶段秩序而设立的一种特殊的社会力量；二是国家政权的重要组成部分，是国家设置的行政力量，这一特征，把警察与他人、企业和集体的保镖，警卫武装力量区分开来；三是武装性质的暴力机关，体现了警察不仅具有社会管理的功能，更具有镇压被统治阶级的反抗，惩罚犯罪的功能，并以此区别于其他国家行政机关；四是维护社会治安秩序和国家内部安全的力量，这一特征区别于军队。这些说明，任何警察都有鲜明的阶级性，为统治阶级服务，维护统治阶级所确认的秩序，这是警察最本质的特征。

我国的警察在前面加了“人民”两个字，叫人民警察，简称“民警”，是人民民主专政的重要工具，是我国社会主义国家意志的维护者和执行者，是履行警察职责的国家公职人员。

警衔是区分警察等级的制度，以表明警察身份的称号和标志，是国家给予警察的荣誉。我国人民警察实行警察职务等级编制的警衔，对警衔的晋级，《警衔条例》规定了严格的条件、期限和批准权限，在职务等级编制警衔幅度内晋级的期限，一级警司至一级警督，每晋升一级为4年，晋级期满，经考核符合条件的，应当逐级晋升，不具备条件的，应当延期晋升，对工作中有突出功绩的，还可以提前晋升。我们这一期属于晋升警督警衔培训，希望大家要珍惜这次学习机会，珍爱党和国家授予的荣誉，为警衔添光加彩，为警徽闪光增辉。

政治工作开路

(1999年3月4日)

1999年新春伊始，市公安局召开全市公安工作会议，会议强调队伍建设是一年工作的重中之重，围绕这个问题，我即席讲了几点意见。

同志们，一年之计在于春，工人说开工，农民说开耕，当兵的说开训，公安说开门，我三句话不离本行：队伍建设政治工作开路。概括地讲，今年的公安工作有两项大计，第一是稳定压倒一切，第二是队伍决定胜负。所谓稳定压倒一切，就是坚定不移地把维护社会政治稳定和社会治安稳定摆在各项工作的首位，以维护稳定作为公安保卫工作的出发点和归宿点，以维护稳定作为压倒一切的工作任务，做好方方面面的公安业务工作；所谓队伍决定胜负，就是队伍素质的高低和战斗力的强弱直接决定一切工作的胜负成败。因此，以“三讲”为重点，大力加强领导班子和队伍建设，是工作的重中之重。各县区局和市局直属各单位要围绕这两项大计，结合具体工作，结合实际情况，制定维护稳定的计划措施，研究队伍建设的取胜之道。

第一，关于深入开展“三讲”教育的问题。深入开展“三讲”（讲学习，讲政治，讲正气）教育，是中央的部署，是上级公安机关的要求，也是公安队伍建设的一门主课。抓好“三讲”教育，首先要以领导干部的带头作用带动队伍开展“三讲”教育，抓好领导班子的自身学习，组织和发动广大民警积极参与“三讲”，努力做到思想上有明显提高，政治上有明显进步，作风上有明显转变，纪律上有明显增强。其次要以“三讲”教育为动力，推动队伍的质量建设。质量建警，就是要抓好民警队伍的教育培训工作，提高队伍的整体素质和战斗力。今年要组织“双考”不合格人员和未参加“双考”人员的复训补训，组织计算机基础知识和基本操作培训、查辑战术培训、内勤人员岗位培训和新警培训，选送市县（区）局领导进行法律知识培训和组织县(区)局领导任职资格考核，通过一系列的培训和考试考核，全面提高领导班子和民警队伍的思想政治素质、业务技能素质、纪律作风素质和警察体能素质。再次要以“三讲”教育促进创建人民满意警队活动的落实。把“三讲”教育贯穿于创建活动的始终，把“三讲”教育与宗旨教育、职业道德教育和严格执法教育结合起来，把便民、利民、爱民工作落到实处，把保一方平安的工作见之以行动，见之于效果，争创更多的人民群众满意的警队。

第二，关于加强思想政治工作的问题。思想政治工作是公安工作的生命线，有针对性地做好思想政治工作，要坚持“五个结合，五个为主”。

一是坚持抓班子与抓队伍相结合，以抓班子为主。抓好领导班子的思想政治建设，才能推动整个公安队伍思想政治素质的提高。加强领导班子建设重要的是要把科股所队一级的领导班子建设好。这一级的领导干部直接面对民警，担负着直接领导的责任，同时又是民警的直接榜样，民警的言行无时不向他们看齐，他们政治素质的高低，对民警产生直接的影响。因此，加强科股所队领导班子的建设，是加强公安思想政治建设的重要任务。

二是坚持解决思想问题与解决实际问题相结合，以解决思想问题为主。思想政治工作既要理直气壮地讲大道理，也要情理交融地讲小道理。我在和平县公安局调研时，陈沛邦政委讲了一个“一声关心三冬暖，半句恶语六月寒”的体会，把以理服人与以情感人有机地结合起来，有效地解决民警精神生活和物质生活正当需求的各种问题，思想问题也就迎刃而解。但要注意不要以解决实际问题代替解决思想问题，对民警中存在的错误思想和认识，不能姑息迁就和放任自流，要热情地、耐心地、严肃地进行批评教育和帮助。

三是坚持过程控制与从严处罚相结合，以过程控制为主。在加强队伍规章制度建设，强化管理的同时，应加强思想政治建设，防止只依赖法规来约束民警，而忽视思想政治工作的倾向。一个人违法违纪有一个思想演变的过程，除个别人因失误违法违纪外，多数人犯错误是放松了思想改造而带来的后果。因此，不能仅仅靠谁违法违纪就惩罚谁，更重要的是要加强过程控制，平时注意掌握民警的思想脉搏，跟踪民警的思想演变，有针对性地做好思想政治工作，把隐患消除在萌芽状态，未“亡羊”先“补牢”，不要等出了问题再去抓。

四是坚持正面教育与反面教育相结合，以正面教育为主。公安思想政治工作，必须把宣传教育工作重点放在弘扬正气上，奏响公安队伍建设的主旋律，内鼓士气，外树形象。

五是坚持从严治警与从优待警相结合，以从严治警为主。从严治警是队伍建设的基本方针，也是队伍建设的优良传统。但是从严治警必须以从优待警相辅，没有从优待警，从严治警就很难落实，处理好两者的关系，才能到强警的目的。

第三，关于发挥政工部门和政工干部作用的问题。政工部门是同级党委的重要办事机关，是政治工作的领导机关，负责管理公安机关中党的工作，组织进行政治工作。公安机关的政治工作是党在公安机关中的思想工作和组织工作，是巩固和提高战斗力的根本保证。政工部门的职能作用和政工干部的作用能否得到充分发挥，取决于自身素质的高低，因此要抓好政工队伍的自身建设，着力提高政工干部的政治业务素质，选强配齐政工干部，把政工干部作为政治合格的带头人。政工干部要以主要精力抓伍建设，克服“编制有职位，任职人在位，工作不到位”的现象，解决好目前普遍存在的政工干部只分管具体业务不主管队伍建设“不务正业”的问题，使政工干部在其位、做其事、谋其政，做到思想政治工作有人做，队伍建设有人管。

与交警的“交谈”

(1999年4月7日)

同志们，俗话说“铁路警察各管一段”，由于领导分工的原因，我与交警支队接触的机会不多，对交警的工作不太了解，和交警的同志也不很熟悉。今天在临江公安培训基地召开全市交通管理工作会议，利用这个机会，与大家作个面对面的即席“交谈”。抓好队伍建设，是这次会议的主题之一，围绕这个主题，我讲三点意见：

第一，把握队伍建设与业务工作的关系，加大队伍建设的力度。

队伍建设与业务工作是相互关联、相互促进、不可分割的两个方面。业务工作的好差是队伍建设成效大小的直接体现，也是检验队伍建设的一个重要标准。实践证明，凡是队伍过硬，战斗力强的单位，业务工作就主动，工作成绩就大，完成任务就好，反之，业务工作被动，工作成绩平平。完成任务不好的单位，肯定是队伍建设存在这样那样的问题。这是一条规律，也是队伍建设与业务工作的辩证关系。认识这个规律和把握这种辩证关系，是我们抓好队伍建设，做好业务工作的前提。江泽民同志指出："各项工作归根到底，人的因素是最根本的。工作人员的思想、作风、纪律和业务素质全面提高了，我们的政法工作就一定能不断开拓新局面。"近几年来，公安机关一手抓队伍，一手抓业务，对"两手抓"的思想认识越来越深刻，行动越来越自觉，效果越来越明显，队伍形象有了明显的改变。但是，重业务、轻队伍建设的问题仍然不同程度地存在，队伍中存在的许多问题还没有得到根本解决，队伍管理尚有薄弱环节，有些问题人民群众的反映还比较强烈。对此，我们必须有清醒的认识，看到队伍中存在问题的严重性和队伍建设任务的艰巨性和长期性，切实加大队伍建设的力度。按照公安部党委对队伍建设要"早抓、真抓、主动抓"的指导思想，公安部交通管理局提出了"态度坚决，要求从严，措施超常"抓队伍建设的思路，明确提出：借"三讲"教育东风、解决思想认识问题；整饬交警风纪，查处随意执法问题；以公路巡逻大队正规化建设为突破口，抓好交警大队和中队的正规化建设；以加强机动车管理为重点，加强制度建设，事故处理推行"阳光作业"；宣扬先进典型，塑造交警形象；实行交警执勤执法规范用语，把改善执勤执法活动作为队伍建设和业务工作的结合点，在执勤执法中强化队伍管理，在队伍建设中促进业务工作。这些举措归纳起来就是“借东风、整风纪、搞突破、抓重点、树典型、促改善”六个方面，落实这些举措，是我们交警部门的当务之急，必须下大工夫，狠抓落实。

第二，把握抓班子与带队伍的关系，加强科（所）队班子的思想作风建设。

抓班子、带队伍、促工作、保平安，是公安部党委制定的基本工作思路。把抓班子放在工作思路之首，这是牵一发而动全身的关键，班子抓好了，队伍才能带好，工作才能做好。从支队以下的领导层次来说，应该重点加强科（所）队班子的建设。因为他们是队伍的“兵头将尾”，是队伍的中坚力量，他们手里掌管着一班人马，屁股后面跟着一帮兵，担负着直接领导的责任，同时又是民警的直接榜样。因此，坚持从严治警，要解决对下不对上，治警不治长，层次不平衡的问题。有些科（所）队干部往往以“观察家”、“批评家”的姿态出现，只看到下级的问题，看不到自己的差距，“手电筒”只照别人，不照自己。这种领导的思想和工作作风必须转变，只有把自己作为普通一警，正人先正己，严下先严上，说话才有号召力，队伍才有凝聚力，班子才有战斗力。才能发挥表率作用、带头作用和示范作用，带动和带好队伍。

第三，把握民警素质与数量的关系，坚持科教强警，质量建警。

警力不足是制约公安工作发展的一个重要因素。然而，在警力问题上存在一种认识上的误区，即把警力片面地将警察人数与属地人的人口比例低来看，而未把警力看作是民警素质与数量的统一体。客观地讲，当前民警数量与工作量的矛盾比较突出，同时民警队伍整体素质和个体素质与工作不相适应的矛盾也日渐加深。因此，随着社会的进步和经济的发展逐步增加警察数量，实现人员与工作的平衡协调外，解决警力问题还是要坚持向科技要素质，向素质要警力。我们应该把着眼点放在强化民警素质上，提高民警的政治素质、文化素质、业务素质、法律素质、心理素质和身体素质。坚持科技强警，质量建警，必须加强思想政治工作，抓好民警政治理论、思想信念、职业道德、宗旨意识的教育，提高民警的政治思想觉悟和政治理论水平；必须向教育要素质，有效地开展岗位练兵和各种培训活动，这是提高素质的一条基本途径；必须鼓励民警在岗自学，“书到用时方恨少，事非经过不知难”，少筑“长城”。多忙学习，须知身体是革命的本钱，知识也是革命的本钱，光有健康的身体而没有丰富的知识，只能是四肢发达，头脑简单，有了健康的身体，又有丰富的知识，才能手脚灵活，头脑敏捷，跟上时代，才会“天生我材必有用”。

上面讲的三点意见，如果按个题目的话，叫做“把握三个关系，抓好队伍建设”。最后祝交警支队工作迈上新台阶，开创新局面。

生命线不能丢

(1999年7月13日)

1999年3至5月间，我和政治处干部科长陈国安、组教科长叶观海数人下基层进行政工调研，走科室、去源城、过紫金、奔龙川、赴和平、上连平，分别召开了20多场次县（区）局股所队长和政工“三员”（政治委员、教导员、指导员）座谈会，将掌握了解的第一手资料进行综合思考，所见所闻我可以不客气地说，较之部队的政治工作，公安是个弱项，既不传统也无系统，羞羞答答，零打碎敲，整个队伍缺乏政治工作气息。7月中旬，市局召开全市公安队伍建设会议，我以《生命线不能丢》为题，在会上作了无稿讲话，会后整理以《关于加强公安思想政治工作和队伍建设的几个问题》为题在《南粤警坛》杂志上发表，获省公安厅政工论文一等奖，被《中国21世纪发展优秀文库》和《中国改革理论与实践成果探索文库》收录入编，《河源组工通讯》和《河源宣传》作了转载。

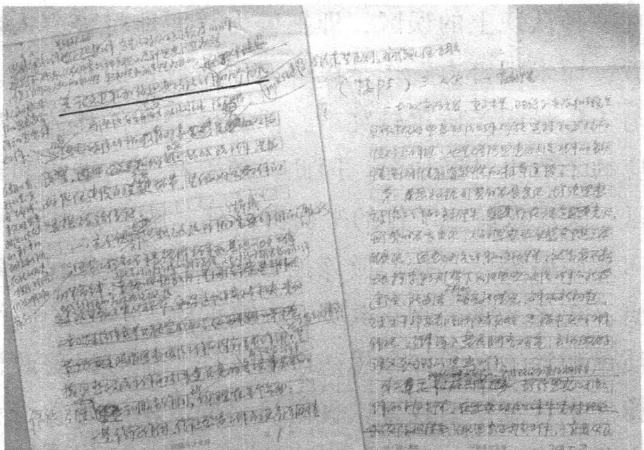

(附原文)：

公安思想政治工作的

对象是公安民警。做好公安民警的思想政治工作，是凝聚人心、稳定队伍、激励斗志、弘扬正气、调动工作积极性的基本途径。因此，认真研究探索新形势下思想政治工作的特点和方法，增强思想政治工作的针对性和有效性，是抓好队伍建设的重要环节，也是做好公安工作的坚强政治保证。

一、对思想政治工作"生命线"作用的再认识

思想政治工作是做人的工作，它是以对人的政治态度的引导、规范和解决人们在日常工作中出现的各种思想问题为任务，以充分调动人民群众的主动性、积极性和创造性为目的，对人民群众进行的思想教育工作和思想转化工作。长期以来，我们党一直用"生命线"来说明思想政治工作在党的事业中的地位和作用。在新的历史时期，我们党仍然明确肯定"思想政治工作是经济工作和其他一切工作的生命线"。这既是对历史经验的科学总结，又是对新时期思想政治工作地位作用的高度理论概括。"生命线"是形象地比喻人们的高尚行为要受某种正确思想和政治观点的支配，正如毛泽东同志所说的那样："没有正确的政治观点就等于没有灵魂。"所谓"生命线"的作用，对我们公安机关来说，是指思想政治工作在公安工作和队伍建设中的保证、引导和服务作用，主要体现在五个方面：

一是保证作用。保证公安机关的无产阶级性质和社会主义方向，保证公安队伍政治上合格，完成保护人民，打击敌人，惩治犯罪，维护治安，服务改革开放和现代化建设的任务。

二是引导作用。思想政治工作的根本目的和任务，是提高人们认识世界和改造世界的能力，思想政治工作就是要引导人们改造主观世界，即改造思想意识和思想方法，不断提高人们的思想觉悟和认识能力，进而更有效地改造客观世界。

三是预防作用。公安民警在执行各项工作任务中，经常接触阴暗面，容易受到消极因素的影响而产生这样那样的思想问题。做好思想政治工作，"先打预防针、提高免疫力"，可以及时地消除负面影响，及时发现苗头，把问题解决在萌芽状态，防范于未然。

四是激励作用。开展立功创模活动，表彰奖励先进典型，把精神鼓励与物质鼓励结合起来，是做好思想政治工作的一项重要内容，也是振奋民警精神，激励队伍士气，推动队伍建设的有效手段。

五是调节作用。做好思想政治工作，可以调节民警之间、领导与部属之间、上下级之间、部门与部门之间的关系，沟通双方的思想，解决存在的矛盾，协调队伍内部关系。

二、加强政工部门建设，发挥政工部门的职能作用

政工部门是组织和实施思想政治工作的职能部门，是做好政治工作的组织保证。政工部门的建设固然要靠自身的努力，也有赖于各级党组织对政工部门的重视，有赖于思想政治工作的坚强有力，有赖于公安民警对政治工作的向心力。加强政工部门的建设，首先，各级党组织思想上要重视，要把思想政治工作作为公安工作的生命线，作为实现党的政治领导的可靠保证。其次，要把思想政治工作纳入党组织的工作计划，认真研究探索新形势下思想政治工作的特点和方法，经常分析和把握民警的思想动态，针对新情况和新问题，不断改进和加强思想政治工作。第三，要加强政工队伍建设。政工队伍是思想政治工作的主体，没有一支强有力的政工队伍，做好思想政治工作就是一句空话。因此，要配齐配强政工干部，保持政工队伍的相对稳定，不断提高政工队伍的素质。目前政工干部中存在着“不务正业”的现象，必须改变这种状况，政工干部要专职专责，不要分管具体的业务工作，要把精力集中到做好思想政治工作，抓好队伍建设方面上来，真正做到在其位、谋其政，切实担负起队伍建设的责任。第四，要明确政工部门的职责和权限，使之有责有权地履行职能。政工部门的主要职责：一是组织领导党团的基层组

织建设，对党团员进行教育；二是调查了解和综合分析民警的思想动态，提出相应的思想教育工作意见，组织民警的政治理论学习，做好经常性的思想工作；三是进行干部人事管理，做好民警的录用、培训、考核、任免、调配、警衔、奖励、抚恤、婚姻和生活福利等工作；四是组织开展“争创人民满意警队、争当人民满意警察”的活动，促进队伍建设；五是有计划地培训政工队伍，提高他们的思想政治工作水平和业务工作能力；六是组织开展民警的文化、警体活动。第五，各级党组织要关心和支持政工部门的工作，坚决克服轻视思想政治工作，降低和削弱政工部门作用和权威的不良倾向，把维护政工部门权威的工作真正落到实处。

政工部门是党委工作的参谋机关，队伍建设的表率机关，业务工作的服务机关。发挥政工部门的职能作用，概括起来说，主要是“一个保证、两个面向、三个服务”的作用。一个保证，就是要保证党的路线、方针、政策和党委决心意图的贯彻落实，这是发挥职能作用的立足点。两个面向，就是面向基层、面向民警，这是发挥职能作用的着眼点。三个服务，就是为党委决策、为队伍建设、为业务工作服务，这是发挥职能作用的落脚点。一是为党委决策服务，当好党委的参谋助手，准确地把握上级指示精神和领导意图，为领导决策提供信息；抓住公安工作和队伍建设中出现的新情况新问题，为党委决策提出建议；善于发现和分析问题，为党委决策提供依据。二是为队伍建设服务，组织进行思想政治工作，协调公安队伍的内部关系，抓好民警的教育培训，关心民警的政治、生活待遇，帮助民警解决实际问题。三是为业务工作服务，把思想政治工作与业务工作结合起来，把思想政治工作渗透到业务工作之中，及时发现各项工作中涌现出来的先进集体和个人，宣扬典型、表彰先进、激励队伍、鼓舞士气，及时发现队伍中存在的问题和隐患，开展深入细致的思想工作，解决影响业务工作的思想问题，促进业务工作的落实。

三、从实际出发，增强思想政治工作的主动性、针对性和有效性

一切从实际出发，实事求是，理论和实际相结合，是我们做好思想政治工作必须坚持和发扬的原则和作风，也是增强思想政治工作的主动性、针对性和有效性的根本途径。

第一，要根据形势的发展变化，增强思想政治工作的主动性。存在决定意识，形势的发展变化，人的思想也必然会随之发生变化，思想政治工作的主动性，就是要不断地研究新情况、解决新问题，不断地探索新形势下加强思想政治工作的新途径、新方法。政工干部要养成脚踏实地、严谨求实的工作作风，经常深入基层调查研究，及时发现和解决苗头性、倾向性问题，积极主动地做好深入细致的思想工作。

第二，要坚持理论和实际相结合，增强思想政治工作的针对性。做思想政治工作，一定要从民警的思想、工作、学习、生活实际出发，把工作做到点子上，使思想教育工作具有明确的针对性，有的放矢，才不会流于形式，才不会变成空洞的说教。在思想政治工作中坚持理论和实际相结合，还必须以理论面向实际，指导实际，按照及时发现问题、认真弄清问题、正确解决问题的程序，有针对性地进行工作，使思想政治工作真正落到实处。

第三，要把解决思想问题与解决实际问题结合起来，增强思想政治工作的有效性。思想政治工作如果只讲大道理，不注意结合民警的思想、工作和生活实际，不注意解决民警的现实困难和实际问题，思想问题也难以解决。因为有些思想问题，是由实际问题产生的，只有解决了实际问题，解开了思想疙瘩，端正了思想认识，提高了思想觉悟，才能使民警从切身的实际效果中，感受到思想政治工作的重要性和有效性，思想政治工作才有吸引力、说服力和感染力。

四、坚持政治建警原则，确保队伍政治合格

公安机关是人民民主专政的“枪管子”和“刀把子”，公安队伍是“掌枪把刀”的武装群体。因此，坚持政治建警是保持公安机关性质、坚定正确的政治方向，把公安队伍建设成为一支忠诚可靠、纪律严明、作风过硬、秉公执法、训练有素、业务精通队伍的集中体现。否则，公安工作就会迷失方向，队伍建设就失去了主心骨。多年来，公安队伍之所以能够在复杂严峻的情况面前经受住一个又一个考验，坚决服从党指挥枪，为国为民赤胆忠心，从根本上说，就是我们始终坚持政治建警的原则，坚持坚定正确的政治方向，铭记公安机关的性质和宗旨，不放松和降低对队伍的政治要求。在新的历史时期，坚持政治建警原则，首先要求我们必须按照“讲学习、讲政治、讲正气”的要求，始终不渝地用邓小平理论武装队伍、指导工作，在政治上思想上与党中央保持一致，确保队伍政治合格，确保把枪杆子刀把子掌握在可靠的人手里。其次，要坚定不移地实践全心全意为人民服务的宗旨，在拜金主义、享乐主义和极端个人主义的侵袭面前，在任务繁重、警力不足、装备落后、经费短缺等困难面前，旗帜鲜明地坚持为人民服务的宗旨不动摇，把人民群众满意不满意作为检验工作成效的最高标准。第三，要大力倡导一不怕苦、二不怕死的革命英雄主义精神，弘扬人民警察的浩然正气。人民警察长年累月战斗在打击犯罪、维护治安的第一线，是和平时期流血牺牲较多的一支队伍，要大力宣扬这种“流血我一个，平安千万家”的敢于斗争、勇于奉献的精神，大张旗鼓地开展立功创模活动，表彰先进典型，奏响主旋律，唱好正气歌，使队伍始终保持高昂的士气和旺盛的斗志。

五、依法从严治警，抓好以班子为重点的队伍建设

依法治警、从严治警是队伍建设的一贯方针。按照“抓班子、带队伍、促工作、保平安”的工作思路，重点抓好领导班子和领导干部的思想政治建设，是整体推进队伍建设的关键。

在治警问题上，首先要解决好“治警先治长”的问题，也就是要解决好治下不治上、层次不平衡的问题。过去组织教育整顿，有些单位的领导班子和领导干部往往以“观察家”、“批评家”的姿态出现，马列主义“上刺刀”——只对别人不对自己，只看到下级的问题，看不到自己的责任；只看到下级的差距，看不到自己的不足，使教育整顿层次上不平衡，治警中打折扣。解决好这个问题，要切实按照党中央的部署，在领导班子中深入开展以“讲学习、讲政治、讲正气”为主要内容的党性党风教育，用整风的精神，认真解决党性党风方面和治警中存在的问题。通过学习教育，使各级领导干部的政治信念、宗旨观念、法制观念和廉洁自律的意识得到明显增强，使领导干部都受到一次深刻的思想政治教育，存在的突出问题得到切实解决。

各级领导班子和领导干部，在抓好自身建设的同时，要不断增强政治责任感和使命感，认真履行“一岗双责”，提高在当前形势下抓好队伍建设的主动性、自觉性。要以身作则，恪尽职守，加强对民警的教育引导，发现问题苗头，及时进行谈话诫勉，保证所带队伍不出问题。要坚决落实抓队伍的责任制，认真贯彻执行中央《关于实行党风廉政建设责任制的规定》，以及公安部《公安机关追究领导责任制暂行规定》、《公安机关人民警察执法过错责任追究规定》，以高度的政治责任感，把队伍带好管好。由于领导干部不抓教育管理，放任自流，导致队伍出问题的，要逐级追究领导责任。要实行领导干部述职报告制度，科、股、所、队长以上干部要给合国家公务员考核，每年作一次述职报告，按程序接受民警评议，在一定范围内公布评议结果，并将评议结果作为年度考核、政绩评定、奖励惩处、选拔任用的重要依据。

六、坚持早抓、真抓、主动抓，深入开展“争创”活动

抓队伍建设，要坚持早抓、真抓、主动抓。早抓，就是发现问题萌芽就抓，不要等出了问题再抓，这就要求我们加强对事物发展的过程控制，防止过于依赖法规约束民警而淡化思想政治工作的现象。要注意掌握民警的思想脉搏，跟踪民警的思想演变，及时地有针对性地做好思想疏导工作，把隐患消除在萌芽状态。真抓，就是对队伍中存在的问题，敢于正视、敢于解剖、敢于整改、敢于动真格。不痛不痒的批评无济于事，姑息迁就大事化小、小事化了的做法更会贻害队伍建设，只有动真碰硬才能解决问题。主动抓，就是不要依赖上级来抓和上级抓了才去抓，或者是等问题曝了光，拉了“警报”才去抓，而要积极主动地自己抓，靠内在动力自觉地解决存在的问题。

坚持早抓、真抓、主动抓与开展“争创人民满意政法干警和政法单位”活动有必然的内在联系。“三抓”和“争创”活动贯穿到公安工作和队伍建设的方方面面，在业务工作中发现和纠正队伍存在的问题，从队伍的问题中分析和改进业务工作的薄弱环节，使业务工作和队伍建设形成良性循环，做到对法律负责，让人民满意。因此，要认真学习贯彻《中共中央关于进一步加强政法队伍建设的决定》和《罗干同志在全国政法系统深入开展“争创”活动电视电话会议上的讲话》，按照“纵向抓警种、横向抓层面，分类指导，整体推进”的思路，把“三抓”和“争创”活动紧密结合起来，形成齐抓共管，争先创优的良好局面，使我们的队伍涌现出更多的人民满意警队和人民满意警察。

共青团的“老书记”

市公安局成立以来，警员逐年增加，发展到二三百号年轻人，仍然只有一个团支部组织，“庙小和尚多”，后生难作为。1999年市局党委决定成立共青团河源市公安局委员会，政治处主任成了“当然”的团委书记，我被青春撞了一下腰，时年47岁的老书记实至名归。

“老书记”的一番话（1999年4月2日）

同志们，今天，共青团河源市公安局委员会正式成立，这是全体共青团员政治生活中的一件大事。它标志着市局共青团组织机构的健全和完善，共青团队伍建设的加强和发展。值此机会，我谨代表新的团委班子和全体团员，向市局党委、市团委、市直属机关团委表示崇高的敬意，向莅临大会指导的各位领导表示热烈的欢迎和衷心的感谢！

第一届团委受命于世纪之交的承前启后之年，这是市局党委，上级团委，全体团员对团委班子的信任。我们深感荣幸，深感责任重大，深感使命神圣。我们将不负重托，认真学习团章，努力实践团章，带领青年团员结合公安工作任务认真落实团章。

市局团委的成立，是团的建设一个新的起点。站在新的起点上，今年我们主要做好三个方面的工作：

第一，加强团的组织建设，增强团组织的生机和活力。一要健全团的各级组织，选配好团的干部；二要健全团的各项制度，规范团的工作办事程序；三要积极发展新团员，推荐优秀团员青年入党。

第二，认真开展学习教育活动，提高团员的思想政治素质和科学文化水平。坚持讲政治，以邓小平理论武装头脑，树立大局观念，牢记服务使命；坚持讲学习，营造学习科学文化知识和业务知识的氛围，启动读书学习计划，把终生学习作为时代对我们的要求；坚持讲正气，做到廉洁秉公，遵纪守法，严格执法。

第三，结合实际，开展精神文明创建活动。一是把创建“精神文明号”活动与创建“人民满意警队”活动统一起来，推进职业文明建设；二是开展青年志愿者活动，组织一些突出性，阶段型的集中服务活动，服务公益事业；三是开展希望工程活动，联校挂钩，扶贫助学；四是开展岗位奉献活动，立足本职，爱岗敬业，忠于职守，做好公安工作；五是组织歌咏、演讲、球类等适合青年特点的文体活动，促进青年的身心健康成长。

同志们：我们即将跨入新世纪，走进新时代，正如毛泽东同志所说的那样："世界是你们的，也是我们的，但是归根结底是你们的。你们年轻人朝气蓬勃，正在兴旺时期，好像早晨八、九点钟的太阳，希望寄托在你们身上。"团员同志们：让我们以自己的身躯和肩膀，托起明天的太阳，以满腔的热情和热血，迎接新世纪的曙光，谱写新的篇章。

"老书记"的第二番话 (2000 年 5 月 13 日)

青年朋友们，今天由市公安局团委和河源师范学校团委共同倡导组织的"共建文明路"活动拉开了帷幕，正式启动。借此机会，我代表市局团委向全体共青团员致以亲切的问候和热切的鼓励！向我们的共建单位河源师范学校的领导、老师和同学们表示诚挚的敬意和谢意！向悉心指导、热情帮助、大力支持我们开展活动的团市委、市区公路局等单位表一心一意的感谢！

在市公安局党委的领导下，局团委按照团市委的工作部署，围绕公安中心工作创造性地开展各项活动，取得了积极有效的成绩，为我市经济建设保驾护航发挥了生力军和突击队的作用，为公安机关的精神文明建设作出了应有的贡献。今天开展的这项活动，是围绕"争创人民满意警队、争当人民满意警察"活动所采取的又一举措，对于促进河源市创建全国优秀旅游城市和全省文明城市的进程都有着积极的现实的意义。为此，我提几点希望和要求。

第一，要把创建"双满意"活动和开展"共建"活动有机地结合起来，切实加强领导，周密组织计划，严格要求实施。我们的青年民警要按照严格执法、热情服务的要求，维护好文明路区的社会治安，维持好河源大道的交通秩序，面向群众面向社会展示河源公安民警的青春风采。

第二，共青团员要积极参与自觉坚持这项活动。共建文明路，为团员青年提供了新的活动舞台，以实际行动去联系了解群众，想群众之所想，急群众之所急，帮群众之所需，解群众之所难，努力实践全心全意为人民服务的宗旨，塑造新世纪人民警察爱人民、人民警察为人民的良好形象。

第三，共建单位要团结协作，携手并进。这次活动是市局团委和河源师范学校团委共同组织实施的。因此，我们的两个单位多来往、多沟通、多联系、互相交流、互相学习、互相帮助，充分利用和发挥各自的优势，把共建活动扎实有序、深入有效地开展下去。

共建之歌

同志们：现在正好是早上的八、九点钟，太阳正在东方上空照耀着我们，预示着我们的共建活动充满了阳光，充满着生机和希望，让我们共同栽下的共建之树，开出灿烂的共建之花，结出丰硕的共建之果！

老公安笑了

2002年8月2日，市公安局举行座谈晚会，市公安局现任和退休领导，各县区1996年以后离任和现任的局长政委出席，给每位同志颁发一个特制的“奋进牌”（内置纯金警徽、纯银帽徽和个人任职简历牌匾，价值6800元），在老公安老前辈的笑声中，我即席祝酒致辞：

今天晚上，市县（区）公安机关的老领导、老公安欢聚一堂，痛说公安家史，共叙战友情谊，座谈公安工作，展望公安未来。十多年来，河源公安走过了一条承前启后，继往开来，成长进步、发展壮大之路，在这条路上，

倾注了各位领导的汗水，凝聚着各位领导的心血，留下了各位领导的足迹，“奋进牌”就是各位领导奋进的记录。今晚的座谈会，我们是自己说自己，越说越欢喜，公安看公安，越看越喜欢。为此，请大家举杯，为各位退休领导的健康长寿，为在职领导的工作顺利，为河源公安事业的发展壮大——干杯！

三顶头衔的局长

导语：1999年11月，市委组织县区的公、检、法和组织部长交流轮岗，我坐上这班车到了源城，被任命为公安分局局长，成为三顶头衔、身兼三职（市公安局副局长、政治处主任、分局局长）的局长，2000年6月卸任政治处主任，2001年6月离任分局局长，回市任局党委副书记兼副局长。

为平安使命

（1999年11月6日）

领导和同志们：我来分局工作，原来没有考虑过，领导也没有打过招呼，现在说来就来，所以没有思想准备，可以说不是有心栽花，而是无意插柳，“无意插柳”是说非我所望，但是组织的安排决定，就不能讨价还价，服从命令是共产党员的天职。同时我相信“缘份”一说，如果没有缘份，我们就不会从五湖四海为了一个共同的革命目标走到一起来了。有道是“有缘千里来相会”，我从海南岛“反攻大陆”转业到市公安局，现在又来到分局工作，正是这种“缘份”使我们走到了一条战壕上并肩战斗。

在老公安老同志面前，我还是一个新兵，一个学生。我的自知之明告诉我，我的公安阅历线，缺少全面的实践锻炼，缺乏基层的工作经验，对公安工作才疏学浅。源城是河源市的政治、文化、商业中心，公安分局局长就是源城的“城防司令”，我知道“司令”肩负的责任，掂量过这副担子的分量，觉得这个司令不太好当，使我有盛名之下其实难副之感。但是，有市局党委、源城区委区政府的领导和支持，又有一支战斗力较强的队伍，大大地增强了我带好队伍，做好工作的信心。我最大的愿望，就是与同志们同心同德、共同努力，使我们分局的队伍让人民群众满意，使分局的公安工作发展进步。为官一任，平安一方——这就是我的履职使命。

最后，借用一首大家都非常熟悉的歌名来结束我的讲话，欢迎陈国才、邱伟平两位前任局长《常回家看看》。

严格执法和热情服务

(2000年1月14日)

我走马上任到分局工作已有两个多月的时间。刚才陈培忠副局长代表局党委作了99年的工作总结，赖伟忠副局长宣读了嘉奖令。我呢，想谈几点工作感受。第一，过去的一年，分局全体民警较好地完成了维护稳定，打击犯罪，服务经济建设的各项公安工作任务。这些成绩凝聚着全体民警辛勤努力的心血和汗水，体现了上级党委、政府正确的领导，也得助于人民群众和社会各界的支持；第二，分局的队伍士气高，精神面貌好，是一支中坚力量强能打胜仗的队伍，特别是近段时间只有三名局领导在位，各股所队长坚守岗位，各尽其责，做好工作，带好队伍，表现出良好的政治素质和业务能力；第三派出所的正规化硬件建设有了初步的基础，办公条件有了很大的改善，这是老所长们建家创业立下的汗马功劳。

上面说了工作感受，下面讲讲作风纪律教育整顿问题。

这次作风纪律教育整顿，是根据源城区委、区政府要求安排的。搞好教育整顿，要在查找三个问题，剖析四个原因、树立五个观念上做文章，说几点意见给大家参考。

查找三个问题：首先要查一查宗旨意识淡化，特权思想严重的问题。全心全意为人民服务是人民警察的根本宗旨，宗旨意识淡化了，就会产生特权思想，有了特权思想，在执法办案和公安行政管理工作中，就会以管人者自居，对待群众冷、硬、横，耍特权，摆威风，甚至吃拿卡要，故意刁难，对群众报案求助的正当要求，拖拉推诿，把小事拖大、易事拖难，给群众造成不应有的损失，甚至导致严重后果；其次要查一查执法不严、执法不公、滥用职权，以权谋私的问题，利用执法权力搞“创收”，办关系案、人情案、金钱案等，玷污了圣神的法律，亵渎了警察的职责；再次要查一查警风警纪松散的问题，有令不行有禁不止，“过去土匪在深山，现在游民进公安”，把不良习气带进了队伍，危害公安肌体。

剖析四个原因：一要剖析政治素质，在政治警惕性不高和政治敏锐力不强方面找原因；二要剖析队伍建设，在一手软一手硬，轻抓队伍重抓业务方面找原因。三要剖析思想政治工作，在经常性针对性弱化方面找原因；四要剖析管理制度，在监督制约机制与形势发展变化不相适应方面找原因。

树立五个观念：一是法制观念，把一切行为纳入法治轨道，一切执法活动以法律为准绳，一切工作遵循法制的原则；二是公正观念，既要严格执法，又要秉公正执法，既要合乎法度，又要合情入理，将社会主义民主与法制，法律与道德有机地统一于执法活动之中；三是服务观念，甘当公仆，奉献公安事业，为群众多做好事多办实事；四是服从观念，一切行动听指挥，坚决执行上级的指示和命令，做到政令警令畅通不打折扣；五是形象观念，警察是“公众人物”，一举一动都可能成为《焦点访谈》，成为《热门话题》，甚至《新闻联播》，因此，要以严格执法和热情服务并重，剑胆琴心与刚柔相济齐举的良好形象展现于人民群众面前。

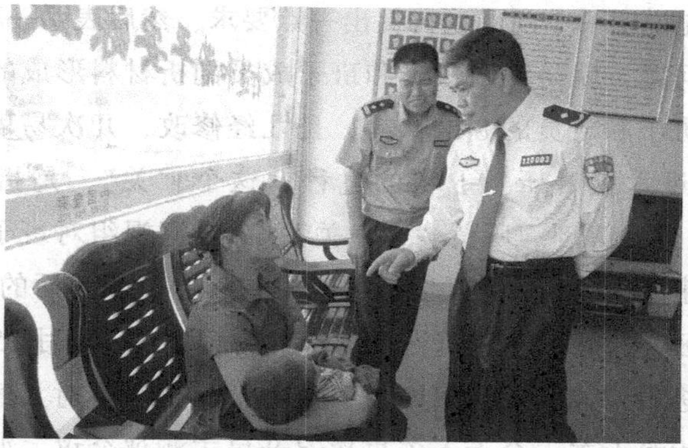

询问民情

过六关“斩”七将

（2000年9月5日）

在我上任之初，分局班子缺位多，股所队领导年龄老化等问题突出。通过一段时间的调查了解，在市局党委和源城区委的支持下，我快刀斩乱麻式地调整了班子成员和股所队领导，并前所未有的给10名任职时间长，贡献大的老所队长提升为主任科员。这次大动作调整变动40多名局股所队领导，公平公正，大家心平气顺，反响良好，激活了队伍的生机和活力，分局班子和队伍整体的战斗力和一线所队的突击力明显增强。2000年下半年，分局新班子参加县区开展的“三讲”教育活动，班子和成员的剖析材料过六关“斩”七将，得以顺利通过。特别是班子的剖析材料，班子成员几个晚上通宵达旦集体作业，逐字逐句进行修改，几易其稿。在市巡视组和区委“三讲”办组织的民主测评会上，我宣读班子的剖析材料，不看稿子只字不落地讲了下来，与会人员无不报以热烈的掌声。巡视组的领导打趣地说，不用投票，掌声已经通过了你们的材料。下面是我在测评前的讲话。

同志们，经市委巡视组和区委“三讲”办同意，今天下午召开“三讲”教育第二阶段的民主测评会议。所谓民主测评，就是在民主评议的基础上，对分局班子和成员的剖析材料（修改稿）进行民意测验，进行民主评判。这也是实践我们党一贯倡导的从群众中来，到群众中去，走群众路线的一种体现。下面，我先说明一个问题，再提出一点要求，然后表明一种态度。

说明一个问题，就是说明班子和班子成员剖析材料形成的过程。现在大家手里拿到的班子和成员的8份材料，是几经修改，几次易稿形成的，这个过程可以说是过六关“斩”七将的过程，这个“关”，是指质量关，这个“斩”是指严格自我解剖。所谓“过六关”，市委巡视组对班子和个人材料提出修改意见和建议，此为第一关；区委“三讲”办对修改后的材料进行评审，此为第二关；区委领导对材料进行点评，此为第三关；8月25日召开民主评议会议对材料进行评议，此为第四关；市委“三讲”办对几经修改后的材料进行审查，此为第五关；今天下午再次召开民主测评会议，此为第六关。所谓“斩”七将，是指七位班子成员在自我剖析党性党风方面存在的问题中，进行思想上的磨砺、意志上的考验和党性上的锤炼。因此，可以这样说，班子和个人的材料虽然不是完美无缺，但也是来之不易，比较切合班子和个人的实际，有较好的思想基础、群众基础和质量基础。

提出一点要求，就是大家要出于公心，以公正客观、认真负责的态度，对班子和成员剖析材料的满意程度作出评判，投下自己神圣的一票。大家要注意把握的，这次测评是对剖析材料合格不合格的测评，而不是对班子和成员功过是非的测评。另外，在征求和反映的意见建议中，有的不便在材料中反映或与事实有出入的，都已另写说明材料交给了巡视组和“三讲”办。

表明一种态度，班子和成员的态度都非常鲜明，不管这次测评的结果如何，都做到不怨天尤人，不推卸责任，不抓辫子，不打棍子，同时欢迎大家提出新的意见和建议，下步党委要认真研究整改措施，把“三讲”教育的全部意义落实在整改的工作上。

进京赶考

时间：2000年金秋十月

考场：北京·中国人民公安大学

考题：“公安部第29期晋升警监培训班”

考生：全国公安系统具备资格的106名一级警督，笔者是其中一员。

考场内外：

身披橄榄绿的警衣，肩扛 3 杠 3 星的警衔，“洗脚上田”进京赶考。
人民公安的最高学府，风声雨声读书声，声声入耳；
中国警官的人才圣地，家事国事天下事，事事关心。
来这里是学习，来这里是应考。
没有闻鸡起舞的自觉，却被" 嘀嘀哒哒" 的军号声叫床。
“一二三四”，“立正稍息”，老兵新传出早操；
没有挑灯夜读的勤奋，自寻“对象”、自由恋爱，
天下公安是一家，同行找同行，惺惺惜惺惺。
课堂里，授课的教官古今中外口若悬河，
教室外，同行同窗南腔北调高谈阔论：
中国公安，警务改革走向何方?
没有现成的答案，还在摸着石头过河；
已有现成的答案：正在摸着石头过河!

180 万的警察大军，浩浩荡荡，可是谁曾提起，
也不知道什么原因，这支大军竟然没有自己的旗帜，
党和国家军队，少先队和共青团，都有鲜明的旌旗。
又问我们的公安：警魂何在?传统何在?

《亮剑》李云龙如是说：
“任何一支部队都有自己的传统。传统是什么？
传统是一种性格，是一种气质。
这种传统和性格，是由部队组建时，
首任军事首长的性格和气质决定的，
他将这支部队注入了灵魂。
从此不管岁月流失、人员更迭，这支部队灵魂永在。
这是什么？
这就是我们的军魂。”
铮铮之声，振聋发聩！

其实，警队的警魂，公安的传统，
中国公安的缔造者——身经百战的罗瑞卿大将，
早已经留给了后人，让后人去继承发扬光大……
在新的历史时期，
浇筑永不消逝的警魂，
铸造永不失传的传统，
虽然任重而道远，这是历史赋予的使命，
这就是旗帜，旗帜就是方向！
这份答卷，交给了学校，交给了公安，也留给了自己。

公安部颁发了“毕业证书”——三级警监警衔，
穿上99式藏蓝色新式警服，衣锦还乡，
继续填写未竟的答卷。

破案是硬道理

俗话说，社会看公安，公安看破案，破案是硬道理；以破案压发案，破案是铁手腕。2000年10月15日至2001年1月31日，源城公安开展“百日破百案”行动，以破案质量为考量标准，以破案责任制为动力，全警出动，马不停蹄连续作战，侦破各类刑事案件140宗，推毁各类犯罪团伙16个，抓获犯罪嫌疑人54人，有力地打击犯罪，有效地震慑犯罪，保一方平安，还一方净土，维护社会治安稳定。

源城公安刑警

夜捣“土围子”

深秋之夜，寒风乍起。月亮西沉。一队夜行装束的队伍走村串寨疾弛而过，直扑预定的目标——土围村。经调查，土围村一伙地方恶势力，无视政府管理，公然对抗执法，村务工作无法开展，长期聚众赌博，洗黑钱，收取保护费，滋事明珠开发区、阻挠开工建设，横行霸道、作恶多端、为害乡里，不打不足以平民愤，不打不足以护民安。为此，源城公安重拳出击，在市局巡警支队、武警、区检察、法院的配合下，直捣“土围子”。

是夜，我和源城区委副书记，政法委书记刘耿、副局长何国雄随警作战。队伍抵近村边，我指挥各编组按任务区分迅速到达预定位置，形成围捕态势。抓捕小组直插村庄，在预先安排在村内的监视小组配合下，一个个恶势力份子束手就擒，无一漏网。与此同时，另一个小组抓捕榄坝村一对兄弟村霸的行动也报告捷。

布网擒凶犯

10月17日早上7时许，老城区大桥路车站发生凶杀案，接警后我和政委罗少平、副政委李裕珍第一时间赶到现场，凶手已逃离。我们立即布控设卡、展开现场调查，很快确定了犯罪嫌疑人，各路民警迅速进行搜捕，9时45分，在河埔大道高埔岗收费站设卡拦截的派出所和巡警中队民警盘查过往车辆时，将已脱衣换装的犯罪嫌疑人抓获归案。2001年1月18日下午，上城东横巷发生了一起故意杀人案，凶手逃匿，分局在巡警配合下一边设点布控，一边对案发现场进行地毯式搜查，当晚9点40分，治安队长何瑞堂带民警刘小雄在现场附近一栋大楼8楼天面的水池内将疑犯擒获。

现场点兵

“八旗帮”覆灭记

老城的长塘路，白天顾客如云，晚上熙熙攘攘，是一条繁华的老街。一伙号称“八旗帮”的子弟，公然在这里“寻欢作乐”、为害群众：在思乡楼借酒发疯打家砸舍，在远东广场打架斗殴寻衅滋事，在湖边公园众目睽睽猥亵妇女，在中心市场踢摊踏档无理取闹，一时间把长塘路搅得沸沸不宁。这帮家伙居无定所，时分时合，路径熟悉，嗅觉灵通，行踪不定。副局长何国雄得令后组织专门侦察人员，明察暗访，循线追踪。3月7日，时机已经成熟，分局治安股和长塘派出所组成三个行动小组同时出击，首先引蛇出洞，在镇一中附近居民区将团伙头子张某抓获。根据张的交代，参战民警乘胜出击，八名成员悉数落网，彻底地打掉了这个有组织有分工的黑恶团伙。

“阿里山”，还你公道！

这里说的阿里山，不在台湾而在河源。它位于新市区文明路，叫阿里山茶庄，也是台商协会河源会所地址。2000年6月21日下午3时许，一青年男子以买茶叶为名，手持水果刀将一台湾籍女服务员逼进卫生间，将其捆绑并用透明胶纸封住嘴巴，抢走人民币和新台币近万元后逃离，案发后兴源派出所和刑警大队迅速赶到现场询问事主，了解情况，展开侦察，针对嫌疑人染黄头发、身高1.7米左右的相貌体态特征进行排查，一个月后该案还未破，又一犯罪嫌疑人窜进阿里山茶庄，采用同样手段同样方法抢走100多元人民币和一本存折。一个茶庄两次遭劫，非同小可，给治安环境亮起了红灯，也给河源的投资环境投下了一道阴影。警方迅速调整力量成立专案组将两案并案侦查，采取统一行动、进行拉网式地毯式清查，组织便衣巡逻伏击，加强路面查控，对重点和可疑人员进行排查，查验甄别黄头发、身高1.7米以上人员200多人次，同时还下广州、深圳、东莞等地调查，寻找相关线索，发动群众举报等等，由于现场没有发现可供破案的线索，除事主外无其他目击者，成为疑难案件，久侦未果。在百日破百案行动中，由副局长何国雄负责此案继续侦查，经多点多渠道多方位查探，案件终于出现转机，发现一个叫“臭鼻虫”的男青年带有台币，虽然头发黑色但身高相似，有重大作案嫌疑，调取户籍资料，查知其真实身份，经事主辨认相片，确认他就是抢劫案犯。专案组马上展开盯梢伏击，终于将其捉拿归案。经突审，嫌疑人交待了连续二次抢劫阿里山茶庄的犯罪事实。

行动前后

铁帚扫“传销”

2000年秋冬时节，一伙传销人员流入河源，逐渐汇集成群，一些不安定的因素也相伴而生，引发了一些治安问题。这些情况引起了公安机关的警觉，派出便衣调查摸底，并将情况向上作了报告，源城区委政府及时召集公安、工商等职能部门分析社情和传销动向，研究维护治安对策，决定由公安会同工商部门开展清理行动并作出了安排部署。初冬的一天拂晓，辖区派出所和工商管理人员联手行动，对市区非法传销人员的聚居地“广源楼”进行突击清理，清查了80多个部位120多人，其中一名中级管理人员交待，他经人介绍到河源从事传销活动，为“兴田投资发展有限公司（总部设在台湾）”传销摇摆机，入会时每人交3900元购一台摇摆机，实行“金字塔”式发展下线业务员，根据发展下线数量分为实习、初级、中级、高级传销员，上级扣除下线的金额比例。各人为了发展下线，把亲戚、朋友、老乡、同学都拉拢过来，然后由讲师组织授课，花言巧语诱骗他人入会，从中牟利。这些人来到河源过着“游民”生活，食住无着落，睡地板、啃方便面过日子，有些人因未能发展下线，为了生计，不得不走上违法犯罪道路。

2001年春节过后，非法传销活动在市区死灰复燃，而且出现了成群结对扩张、流动性漫延的势头。为此，由源城区政法委牵头，组织公安、工商、各镇场办事处和区武装民兵应急分队组成的300多人队伍，展开"铁帚扫传销"行动，对火车站周边地区，金钩湾附近以及市区出租屋、工地、工棚等地方对非法传销活动进行全面清查扫荡，清理传销人员540多人，“三无”人员70多人，其中高级传销骨干5人，查缴摇摆机、药品、领带、书籍等传销物品一批。行动结束，传销和“三无”人员由市收容站组织遣送回乡。至此，城区恢复了往日的安宁。

根据《源城公安简报》整理

亲戚越走越亲

在任源城公安分局局长期间，我给同事们讲过这么一个真实的故事。说的是有一个孩子，小时爱哭，他的母亲抱着他边哄边说：“警察来了，宝宝不哭，宝宝不哭……”这一吓唬，孩子真的不哭了，还直往母亲的怀里钻。光阴似箭，日月如梭，这个小时爱哭的孩子已经成长为高中学子，又届参加高考。某的士公司放话承诺：高考期间，考生打的一律免费！好家伙，一时间社会上好评如潮、称赞有加。高考第一天，这个小时爱哭的考生和他的母亲起了个早，母子俩走到路口打的，等了好一会儿，偶尔有的士路过，举手一招，车子疾驰而过，又等了好大一会儿，还是不见的士过往。儿子看看时间，有点急了，母亲安慰他说，坐车免费了，可能打的人多，再等一会吧。就这样等来等去，还是不见的士的踪影，这下母子二人才紧张起来，急得像热锅上的蚂蚁，不知如何是好，母亲左顾右盼忽然发现“有危难，请拨110”的告示牌，立刻拨通了110，不一会，一辆警车戛然而至，警察将他们母子请上车，拉起警报，一路绿灯赶到考场。这时，离进场结束时间只有二分钟，这位母亲含着热泪，“扑通”一声嗑了个头，喊了一声“警察万岁”，拉着她的儿子匆匆走进考场。后来她才弄清楚：打的免费了，的哥休息了。

这里姑且不论那个的士公司如何“误人”子弟，只说这位母亲把警察当作“老虎”吓唬孩子到喊出“警察万岁”的感激之情，从中可以看到警察形象在人们心目中的变化，而这种变化是警察自身亲民、爱民、为民的言行举动得到了群众的认可，赢得了群众的拥护和感动，这就是警民关系融洽的亲和力，警民关系是这样，警政关系、警企关系也是如此。公安机关是政府的职能部门，警政关系是隶属关系，企业是生产经营单位，警企关系是服务与被服务关系。其实，如果我们撇开这些关系，或者说换一种思路，将这些关系作为亲戚关系、朋友关系，常来常往，越走越亲，这样的关系就会更加密切和谐。基于这些认识，我发动分局开展“走亲访友”活动，分局班子带头，跟区委区政府、区人大政协领导和相关部门建立了经常性的拉家常式的工作关系，有事多汇报，无事常聊聊，加强沟通，互相了解。区领导也经常到分局来了解情况、指导工作、看望或慰问民警，关系顺了密切了，公安工作开展就主动了，公安工作的支撑也更加有力，特别是在分局是市公安局的派出机关，而不是源城区政府的组成部门这种“条块脱节”的领导管理体制下，这样的“亲戚关系”更显得必要和可贵。

分局的“走亲访友”活动，不是只攀“高亲”，而是有“亲”就走，班子成员“全家”出动，逐个登门拜访区武装部、区政法委、相关的部委办局和各镇场办事处，互相促膝坐谈、互通民情社情、征求工作意见，当时的镇场办的书记们都说，我们在源城工作多年，这样的走亲戚还是第一次见，这种走法走近了距离，走热了关系，走亲了感情。领导班子做出了样子，各派出所也跟上了路子，纷纷与辖区居委会、村委会走门串户，零距离、面对面、实打实地访民情察民意，营造警民一家，和睦融洽的氛围。

物整洁　人精神

亲戚常走走，朋友常看看。分局股级以上干警100多号人集体去看望源城消防大队，观看他们飞檐走壁、破门爬窗的消防表演，观看他们云梯登高、空中救人的惊险动作，观摩他们线条加方块整齐划一的内务管理，大家身临其境开了眼界，也激发了公安所队“人要精神、物要整洁”的建设动力。

警企零距离

在市高新技术开发区，这支访友的队伍走进企业的大门，在龙记集团、华嘉集团、力王实业公司的工厂车间实地见闻河源经济建设的发展，激励大家保一方平安、促一方发展的责任感和使命感，加强警企之间的联系了解和互通互信。

在市区丰达电子厂，挂着一幅标语：“今天工作不努力，明天努力找工作。”这是老板对员工的一种警示、一种告诫，虽然生硬，倒也合理。反观我们的公务员队伍，一个饭碗端到底，如果对干多干少一个样，干好干坏一个样，甚至干和不干一个样的现象见怪不怪，这就有点不可思议了，我们必须记住：人民警察人民养，人民警察为人民，我跟同事们如是说。

【相关链接】

写这篇文章的时间是2013年6月7日，适逢高考第一天，当天的《河源日报》头版报道：连平55辆的士免费接送考生，而此次善举的倡议者，是连平苏川小汽车出租有限公司旗下的几名司机，时代在进步，人心在向善，好人多了，好事多了，德莫大焉！特别是在广东贫困县之一的连平，能做到有的地方欲做而不能的事情，不仅折射出连平人的素质升华，也反映了连平县城的品位，连平县城的地名叫“元善”，元善元善,开元之善，擦亮了连平名片，这比那些令人眼花缭乱的商业广告，不知要好多少倍。

忽如春风来

(2002年01月17日)

同志们好！眼前一张张熟悉的面孔，一种亲切感在心中油然而生。我离开分局工作近半年，心里总是想念着同壕战友，关注着分局的工作。上个月罗少平局长陪我到各个派出所走了一遍，看到警务规范化建设统一、规范、整洁、有序，所容所貌焕然一新，有一种“忽如一夜春风来，千树万树梨花开”的清新感觉，真是士别三日当刮目相看，分局的基层基础建设在半年的时间里有了长足的进步。

刚才分局几位领导对春节的安全保卫工作做了具体的安排部署，在这里我强调二点要求。

第一，聚精会神抓队伍，班子把握方向，队伍决定胜负。队伍建设是各项工作成败的关键。队伍抓好了，牵一发而动全身，工作就主动，就有胜利的把握。因此各级领导对队伍建设要聚精会神去抓，如果三心两意神不守舍，队伍就会出问题。目前春节临近，要特别注意“三乱”创收问题，上个月连平县公安局发生了一起“三乱地震”，结果震掉了局长的乌纱帽，教训非常深刻，要引以为戒。

第二，全力以赴保平安。要组织调整好警力，重兵压上路面，加强治安防控。当前市区的治安状况虽然总体平稳，但是形势严峻：两抢一盗案件虽有下降但时而突出；法轮功邪教组织活动能量减弱但仍在蠢蠢欲动，群体性事件趋于下降但还有不少隐患，黄赌毒活动有所遏制但还禁而不止，车匪路霸恶势力形不成气候但在寻机作案，无特大刑事案件但一般的刑事案件和治安事件时有发生。这些都说明治安局势不容乐观，必须保持清醒的头脑，把安全保卫工作落实到行动上，落实到效果上，保持社会的稳定，保证春节的平安。

这是平安使命

生日献礼

源城公安分局的前身的前身是河源县公安局。河源县公安局成立于1949年12月，办公地点设在现老城区太平街40号。1988年河源建市成立市公安局，河源县公安局一分为二分别成立源城区公安分局和郊区公安局（后撤区设县，改称东源县公安局）。解放之初，河源县公安局从县城太平街40号迁址长塘路3号天主教堂院内，此院建筑有木板走廊的楼阁瓦房和教堂，六十年代在旁边加盖了两座三层结构的混凝土办公用房，一分为二时城区和郊区公安仍然同处一院，办公各居一座。两个县级公安机关拥挤在一块狭小的地盘上，出入车辆经常“摩擦碰瓷”，各股所队室统统合署“精兵简政”，局班子领导高度集中——在一个房间集体办公，群众来办事不要说落脚的地方，连门都“张三李四”经常走错。城区辖区的治安管理也分不清“楚河汉界”，你中有我、我中有你。就这样的工作环境，一直坚守到跨世纪才得以改善。2000年，东源县公安局撤出城区，在他自己的地头上安营扎寨，翌年落实宗教政策，天主教堂在新市区林业局附近易地重建。2002年破土动工，拆除旧建筑，兴建新分局，2004年7月1日举行落成剪彩仪式，我在讲话时说：“人民公安忠于党，人民公安为人民。今天是中国共产党的83岁华诞，河源市公安局源城分局指挥中心落成，给党献上了一份生日礼物。源城公安分局是市公安局的派出机关，实行市公安局和源城区委区政府条块结合的双重领导。建市以来，这支队伍为河源大地的安宁，付出了艰辛的劳动，付出了血汗的代价，立下了汗马功劳。近几年来，源城分局坚持严打方针不动摇，坚持维护稳定不松手，为市区经济社会的发展保驾护航，为人民群众的安居乐业守护平安，取得了突出的成绩，作出了应有的贡献。随着社会的发展，形势的要求和公安工作的需要，经过多方的努力，分局指挥中心终于建成，结束了分局指挥机构无从安身，执法机关立足未定的历史，为公安工作的规范化和正规化打下了坚实的物质基础，为公安民警提供了良好的执法硬件，为人民群众提供了一个亲和的办事环境，展现了源城分局的新面貌、新形象，希望源城分局以此为新的起点，为打造平安源城再接再厉，为打造文明河源、活力河源、后发河源、奋进河源贡献力量。”

大练兵之歌

2004年，一场面向基层，面向实战的大练兵活动在全国公安机关和全体公安民警中广泛展开。

6月7日，河源文化广场丽日当空，警徽闪耀。一排排公安民警精神焕发，英姿飒爽；一队队严整阵容威武雄壮，整装待发。河源市公安局召开动员大会。全警上阵，拉开大练兵的序幕。身临其境，我一下子找到了当年誓师练兵的感觉，挥手发出了开训动员令。

动员令下

同志们：今天，广大民警走上练兵场，开展大练兵，我先从大练兵说一说军队与公安的关系。说起大练兵，当过兵的人都非常熟悉，它是部队生成和提高战斗力的基本途径，又是部队的一个光荣传统。“仗怎么打，兵就怎么练”，是从实战需要出发练为战思想的最高境界。现在公安机关开展大练兵，应该说是对部队传统的学习和传承。大家要知道，我们公安部门的“祖宗”姓“军”而不姓“公”,说远些可以追溯到建国以前，在党领导下的革命战争年代，公安保卫工作一直就是在党和军队的领导指挥下开展的。在建国前夕的 1949 年 7 月 6 日，中央军委决定设立军委公安部，毛主席指令时任西北大军区副政委的罗瑞卿为军委公安部部长，接着各从野战军抽调一批军级干部组成班底，为筹建新的中央人民政府作准备。1949 年 10 月 19 日，中央人民政府委员会第三次会议决定：撤销军委公安部，改名为中央人民政府公安部。半个世纪以来，公安机关的编制体制，机构设置、队伍管理，作风纪律等方方面面，都打着军队的烙印，保留着部队的胎记，就连“大练兵”这个词，也来自于 1964 年全军群众性的大练兵运动。由此可见，人民军队与人民公安有着不可分割的“血脉”关系。现在公安机关开展大练兵活动，可以说是这种关系随着时代发展的继承和延续。

那么大练兵练什么呢？首先是政治练兵，提高政治思想素质。要认真学习邓小平理论，三个代表重要思想和有关法律法规，使广大民警进一步端正执法观念，打牢执法为民的思想基础，增强人民公安为人民的自觉性，保持忠于党、忠于祖国、忠于法律的政治本色。

其次是业务练兵，提高业务技能素质。重点加强单兵技能训练和侦查犯罪的个人和集体战术训练。各警种根据实战需要和岗位工作特点，进行应知应会的专业知识和业务技能的训练，还要按照公安机关人民警察内务条令的要求，加强着装、仪容、举止、礼节等警容风纪以及单个和集体队列动作训练，培养民警优良的作风和严格的纪律，树立公安队伍举止端正、行为规范、纪律严明的良好职业风范。

练兵考查

再次是体能练兵，提高体能素质。基本体能训练就是加强体育锻炼，解决好走不动、追不上、打不赢的问题，增强民警适应完成工作任务的体质。公安工作压力大、强度大、危险系数大，有了强壮的体魄才能拖不垮、打不烂、能打仗、打胜仗。

最后说说大练兵怎么练的问题。一是重在基层，抓好以派出所、刑警队、交警队、巡警队为重点的一线实战单位大练兵活动，切实加强基层训练，强化基础训练。二要立足岗位，结合本职工作苦练基本功，切实提高履行岗位职责的水平和能力。三抓效果落实，既要加强基本知识、基本技能、基本战术的训练，又要加强集体战术的研究和训练，切实提高综合作战能力。

这次大练兵活动，总的要求是全警参与，领导干部要带头练兵，带领练兵，带动练兵，使全体民警人人受到教育，人人得到提高；以实际的工作成绩检验大练兵的成果。

动员令下，文化广场成了公安民警大练兵的场所，公安民警在这里进行队列训练，进行体能训练，进行汇练汇操，组成了一幅幅龙腾虎跃的练兵场景。

非典时期的河源公安

导语：十年前的2003年，一场见所未见闻所未闻名叫“非典”的瘟疫突然向人类袭来，人们猝不及防，神州大地乃至全球各地成千上万人被病毒感染，成百上千人被夺走生命，给社会造成极大恐慌，人们谈非色变。地处欠发达地区的河源也因此名扬世界，成为全球打响“抗非”第一枪的战场。历史有惊人的相逢之处，非典刚刚爆发，河源市公安局接踵发生“政治非典”，局长Z突然被省纪委带走调查，消息一夜之间不径而走，震动公安，惊动河源。

突如其来临夜受命

2003年春节刚过，人们还沉浸在祥和的节日喜庆之中。2月10日（正月初十）下午6点20分左右，市公安局班子成员还在等候“班长”Z一起吃开年饭，我突然接到市委p副书记的手机，要我立即到市委常委楼找市纪委G书记，途中又叫我通知市公安局党委成员今晚8点到市常委楼304室召开紧急会议。到了G书记办公室，市纪委有三位同志在等候。G书记对我说，Z局长今天下午被省纪委带走协助调查，什么问题还不清楚，市委意见由你暂时负责市公安局的全面工作，现在你带市纪委的三位同志去Z的办公室检查一下。我提出叫市公安局纪委X副书记参加，经同意后我用手机通知了X。6点45分许，检查了Z的办公室，没有发现异样的东西，也没有带走任何物品，检查完毕，市纪委的同志贴上了封条。

晚上8点，市局8名班子成员准时参加紧急会议，市委p副书记宣布：Z同志今天下午开始协助省纪委调查，市委决定由陈启鹏同志主持市公安局的全面工作。并强调说公安机关是维护稳定的重要部门，要切实稳定队伍的情绪，保持工作正常运转，对Z的问题还不太清楚，不要乱传乱猜疑，工作不能乱，队伍不能乱。市委常委、组织部长L，市政法委书记C也分别作了简要讲话，强调了几点要求。

约法三章负重前行

在市委受命之后，我连夜主持召开党委会，提出三点意见：①领导分工不变，各负其责，重大问题集体讨论研究；②内紧外松，稳住阵脚，工作照常进行；③实事求是，Z是什么问题就什么问题，不回避、不牵连、不落井加石。大家一致同意，称之为非常时期的“约法三章”。

市公安局处于一个特殊的“两非”时期，一方面要加强社会防非抗典的安全保卫工作，维护大局治安稳定，一方面要尽量减少“政治非典”对队伍的影响，确保各项工作正常有序运转。但是，事情往往祸不单行，3月份广州发生轰动全国的“孙志刚事件”，把公安机关推向了如何执法、为谁执法的拷问台，广大民警困惑，工作缩手缩脚，生怕重蹈覆辙。队伍中也接连出现个别民警携枪参赌、违反公安部“五条禁令”、违反交通规则造成不良社会影响等等负面问题。更有甚者，“屋漏偏逢连夜雨，船破又遇顶头风”，6月6日，东源县境内发生一起特大交通事故，一辆客车坠江死亡32人，惊动中央，震惊社会。7月上旬，市公安局眼皮底下的东源县公安局“前院起火”——该局L局长因违法违纪问题被双规。多灾多难的多事之秋，一时间“山雨欲来风满楼”。但是河源公安并没有爬下，顶住重重压力，挺直腰杆负重前行，迎难而上，这种力量来自市委对公安班子的信任与支持。5月23日，刚刚到任的市委L书记叫我汇报社会治安、公安工作和队伍建设情况，鼓励我大胆负责，市委支持我的工作。6月16日，L书记发出《给全市公安干警的一封信》，激励公安队伍、振奋民警精神。6月19日，L书记亲临市公安局调研，检查指导工作，给公安壮胆撑腰，给队伍鼓舞斗志，给公安工作有力的支撑。

慈不掌兵从严治警

我们的队伍向太阳

“慈不掌兵”是一句统兵古训，用孙子的话说，就是：“厚而不能使，爱而不能令，乱而不能治，譬若骄子，不可用也。”可见，掌兵不是不能有仁爱之心，而是不宜仁慈过度。如果当严不严、心慈手软、姑息迁就、失之于宽，乃至“不能使”、“不能令”、“不能治”，当然就不能掌兵。市局党委同心同德，力挽被动局面。借全国公安机关开展执法大讨论的东风，按照市委L书记的要求，进行以整改认识、整改纪律、整改作风、整改管理，提高自身素质为主题的教育活动。6月24日，市委市政府召开的全市政法队伍强化执法教育实现执法为民工作电视电话会议，对全市公安机关近年来违法违纪的典型案例，进行现场说法警示教育，我代表市公安局作了发言。

各位领导、同志们：

市委政府召开这次全市政法队伍强化执法教育实现执法为民工作电视电话会议，对我市政法队伍端正执法思想，改进执法工作，具有十分重要的意义。我们将坚决贯彻落实这次会议的精神，把思想认识统一到从严治警执法为民这个主题上来，以切肤之痛，总结吸取孙志刚事件和东源“6.6”特大交通事故以及公安民警违法违纪案件的教训，举一反三，切实做到严格公正文明执法，认真履行好执法为民、保障人民安居乐业的神圣职责，确保社会稳定，为我市的经济建设服务。

一、认真吸取孙志刚事件和东源“6.6”特大交通事故的教训，积极查摆公安工作存在的突出问题

孙志刚事件的发生绝非偶然，其实质是一些公安机关执法思想不端正的集中表现，它反映出一些公安民警宗旨观念、法制观念和人权观念淡薄，特权思想严重，没有切实维护和保障好人民群众的合法权益。东源“6.6”特大交通事故的发生，看似一个偶然事故，但深层次的原因正如市委L书记一针见血指出的，是我们公安机关内部特别是交通管理部门安全意识不强，管理不到位，措施不到位，领导不到位，一些同志甚至带头违章驾驶，带头违反交通安全交规则，带头违法安全生产管理规定而酿成的恶果。全市各级公安机关和广大民警，必须从中认真吸取教训。

教训一，执法和管理观念落后，执法指导思想有偏差。

孙志刚事件虽然不是发生在河源，但我们从孙志刚事件和东源“6.6”特大交通事故中可以看出，我们各级公安机关同样存在着执法和管理观念落后的问题，一些民警没有端正执法思想，在长期的执法活动中因为手中掌握着一定的权利而滋长了特权思想，在经常与社会阴暗面打交道中产生了对群众的冷漠；一些公安民警将人民和法律赋予的职权当作特权，往往以管人者自居，滥用权力，漠视群众利益甚至损害群众利益，“冷硬横推”的现象时有发生；一些部门没有从落实“三个代表”重要思想的高度，去认识管理工作的重要性，对本职工作疏于管理甚至失于管理，流于形式。

教训二，执法和管理的方式方法不适应建设文明法治社会的要求。

多年来，我们在执法工作上始终存在着重惩治犯罪、轻保护公民合法权益的倾向。一些领导和民警把“打击犯罪、保护人民”片面理解为通过打击犯罪来保护人民，而没有认识到既要通过打击犯罪来保护人民，又不能在打击犯罪的过程中分割公民的合法权益。公安机关多年来习惯用大呼隆式的大清查、大搜捕和统一行动，往往针对性不强，打击的只是一些皮毛犯罪，而没有把握好法律的界限，导致打击扩大化，分割了无辜群众的合法权益和人身自由。在管理工作中，存在重打击、轻防范的倾向，防范工作失之于严、失之于宽，一些法律法规执行不够坚决，或者执行起来缺乏恒心，时紧时松，许多管理措施落实不到位。

教训三，民警素质不高，执法行为不规范，不严格执法办事。

一些公安机关的领导和民警法制观念、政治素质、业务素质、执法水平低下，在执法过程中存在着重实体法、轻程序法的思想，不按法定程序、不按法定职责权限、不按法定时限办案、办事，不重视执法监督等情况比较突出，为了破案而不惜大抓大放，伤害无辜；为了惩治犯罪而不惜自身违法，滥用武器警械，滥用强制措施，超期羁押甚至搞刑讯逼供；受利益驱动乱收费、乱罚款、乱扣押，甚至办人情案、关系案。

教训四，工作没有做实做细，交通、治安、消防管理隐患较多。

从近段组织的安全生产大检查中可以看出，我市交通、治安、消防管理方面确实存在不少问题，一些问题还比较严重。如交通管理向来比较松垮，各类违章行为比较普遍，交通秩序比较混乱。治安管理力度不大，“六合彩”赌博、吸毒等丑恶现象屡禁不止，“两抢一盗”案件已成为危害我市社会稳定的一个重要因素。工矿企业、宾馆酒家、娱乐场所、民爆物品和烟花爆竹管理方面安全隐患较多。

二、痛定思痛，从严治警，采取有力措施坚决整改突出问题和薄弱环节

孙志刚案件和的“6.6”特大交通事故，是血的教训和惨重的代价，不但给公安工作带来了直接的负面影响，而且已经到了无路可退的地步，已经到了非整不可的时候，否则，就要吞下不敲警钟就要敲丧钟、不遵纪守法就要受到法纪制裁、不善待群众就要被群众抛弃、不提高素质就会被社会淘汰的苦果。因此，我们必须痛定思痛，认真吸取教训，化压力为动力，采取强硬措施，坚决进行整改。

第一，要切实转变执法观念，牢固树立以民为本、执法为民的思想。全市各级公安机关和广大民警必须以保护人民利益为己任，以人民满意作为衡量公安工作的根本标准。身怀爱民之心，恪守为民之责，善谋便民之策，多办利民之事；坚决摒弃特权思想和损害群众利益的行为，坚决消除漠视公民权利的思想观念，牢固树立马克思主义的人权观。坚持忠于法律和忠于人民的统一，坚持严格执法和热情服务的统一，坚持维护治安和善待群众的统一。对触犯刑事法律的行为，必须执法如山，不以感情代替法律，切实维护国家法律的尊严；在治安行政管理上，则要有厚爱百姓的感情，带着关爱群众的感情去做工作，善待人民群众，尤其要切实维护和保障进城务公农民和社会弱势群体的合法权益，一定要走出那种抓人越多越好、处罚越多越好的误区；要改变重打轻防的思想，要树立安全生产关键在管理，管理就是防范的意识。

第二，要抓好纪律作风和工作作风的整改。我们要结合当前正在公安机关开展的“贯彻十六大，全面建小康，公安怎么办”大讨论活动和机关作风建设年活动，围绕孙志刚事件和“6.6”特大交通事故，认真对照查摆单位和个人在思想认识、纪律作风、工作作风、学风、执法为民等方面存在的突出问题，采取有力措施，立即开展整改，各级公安机关领导干部要带头查摆问题，带头整改，做好表率，要求民警做到的领导干部首先要做到，要求民警不做的领导干部首先不做；全体民警要从自我做起，从现在做起，坚决彻底整改存在问题，做一个“带头遵纪守法，带头遵章守制，带头与一切违法违纪的人和事做坚决斗争”的好民警。

警容新姿

第三，要与时俱进，改革公安执法和管理工作方式方法。我们要认真总结严打斗争的经验教训，坚决废止拉大网式的漫无目的的统一清查行为，积极探索严打斗争的有效途径，找出既有利于有效打击犯罪，加强治安管理，又切实维护公民合法权益的最佳结合点，探索出既不搞那种漫无目标的大清查大行动，又能营造声势的严打斗争新路子。当前，随着经济的发展，我市的外来人员越来越多，已成为我市经济建设的重要力量，我们既要加强外来暂住人口的管理，防止和减少各种违法犯罪活动，更要做好各种服务工作，给社会弱势群体以特殊关爱。绝不能因为一些坏人混迹其中而对所有外来务工人员采取歧视态度，把他们当做“二等公民”。要改革对暂住人口的管理方式，要怀着特别深厚的感情去做工作，寓管理于服务之中，让他们有强烈的主人翁意识和归宿感，很好地融入当地社会，充分发挥其智慧和力量，积极参加我们的经济建设和精神文明建设；在执法工作中，要特别注意维护农民工的正当权益，严厉打击侵犯农民工利益的违法犯罪活动。要采取有力措施，坚决纠正对暂住人员乱收费、乱清查、乱罚款等现象。必须按照“五个统一”进一步规范对治安队、保安队的管理制度。任何治安队、保安队都必须纳入公安机关管理，绝不能让他们变为个别基层组织领导或企业领导的“家丁”和打手。当前，全市各级公安机关必须坚决贯彻市委三届八次会议精神，转变工作作风，改善服务态度，为创一流治安环境，为经济建设服务；继续贯彻“6.8”电视电话会议精神，开展安全生产大检查，排查安全隐患，加强安全生产管理，落实各项安全管理措施，把安全事故降到最低限度。

第四，要加强学习，提高综合素质。全市各级公安机关要继续组织民警认真学习市委L书记《给全市公安干警的一封信》和“6.19”视察市公安局时讲话精神，深刻领会书记的良苦用心和关爱之情，牢记书记教诲。同时，我们将加强民警执法素质教育，要求所有执法民警要先通过法律培训考核，考核合格才能上岗执法。今后，各级公安机关选拔领导必须把法律素质和执法水平作为一项重要标准来考核，对拟任职人员要安排上岗前集中学习和培训，经考试考核，取得任职资格才能到位。最近，省公安厅已作出决定，从6月底开始，对全省各市、县公安局长，派出所长、巡警、刑警、交警支队、大队、中队长进行一次执法素质轮训，参训人员在培训结束后都要接受考核，考核不合格的立即停业执法职务。其他民警由市公安局统一组织培训，提高队伍的整体素质。

同志们，惨剧依然历历在目，我们必须以切肤之痛吸取血的教训，在市委市政府和上级公安机关的正确领导下，放下包袱，振奋精神，大力改进执法和管理工作，进一步提高执法和管理水平，努力实现执法为民，创建一流的治安环境，为我市全面建设小康社会作出贡献。

稳打稳扎走出低谷

在全市公安机关进行整顿教育的同时，开展了一系列的维护治安打击犯罪行动。重拳出击，城乡“六合彩”赌博泛滥的势头得有效的遏制，整治交通，市区交通秩序混乱现象从根本上得到改观，“断粮”、“狩猎”行动查扣黑摩黑车、打击“两抢一盗”街面犯罪取得明显效果，为全民抗非提供了良好的社会治安环境。

2003 年 8 月 18 日，市委决定我任市公安局常务副局长。8 月 25 日，新任河源市委常委，市公安局党委书记、局长履职。我表示坚决拥护上级组织的决定，坚决服从自觉接受 Y 局长的领导，摆正位置，当好助手，当好配角，敲好边鼓，支持和配合 Y 局长的工作。

平安之夜

Z 被“双规”后的这段时间对河源公安来说是一个“政治非典”时期，

这个时期我们市公安局负重前行，步履维艰，但是，在市委市政府的坚强领导下，市委领导给我们壮胆，给我们撑腰，党委一班人共同努力，机关科所队领导全力支持，阵脚没有乱，队伍没有散，工作没有松，没有因为Z的问题连累到班子和队伍，也没有一名干警受到牵连。我们在低谷中奋起，在困难中发展，在曲折中前进，始终保持着队伍的稳定，保持着工作正常有序地运转，维护着河源社会政治的稳定。随着Y局长的到任，为时6个半月的市公安局"看守内阁"就此成为历史，我"临时代办"的角色也就此退出舞台，我衷心感谢在我主持市局全面工作期间，市委对我的信任和支持，感谢党委成员和全体民警对我的支持和帮助，我将继续与同志们一道，为重振河源公安雄风，重塑河源公安形象而共同努力。

动了谁的"奶酪"？

导语：《谁动了我的奶酪》讲的是一个关于"变化"的故事。故事发生在一个迷宫中，有四个可爱的小生灵在迷宫中寻找他们的奶酪。故事里的"奶酪"是对我们在现实生活中所追求目标的一种比喻，它可以是一份工作，一种人际关系，可以是金钱，一幢豪宅，还可以是自由、健康、社会的认可和老板的赏识。我们每个人的内心都有自己想要的"奶酪"，我们追寻它，想要得到它，而一旦得到了忽然又失去了它，或者它被人拿走了，就会因此而受到伤害，或者因此改变路向。

党委书记"二人转"

2004年，河源市部委办局领导班子到了届中调整的季节。

6月2日上午，市委L书记我谈话，问我届中调整有什么想法，我提出了"官复原职"的愿望，因为我在部队带兵训练打仗当团长、转业公安也近10年，不求升官，只望复职。书记笑笑对我说："你适合公安工作，希望你安心地工作，积极工作，调整问题组织会考虑。"我点点头。

6月16日下午，市委副书记、组织部长L找我谈话，提出由Y任市公安局党委第一书记，由我任党委书记的任职意见，我表示服从组织安排。

6月18日，市委决定：Y任市公安局党委第一书记，我任党委书记。27日下午市委组织部宣布任职通知，开始了市公安局党委书记的“二人转”。我在表态时说，市委决定我任市公安局党委书记，这是组织对我的信任，对我的鼓励与鞭策，对我的考验与支持。因此，我觉得既是一种荣誉，更是一种责任，这种责任就积极主动地，认真负责地协助党委第一书记抓好全面工作。我的态度很明确，不争名争利，不图名图位，在“班长”的带领下，与“一班人”同心同德，为公安事业而努力工作。表态不在言多，关键在于行动，现在组织在我常务副局长的头上加戴了一顶党委书记的“帽子”，我就把这顶帽子托在手上，身体力行，干好了就继续干下去；干不好就把“帽子”拿下来送回给组织，请大家监督。

情难舍的离走

公论自在人心，政声人在其位。平心而论，市公安局党委书记“二人转”的主角配角转得协调，配合也默契。但是我每次去广州开会，会议手册中的与会代表名单，只列有常务副局长的职务而没有党委书记的头衔，这使人有一种“妾身未分明，何以拜姑嫜”的感受，好象我这个河源市委任命的党委书记还没有入上级机关的户口。果不其然，2005年上半年上级政治部门的B主任来河源与市委协调调整我的职务，并发函市委组织部，要求对我的“任职作出适当安排，以确保队伍稳定及各项公安工作的顺利开展”。对此我感到茫然，感到不可理解，感到莫名的难过，这么一下子我就成了河源公安不稳定的因素?我百思不得其解，只好专程去广州找B主任汇报思想，他否认“不稳定因素”一说，只说不再增设河源市公安局党委第一书记是组织的决定，因为组织上的安排问题对我造成的心理伤害可以理解，并问我愿不愿意调到别的市公安局任副局长，我没有应承。这时正好各地级市增设安全生产监督管理局，摆在我面前有二条路，要么离开公安去安监局当局长，要么免去党委书记职务继续在公安当常务副局长，第一条路是平调，第二条路是没有理由地被“降职”，何去何从，二择其一，我只好忍痛割爱，第二次转业去闯另外一番天地。2005年8月23日，在市公安局举行的欢送会上，我即席作了一番难舍难忘讲话：

十年前，我脱下军装，从部队转业到市公安局；十年后，我又脱下警服，从市公安局转业到市安全生产监督管理局。十年公安，十年情怀啊！凝聚了我对公安的终生情结。今天我特意穿上这身警服，向大家道别，向我的警察生涯告别。此时此刻，我感触良多、感慨万千、心潮难平，有很多话想说。有很多话要说。在这里，我用三句话来表达我的心情。

第一句话：一声感谢。感谢刚才各位热烈的掌声。这是热烈欢送的掌声，是热情留恋的掌声，也是热情鼓励的掌声，我为之感激，为之动容；感谢组织对我的教育培养和关心爱护，感谢市局党委成员和全市各级公安机关领导和全体民警，以及武警、消防官兵对我的支持帮助。

第二句话：一声感叹。我当兵23年，从警10年，33年的军警生涯是我人生的主要经历。我把这些经历缩写成一段话，叫做《这就是我》，下面念给大家听听：

弃商从戎扛起枪，摸爬滚打练兵场；
军农生产耕海田，备战备荒在湛江；
对越反击立战功，再度出征守边疆；
二进军校去深造，沙场演习点兵将；
海南岛上扎营盘，指挥千军当团长；
五指山下餐风雨，天涯海角斗风浪；
守礁卫海赴南沙，警备海口军威壮；
二十三载戎马路，划上句号换警装；
率警巡逻河源地，守土有责护安康；
勤务政工抓队伍，运筹源城打控防；
河源公安非常期，主政前行挺脊梁；
位居书记兼常务，日夜都为平安忙；
三十三年如一日，为国为民紧握枪；

这段话有点黄婆卖瓜自卖自夸，实际上是我留恋过去，是我的人生写照，是我过去的历史。今天，我就要脱下警服，结束我的警察生涯。明天，就要走上新的岗位，履行新的职责，我想这段人生缩写末尾应该加上两句：“卸甲转战安监局，老之将至写新章。”今年我五十有三了，莫道桑榆晚，一日难再晨，正所谓是多年的媳妇熬成婆，老汉今年五十多。要问走过多少路，多年的石头走成河啊。回顾三十多年的军警生涯，与枪杆子结下了不解之缘。现在要放下枪杆子，心里舍不得，也舍不得离开各位同事战友，因为事出有因，有些事我感到委屈，感到无奈，甚至感到伤心。去年6月份我任市局党委书记到现在，这个“党委书记”好像是名不正言不顺的“私生子”，虽然我在公安干得好好的，大家都接受我，但是无可奈何花落去，我只能一声感叹，感叹自己没有将枪杆子进行到底。

第三句话：一声道别。过去我讲过这么一句话，公安看公安，越看越喜欢；自己说自己，越说越欢喜。这句话是我从警之后的亲身经历、亲身体会。对我们的公安干警长年累月勤奋艰辛地工作，我一直怀着深深的敬意。在公安10年，各级领导和全体民警对我的关心支持，我一直怀着深深的感激。在过去的工作中，因工作水平、工作方法问题上批评过一些同志，有时简单粗暴一些，在这里，向这些同志表示歉意。但是，我可以问心无愧地说，不论是在部队还是在公安，我从来不去整人，从来抓人辫子，也不哄人坑人，希望受过我批评的同志给予理解。

明天我就要到安监局履行新职，在这个时候出任安监局长，背负着“生产事故猛于虎，安全责任大于天”这样一个敏感的社会环境。兴宁市的特大矿难事故大大地提高了安监部门的知名度，引起了社会的高度关注。去这个单位工作，掂量掂量这副担子，还未上肩就感到沉甸甸的。安监局编制15个人，人少责任大，而且是从经贸局下属的二级局独立设置为政府正处级的职能部门。这个部门，担负着国家和人民群众生命财产安全监管和社会安定的重任，我面临的是一个新的领域新的课题。安监部门跟我们公安机关也有很多联系，特别是跟交警、治安、消防这些部门打交道更多。在这里，我希望各级领导、各个部门对安监局多多关照，给予支持。我虽然离开公安局，但是人走感情在，从公安走出去的人，不能给公安丢脸，做好安全工作，维护社会稳定，我希望大家象过去一样，继续支持我的工作。谢谢大家！

缘未了又回来

初来乍到的安全生产监督管理局，组建时以原经贸局属下的二级局为班底，拢共才有七八个人五六条枪，寄人篱下，“蜗居”在二间办公室里。我们一边开展工作，一边“招兵买马”，一边安营扎寨，于2006年4月17日迁址河源口岸大楼四楼办公并挂牌，安监有了自己的家，我在这里做了一些“临门一脚”的事情。

2006年是广东“安全生产管理年”，全省加大力度防范各类安全生产事故，采取烟花爆竹和煤矿企业全面退出生产领域的强硬措施，我市龙川、和平、紫金三县的烟花爆竹生产企业和家庭作坊，尽在关闭之列。安监局扑下乡镇和生产单位一线督战，在全省地级市中率先完成任务。

安监局挂牌·2006

在第二季度，考核县区05年度县（区）安全生产责任制情况，考核对象为县（区）长和分管安全生产工作的副职领导，我带工作组逐个县区进行考核，全市安全生产形势总体良好，但是看到个别县把一位县领导在到职前就作了有关安全生产工作批示的材料，令人啼笑皆非，先声夺人出“政绩”,也不看时间，未免操之过急了。

5月28日，龙川县贝岭镇发生一起一人死亡六人失踪的翻船事故，由安监局牵头和相关部门组成工作组展开调查取证和分析定性工作，由于对事故的定性和责任区分有意见分岐，我们多次赴龙川及现场调查，逐个找有关领导和部门做询问笔录，调阅县公安机关所做的现场调查取证材料，结论产生于调查研究的末尾，我专门向 W 市长汇报事故调查情况和定性意见，市长同意按“非生产责任事故”的意见上报。龙川县委县政府积极稳妥地做好善后工作，较好地消除了由事故引发的不安定因素。

人在路上走，船在水中行。想不到真的是缘未尽情未了，回风转舵，我这张旧船票又登上了“涛声依旧”的公安之船，动了的“奶酪”又动了回来。一次市委 L 书记带领市部委办局的领导的领导检查安全生产工作情况，我向 L 书记提出回公安的想法，我说以前长期部队和公安工作，在大部队作战，冲锋陷阵习惯了，现在带一个班的兵马，工作打不起激情，找不到那种回肠荡气的感觉。不想 L 书记满口答应，欢迎我回去。2006 年 7 月，我离坐安监局长这把交椅，转任市公安局党委副书记、常务副局长（正处职），回到原来的位置上。2007 年 4 月，L 书记晋升省委任职，成为我的同行上级，真乃公安之幸。上任之前，省委组织部在河源召开干部大会宣布任命决定，我在台下赋诗祝贺，短信发送：

恭祝书记荣晋升，广东公安掌舵人。
有口皆碑政声远，万民赞颂泪送行。

L 书记即刻回复：“谢谢启鹏同志，我们是好同事！”

世事如棋局局新

导语：有云“人生万变皆有因，世事如棋局局新”。其实，如果不要把人的一生比作一局棋，而把人的每一天当作一盘棋来下，朝看旭日东升，暮看夕阳西坠，太阳周而复始地为我们刷新棋局，就会有局局新的意境。我重返公安，还是原来的棋盘，还是熟悉的车马炮，不同的是——新的开局。

回马第一枪

2006 年 7 月 8 日，子夜。河源文化广场一侧的外商俱乐部霓虹闪烁，笙歌漫舞，不时夹杂着行令猜拳的笑骂声。曲终人散之时，两个醉汉跌跌撞撞借酒滋事，先与保安发生口角，接着拳脚相加，被打得脸青鼻肿的保安也不甘示弱，召来一帮同行围而攻之，一时间群架相殴，场面一片混乱，醉汉被打酒醒，眼看寡不敌众，夺门而逃。10多分钟后，醉汉带着几十个手持木棍，钢管的人冲进外商俱乐部，见人就打，见东西就砸，从一楼打到二楼，卡拉0k厢房被扫地毯一样逐个打砸一遍，无一幸免，整个歌舞厅乌烟涨气，一片狼籍。市公安局110接警后立即下达指令，巡警、特警和源城分局的民警火速赶到现场处警，制止不法之徒的打砸行为。不料这伙歹徒又召来几十名手持棍棒不明真相的人，阻碍民警执行公务，高喊“谁阻拦就打谁”，与民警发生冲突，打伤了二名民警。这时，现场指挥的源城分局黄金来局长一边组织自卫，将警力围堵在大门口周围，一边接通我的手机，向我报告情况。这时已经是凌晨一点多钟，我立刻把电话打进武警河源支队司令部作战值班室，接到黄福民支队长的电话，请求速派武警支援，控制现场，平息事态。随后我赶到现场，眼前约有一二百名手持棍棒铁锹水管不明真相的外来务工人员与我公安民警处于对峙状态，而且查明还有务工人员坐车陆续来增援他们。我和黄局碰头后，宣布公安民警不抓人、不打人、不骂人，规劝群众离开现场，同时派出警力拦截后续人员，控制事态发展，现场调查取证工作也在秘密进行。不一会，几十名全副武装的武警赶到，大军压境，一百多名武警官

现场析案

兵和公安民警宣传劝导聚集人员离开现场，同时收缴棍棒器械，强力疏导有理有节进行，事态得以平息。

这是一起性质恶劣的公共场所打砸事件。源城分局连夜展开调查取证工作，传讯传唤相关人员，很快查明这是一起有预谋的恶性聚众闹事案件，立即跟踪追击。有情报显示，幕后和挑头滋事的几个不法分子企图畏罪潜逃，分局迅速布控，展开抓捕工作，第二天晚上突击行动，分别从几个住处将7名犯罪嫌疑人一网打尽，缉拿归案。辖区派出所对外来人员进行清查，对各个工地的务工人员组织法制教育，打击一伙，警示多数，震慑了犯罪，平安了一方。

这个事件发生在我重返公安的第二天，回马公安的第一枪。

警民心连心

2006年11月27日，河源市老城公园广场上空飘荡的大气球悬挂着巨幅标语，显得格外醒目。广场四周彩旗缤纷，被簇拥的观众围得水泄不通；广场内公安各警种特色展示区和警营文化板块多姿多彩，各式各样警用武器和车辆装备展区琳琅满目；广场中央排列着由公安、武警和消防组成的7个方队，警容严整，英姿勃勃，在等候着接受市委市政府领导和人民群众的检阅……

据市公安局《工作简报》刊载：市公安局党委副书记、常务副局长陈启鹏同志在接受省、市新闻媒体采访时说，这次以“警民心连心，共建和谐河

源”为主题的警察开放日活动，集中展示了河源公安立警为公、执法为民的精神风貌，进一步密切了警民关系。他指出：目前河源的治安是平稳的，但是，随着社会经济的发展，犯罪分子也采取了多种手段进行犯罪活动，扰乱社会秩序。对此，我市公安机关高度重视，长期保持高压态势，严惩犯罪分子。特别是在市区，“两抢一盗”犯罪活动较为突出，我市公安机关开展了一系列的专项整治行动，还成立了专门打击“两抢一盗”等多发性犯罪的街面犯罪侦查大队，从而使“两抢一盗”案件得到有效的遏制，社会面比较平稳。维护良好的社会治安环境，保障社会经济的发展，保障人民群众的生命财产安全，是公安机关的神圣职责。而开展警察开放日活动，就是为了让人民群众了解公安、支持公安，与公安机关及其他部门共同努力，实施社会治安的综合治理，实现社会的和谐稳定。

在警察开放日活动总结会上，陈启鹏同志指出，这次活动有五个特点：一是主题鲜明，富有特色。“警民心连心、共建和谐河源”，体现了公安机关与人民群众新型的警民关系，是紧跟社会形势大局，立警为公、执法为民的具体实践行动；二是形式新颖，内容生动。在形式上有表演类、展示类、互动类、开放类、服务类，新颖别致；在内容上丰富多彩，有警务技能和警犬技能表演、警用车辆及武器装备展示、参观110指挥系统，让众多市民全方位、近距离与公安民警接触。三是突出科技，展示文化。活动中所展示的装甲车、通讯指挥车、110指挥系统、消防云梯车、武警防暴车等等，都有较高的科技含量，都是当前先进的警用武器装备。在公安文化展区，有摄影作品、书画作品，有警营书法家现场挥毫赠送市民作品，展现了丰富多彩、生动活泼、积极向上、富有新时代警察精神的公安文化。四是业精技强，壮我警威。在警务技能表演中，特警表演的查缉项目，设计科学合理，队员配合默契，场面宏大。武警在擒敌拳和连环倒功、摔擒表演项目中，官兵精神饱满、斗志高昂、技术精湛、动作迅猛，在泥泞的草地里摸爬滚打，十分顽强英勇，博得领导和群众的阵阵掌声。消防表演科目也很特色，破拆迅速，高空救人动人心弦，最后的水炮齐射灭火表演把整个活动推向了高潮；五是反映强烈，效果良好。此次开放日活动的成功举办，市几套班子领导和嘉宾以及省、市新闻媒体、现场观看的市民群众都对此活动给予了高度肯定和赞扬。

赞扬公安文化

书记市长动情地说："很好很成功，看了很感动。"通过警察开放日活动，树立了河源公安亲民、爱民、为民的良好形象，建立起平等、互动、互信的新型警民关系，进一步促进警民合作，共同打击犯罪，打造平安和谐河源。省厅有关部门领导也给予高度赞扬，省、市新闻媒体几天来作了大篇幅、长时间的报道，现场观众交口称赞，询问下一届何时举办。开放日活动在社会上引起了强烈的反响，取得了良好的社会效果。（宣传科整理）

走基层说"三基"

俗话说根基不牢，风雨飘摇。公安的根基在基层。他们直面社会，天天和老百姓打交道，他们的工作直接关系到广大群众的生命财产安全。多年来的实践告诉我们，公安机关的成绩大多出在基层，问题也大多发生在基层。我们的各项工作措施都要靠基层去落实，存在的问题也都要靠基层去解决。可以说，基层基础的工作水平如何，基层民警的基本素质和执法水平如何，不仅关系到各项公安工作能否贯彻落实到位，而且关系到整个公安事业的长远发展进步；不仅关系到党群关系、干群关系、警民关系，而且关系到整个社会的和谐与稳定。2006年，全国公安机关开展了一场声势浩大的"抓基层、打基础、苦练基本功"的三基工程建设。是年7月，市公安局在两次荣获全国公安一级派出所的东源县仙塘派出所召开全市公安机关动员大会，吹响了向"三基"工程进军的号角。

一走基层：东源公安“战训合一”拔头筹

在三基工程建设中，东源县公安局首先破解战训合一这道题。第一步岗位练兵，把工作岗位作为练兵场所，把执法执勤作为练兵过程，把日常工作与业务训练有机地结合起来，训用一致，使练兵活动长期化，实用化，有效化。第二步轮训轮值，对不同岗位的民警实行周期性轮训，在集训过程中担负特定的实战任务，在实战过程中检验训练效果，使战训结合，良性互动，这就是战训合一。2006 年 10 月 27 日，市公安局召开全市公安机关战训合一现场会，我主持会议并谈了我调研的体会。

现在大家脚踏东源县公安局战训合一的实地，观摩他们室内模拟操练演示和室外实战演练，颇受感染；目睹他们平战结合的训练基地,颇为赞赏。这些东西不是从天上掉下来的，是东源公安民警的劳动成果。我觉得有五个方面的经验值得大家借鉴学习。一是创造条件上的务实进取精神。东源县局的训练基地完全是自建自创的，他们把战训班的教学，宿舍设在办公大楼，把训练场地设在大院和篮球场，把局机关日常办公与战训班训练管理融为一体，这些创造性的工作，给各县区带了个好头。二是主动争取党委政府的大力支持。东源的经济状况不宽裕，但是县局领导积极主动工作，感动了县委县政府，给予 30 万的专项经费支持，使战训合一工作有了“粮草”保障。三是因地制宜，挖潜改造。将办公大楼二层改造成集教学、住宿、存放器材、文化娱乐为一体的功能较为齐全的训练基地，有了可靠的硬件保障。四是合理安排，拓展训练。在进行规定课目训练的基础上，就民警最急需、最紧缺的内容拓展训练，如处置突发事件战术，处置矛盾的群众工作方法等等，使训练贴近实际，贴近实战。五是以训促战，战训合一。他们以轮训轮值的形式，边训边用，把参训民警当作值班备勤、巡逻防控、处置突发事件、抢险救灾的机动力量，做到坐下来能学，站起来能练，拉出去能战。我和市局机关的同志对他们作过一次检验，在没有预告的情况下突然拉动紧急集合，5分钟

内按要求作出了迅速反应。下面乡镇有二次发生群体性事件，战训班闻警出警处警，迅速控制了局面，平息了事态发展。

今天的会议，抛出了东源公安战训合一这块“砖”，希望引出全市公安战训合一这块“玉”。“三基”工程开建以来，东源县公安局“梅开二度”，市局在这里开了两次专题工作会议，希望东源县局再接再厉，梅开三度，更希望其他县区长江后浪超前浪，争当排头兵，全市“三基”建设齐头并进，全面开花结果。

二走基层：蓝口派出所打了一个翻身仗

蓝口派出所门前议“三基”

今天（2006年11月23日）东源县公安局在蓝口镇召开“三基”工程建设现场会。这是一次树立典型、宣扬成绩的总结表彰会，是一次现场观摩、互相学习的交流会，也是一次鼓舞士气、激励斗志、推动“三基”工程建设上新台阶的动员会。会议开得很好，开得很成功。在这里，我代表市公安局党委，向蓝口派出所和受到表彰的先进单位和个人表示热烈的祝贺，向长期战斗工作在基层一线的公安民警表示亲切的慰问，向一直关心支持公安工作

的东源县委、县政府和蓝口镇委、镇政府表示衷心的感谢。刚才，东源县委副书记刘立威同志，东源县公安局长赖昌彬同志，蓝口镇委书记陈文华同志作了很好的讲话，蓝口派出所所长李观明同志作了很好的经验介绍，下面我谈谈感想和看法：

第一，班子决定方向，思路决定出路。

任何单位，班子强了队伍就强，队伍强了工作就强。好班子带出好队伍，好队伍做出好工作。我认为东源县公安局党委一班人就是好班子，他们认真学习、深刻领会公安部关于开展“三基”工程建设的精神，认真开展调查研究，结合东源县公安工作的实际情况，提出明确的目标，明确的思路。东源县公安局开展“三基”工程建设的情况，总的来说可以用五句话来概括。即“目标很明确，思路很清晰，措施很得力，工作很扎实，成效很显著”。所谓目标很明确，就是制定了“三基”工程建设总体方案，而且认真研究做计划，确定了“三基”工程建设十八项目标；所谓思路很清晰，就是“三基”建设突破口在哪里？路在何方？从何下手？县局党委认真研究，把工作思路定在抓两头、带中间、出亮点上。这个思路定下来后，一头抓连续两年被公安部授予一级派出所荣誉称号的仙塘派出所，使先进更先进；一头抓后进的蓝口派出所，使后进变先进。今天我们眼见为实，大家见证，看了都很服气，后进变成了先进，这就是出了亮点。先进更先进，后进变先进，中间赶先进，形成这样“三基”工程建设的格局，这样的局面，充分说明了思路决定出路，这条路，走得通，走得稳，走得好，走出了成果；所谓措施很得力，就是研究制定了一系列配套措施，其中，在选准配强派出所领导班子成员方面做得好，局党委调整了 30 多名基层所队的领导，把思想品质好，业务能力强，德勤能绩都比较好的同志选拔到基层所队班子任职。蓝口派出所所长李观明同志就是一个好所长，就是基层所队的突出代表。李观明同志 4 月份从黄田派出所调到蓝口派出所任职，才半年多时间，换了一个所长就换来一个先进，我听说他从黄田派出所调走的时候，群众联名写信不让他走，到了蓝口派出所半年时间，就改变了落后的面貌。刚才我跟镇委书记、镇长座谈的时候，他们反映相当好，说这个所长选得好，选得准。另外，新任职的基层所队领导要到仙塘派出所或蓝口派出所挂职锻炼一个月，这是新的措施，实地学习，看他们怎么做，把他们的经验带回去，这样既锻炼了基层领导干部，又带动了其他所队；所谓工作很扎实，就是东源县局开展“三基”工程建设以来，所做的工作都是一步一个脚印，扎扎实实，埋头苦干，步步到位；所谓成效很显著，就是从7月12日市公安局在仙塘派出所召开全市“三基”工程建设工作会议，到10月27日在县公安局召开全市“战训合一”训练现场会，充分说明了东源县公安局“三基”工程建设的成绩。东源县公安局“三基”工程建设梅开二度，我曾讲过希望梅开三度，现在蓝口派出所这朵“花”开了，真的梅开三度了。下个月在市局召开全市公安机关“三基”工程建设会议，要树立李观明所长这个典型，让全市公安机关、公安民警向李观明同志学习。

第二，只有想办法，才能有办法，只有抓落实，才能出果实。

我们做工作，叫谋事，谋事在人，就是想办法，没有办法就干不出实效。大家知道，我们派出所面临很多问题，如警力不足，经费紧缺，队伍素质参差不齐等问题。困难很多，怎么去解决，怎么去做，首先你要想办法，你去想办法才能有办法，工作你只有抓落实，才能出果实。蓝口派出所李观明所长到位后，积极主动去争取党委、政府的支持，一个月时间举行了两次座谈会，听民声、解民意，掌握情况，这就是想办法啊，根据你掌握了解的情况，采取对症的办法，认真去抓落实。刚才我们现场观摩，到了这个所门口就有眼前一亮的感觉，我们看到仙塘派出所确实不错，现在看到蓝口所有什么不同？别具一格，独树一帜，让人耳目一新。市局指挥调度科挂钩这个所，罗可华科长来了五六次，每次来都变一个样。刚来的时候是怎么样？脏、乱、差，所里的民警“唱空城计”，我听说这里清理垃圾请工人就花了六百多元钱，可以想象，这样的派出所原来是怎么样的。现在这个所样样都很好，干干净净，整整齐齐，你进去一看，人很精神，物很整洁，所容所貌和民警形象从根本上得到了改变。

现在蓝口镇有4万多人口，流动人口也比较多，又是东源县的中心镇，队伍真抓起来了、治安严管起来了，面貌就改变了，治安就明显好转了，党委、政府、群众都说好。同时，他们从群众最不满意的地方做起，过去有的群众到派出所来办事，在派出所眼皮底下钱包被偷了，摩托车丢了，办户口几天都办不出来，这叫什么形象呢？群众反映非常强烈。现在好了，办证大厅的设备都很好，干警很热情，有凳坐，有水喝，再也不用担心丢东西了，跟过去形成了强烈的反差，群众满意了、高兴了，归根到底抓落实才能出果实。

第三，只有有作为，才会有地位；只有找党群，才会有靠山。

公安工作的宗旨，就是为人民服务，保一方平安。作为一名领导，在其位就要谋其政，立足本职，为老百姓多办实事好事，工作上有所作为，才能在群众心目中树起地位，这就是常说的有为才有位。在工作中，我们要经常问一问，自己到底干了哪些工作，解决了哪些问题，为社会稳定、经济发展做了哪些贡献，为人民群众办了哪些好事实事，为党委政府分了什么忧解了什么难。如果你所在的派出所在当地党委、政府和人民群众中无地位，那就说明你这个派出所工作无作为、不作为或者乱作为，失去了党委、政府和群众的信任，不但无所作为，而且更无地位。

只有找党群，才会有靠山。部队过去有句话，叫做军队打胜仗，人民是靠山。我们公安工作也是这样，打胜仗也要靠党委、政府和群众的支持。如蓝口派出所，没有党委、政府的重视，能有这样的转变吗？没有人民群众的支持，能有今天的成效吗？所以公安工作如果没有党委、政府和群众的支持，就是无本之木，无源之水，就成了无水行舟，寸步难行。东源县局的主要经验之一，就是发动群众参与"三基"工程建设，得到党委、政府和群众的支持，得到靠山的支撑。其他派出所所在的乡镇经济并不比蓝口差，有的更好，因此蓝口所的经验很值得我们借鉴和学习。"三基"工程建设中，必须紧紧依靠党委、政府和人民群众，来积极地开展"三基"工程建设，这样，我们"三基"工程建设才能够发展，才能够出成效。

三走基层：养警千日用警千日

今天是 2006 年 12 月 26 日，是毛主席老人家 113 岁诞辰，恰逢源城区召开公安"三基"建设工作会议，毛主席是用兵如神的统帅，不忘老人家的教诲，借此机会讲一讲"养警用警"问题。

一线维稳

我们常说的“养兵千日，用兵一时”，是指平时要训练和供养军队，以便到关键时刻用兵打仗。周恩来总理说过“和平时期，国家安危，公安系于一半，军队是备而不用的，你们是天天要用的”，这就是“养警千日，用警千日”。“养警”才能兵强马壮，“用警”才会扬我警威。如果“又要马儿好，又要马儿不吃草，还要马儿快快跑”，天底下哪有这样的好事？想要马儿好，就要“秣马”，让马儿吃饱，马儿才能快快跑，这才是常理。兵不强马不壮就没有战斗力，没有战斗力的队伍就是一群乌合之众。公安机关是国家的机器，得靠国家保障经费；公安民警是人民的警察，得靠政府供养，所以公安机关不能靠自己来养自己，更不能去搞自力更生，自食其力，如果这样的话，公安工作就会乱了套，这支队伍就非垮不可。目前有的地方还存在着“公安养公安、公安养财政”，“羊毛出在羊身上，羊毛回到羊身上”的现象，这种保障供给方法无异于釜底抽薪、“自毁长城”。现在公安机关正在开展的“抓基层、打基础、苦练基本功”的三基工程建设，是养警用警、厉兵秣马的重大举措。但是，巧妇难为无米之炊，这项工程必须有政府作后盾，有经费作支撑。现在经费保障比以前有了改善，有了较好的条件和基础，我们公安机关就更要紧紧地依靠党委政府，打好“三基”工程建设这一仗。今天源城区的区委书记、区长和有关部门的领导亲自参加会议，就是专门来了解情况、解决问题、大力支持公安“三基”建设的，让我们以热烈的掌声表示感谢！

“三基”工程，不仅是一个养警工程,也是一个用警工程，不但要有良好的物质保障，更重要的是要充分发挥自身的主观能动性，加力深化“三基”建设。首先要保持良好的精神状态。这种良好的精神状态是一种昂扬的锐气、蓬勃的朝气、旺盛的士气、奋发的斗志，它是一种凝聚人、团结人、形成战斗力的综合因素。这种精神状态反映思想认识，这种思想认识影响工作力度，决定工作成效。如果认识不到位，工作积极性就不高，力度就减小，成效就降低。各级公安机关特别是领导班子一定要保持良好的精神状态，才能奋发作为。其次要提高能力建设。县（区）公安机关要提高统筹谋划的能力，宏观决策的能力，调查研究的能力，驾驭复杂局面的能力，指导基层和科学管理的能力。基层民警要提高依法办案的能力，化解矛盾的能力，服务群众的能力和社会管理的能力。有能力才能办实事、有能力才能有作为。第三要把握好“三基”建设的出发点和落脚点，以人民群众的安心安宁安全，保一方平安为标准，以维护社会稳定、促进经济发展为目标，扎扎实实抓好各项公安保卫工作。

风雨兼程四十年

导语：块块荒田水和泥，深耕细作走东西。似水流年韶光去，风雨兼程不停蹄。人生的四个十年，四十个军警春秋，风尘仆仆走来，无怨无悔走去……

真是乐死人

小时候问老师，什么是梦想?老师说，梦想就是你想要的东西，要想得到这个东西，就要先从梦中醒来。话很简单，但我似懂非懂。1972年12月，为了实现我当兵的梦想，颇费一番周折。当时我已参加工作两年，在龙川县廻龙公社供销社收购门市做出纳。征兵时供销主任W不准我去报名，理由是我兄弟俩人只能报一个，我有了工作不能报。想不到体检时弟弟因血压偏高被淘汰。我便抱着试试看的心情，检了一张别人目测不过关的体检表冒名参加体检，初检顺利过关，心里又忧又喜，急忙找到公社武装部助理叶道贤，他也没办法，并说冒名顶替是不算数的，但是经不住我左缠右缠，好说歹说，终于动了恻隐之心。他找到县武装负责征兵的同志，说由于工作人员粗心，把我的体检表名字写错涂改了，要求再换一张重新填写，这一招"蒙骗"过关后，叶助理又陪我拿着新表逐个检室找主检医生重新填写，谢天谢地，遇到贵人了。第二天复检，顺风过关。

W主任听说我体验过关，暴跳如雷，斥责我目无领导，擅自参加体检，检上了也不能去当兵。当时我又急又怕，不知如何是好，只得天天跑到公社武装部，找这个求那个，终于拿到了《入伍通知书》。当我向W主任报告已经批准入伍，要求派人接任我的出纳工作时，他沉着脸说，没人接班，批准了也不能走。我忍气吞声，心里直叹当兵有路，报国无门。眼看过两天就要入伍，我不得已抱起一叠账本跑到W主任办公室,往桌上一摔，"你有人接我也走，没人接我也走"，说罢扬长而去。12月24日入伍的前一天上午，W才派办公室出纳吴秀鉴接了我的账，当晚还组织全社干部职工开了一个欢送会，算是临行前给我的一个安慰。第二天，我唱着《真是乐死人》的歌，在父老乡亲敲锣打鼓欢送下踏上了征途。1979年8月，我休假探家，公社请我作参加对越自卫还击作战的报告，见到了W主任，他向我表示歉意，说想不到你当了官又当了战斗功臣。我问他当年为什么不让我当兵时，他说你父母解放前是做生意的小商小贩，我有思想顾虑。如其所说，在当时“唯成份论”社会背景下，也可以理解，情有可原。

老兵探亲

说到这里，看看我儿子应征参军，就幸运多了。2011年冬季，儿子要求去参军，我当然双手赞成，说来也巧，正好我的老部队来河源接兵，儿子顺顺当当地上了海南岛，在我战斗过的地方，33年前我当连长的老红军连队当兵，一年后儿子被部队评为“优秀士兵”，承先继后报国志，“子承父业”当自强，令人欣慰。

柳暗花明又一村

在部队一干就是20多年，这座熔炉冶炼着我，造就了我，1989年6月，当上了甲种步兵团上校团长。近些年南海风云迭起，钓鱼岛争端几近擦枪走火，令我热血回流，勾忆起与越南围绕南沙主权进行军事斗争的一幕。1988年南沙赤瓜礁海战后，我团奉命执行支援南沙作战准备任务，全团官兵日夜操练，厉兵秣马，按一级战备要求，做好参战准备。总参作战部长隗福临少将率总部，广州军区、海南军区联合工组亲临我团检查战备工作情况，给予高度评价，隗部长说：“赋予你团支援南沙作战准备任务，是广州军区的正确选择，总部放心，中央军委放心。”此后，我作为配属海军的陆军指挥员，赴湛江南海舰队参加“收复南沙岛礁渡海作战”演习，我担任登陆编队副总指挥。演习方案就是作战方案，可以说收复南沙，万事俱备只欠东风。以我当年的军事目光，军力对比我优敌劣，综合优势我强敌弱，赤瓜礁海战打出了国威军威，我军将士挽弓待发，准备再打一次自卫还击作战，可惜历史舞台没有出演这台威武雄壮的活剧，越南反而把俄罗斯、美国和一些西欧国家拖进南海把水搅得更浑，日本也趁火打劫我钓鱼岛。问苍茫大海，谁主沉浮？不战而屈人之兵吗？目前尚欠强大的国力军力；抗议照会吗？等于纸上谈兵；针锋相对，以牙还牙虽然是上策，但是解决战斗最后还得靠步兵。不过，20年前我一句修改版图的“建言”，倒是实现了。拙著《我的战友我的团》第37页记述，1991年赴南沙勘察战场，我与一位海军将军说，我国版图的一大缺陷是缺乏整体感和完整性，一眼看不到西沙南沙中沙，建言国家有关部门作出修改。2013年新编竖版中国地图，纠正了这个缺陷。纵观当今南海风云，重温《我的战友我的团》，就觉得我这个兵没有白当，我的军事眼光没有近视，我还骄傲自己为驱散祖国南天的乌云尽了一份军人的职责，遗憾的是没有机会与1979年自卫还击作战的对手再来一番较量，光复南沙，将八一军旗插在南海的风口浪尖之上。

现实可以以史为鉴，也可以反鉴历史。2013年3月31日，我空军苏一

27战机在飞行训练中坠毁，清明节前媒体深情披露了两名为国捐躯飞行员的“音容笑貌”，深表哀悼血洒长空的“天之骄子”。看了这些报道，心情沉痛，凝空默哀！我军将这起训练事故公诸于世，一改过去讳莫如深的做法，也可能是跳出了过去以事故定乾坤的怪圈，说明解放军对军事训练的风险和事故的容忍度在提高。回想当年，我带领全团官兵在拉练和军事演习途中，意外发生翻车事故，两名战士不幸遇难。由此牵连到“全面建设先进团”被取消，“军事训练先进团”被罢免，我即将提拨任用的机会也因此失去。客观地说，千军万马搞训练，偶有失蹄在所难免，如果怕出事故而降低标准放松训练甚至不敢训练，那是军队的悲哀。“以事故定乾坤”成了我带兵的痛点，这个痛点令我“壮志未酬”，后来我放弃了待机提拔的前景，先后跑到海南军区和广州军区找有关首长说情，一再强烈要求转业，不是“山重水复疑无路”,而是“柳暗花明又一村”——急转弯走进了公安村。

“七品官”的线路图

好不容易“闹”了个转业，有的老首长劝我留在海口，但我“根”在河源，虽然地处山区，我向往家乡的明天。回到河源联系工作，我唯一的选择就是公安。当时市委组织部的一位领导对我说“不要吊在一棵树上”，要作多个选择，比如体委、公路局有位置你去不去?我说我既不懂体育，更不懂经济，就会舞枪弄棒，只能吊在公安这棵树上。后来这位领导又跟我说，公安局没有职务安排，只能任副处级侦察员，问我去不去，我一口应承。1995年9月我到市公局报到时市委给公安局新设了局长助理职位，我与公安局办公室主任何达强同一张红头文件任命为局长助理。

我从1985年登上“七品”官阶：师作训科长（副团职）——上校团长——警备区副参谋长——市公安局局长助理（副处级）——副局长兼政治处主任——副局长、政治处主任、公安分局局长（正处级、三级警监）——市局党委副书记、副局长——主持市局全面工作——党委副书记、常务副局长（正处职）——党委书记、常务副局长——市安监局党组书记、局长——市公安局党委副书记、常务副局长——调研员，直至2012年退休，能上能下，台（抬）上（抬）台下，有起（喜）有落（乐），在团处级台阶上脸朝黄土背朝天一干就是27年，不说自己的能力本事，只怪自己时运不佳官运不

济。其实有几次晋升的机会，第一次在部队因为训练事故擦肩而过，第二次在非典时期主持公安工作，市委的任用意向因为上面直接调配而不了了之，第三次在2006年冬换届时因成长地问题而未入围，因而“加冕”为中共河源市委委员。说起来还有一个补充机会，根据国办发〔2008〕9号《国务院办公厅关于规范公安机关人民警察职务序列的意见》，我符合晋升规定的条件，但是因为有关部门没有实施意见，堂堂的中央政府红头文件被束之高阁，成了被遗忘的角落。拿破仑说不想当将军的兵不是好兵，可是想又如何，不想又如何？过去的事情已经过去，现在头上没有了“乌纱”，倒是一身轻轻松松，开始生活一个新的自己。正是：

干不完的工作，停一停，放松心情；
奔不完的前程，缓一缓，量力而行；
都有限的精力，歇一歇，养养精神；
看不够的风景，走一走，健康身心；
多姿彩的世界，看一看，关心时政；
无穷尽的知识，学一学，充实人生；
多少事，从来急，天地转，光阴迫，
六十耳顺，不争朝夕。（短信改编）

三句感言

2013年1月18日，市公安局给八名退休民警颁发镶金荣誉章，我讲了三句话：

这枚荣誉章告诉我，不要忘记过去，曾经在公安干过。

这枚荣誉章不是功劳薄，不能躺在上面。

这枚荣誉章含金量高，越久越值钱。

三句感言，不说套话。（众笑）

四有新人

(2012年6月19日)

尊敬的各位老领导、老前辈、老同志：

今天有幸参加省公安厅在河源组织召开的离退休老干部联谊会，感到非常高兴。因为我也是多年的媳妇熬成婆，已经进入退休倒计时，即将结束从部队到公安40年的军警生涯，加入到离退休老干部的行列。所以，参加这次活动，对我来说是一次接受学习接受教育的好机会，可以让我领略"夕阳红"的生活风彩，感受老兵新传的精神风貌（热烈掌声），退休之后，在老领导老前辈面前我还是一个学生，既然学生就要做作业。为此，我的作业命题叫做“四有新人”：第一有小事做做，第二有小酒喝喝，第三有朋友玩玩，第四有地方走走（热烈掌声）。

山水同行

最后，请允许我代表河源市公安局离退休老干部祝福各位健康长寿，幸福长青。并与大家共勉：轻轻松松过日子，开开心心度晚年。

谢谢大家！（热烈掌声）

闲野拾草

六十咏景喻情

壬辰龙年，岁逢耳顺，宜景宜人，欣然命笔。

眺望梧峰[①]朝阳，
倚栏眼收东江；
几叶小舟泛碧波，
两岸清风吹绿浪。

东郎钟情凤凰[②]，
只恨天各一方；
铜雀春深[③]难相依，
一衣带水共霓裳[④]。

一桥飞架南北，
车龙如鲫过江；
莘莘学子黉门[⑤]路，
大学城里敲书窗。

且看山峦秀色，
背负蓝天霞光；
莫道此地无仙境，
登山健步人更忙。

又见庭院人家，

注：①梧桐山。②东江首府和东江凤凰城。③借喻闺房。④共拥一江两岸风景。⑤学校。

小桥溪流淌淌；
孺童竹马荡秋千，
老叟笑谈人寿长。

闲步七尺阳台，
绿意醉人心房；
黄杨茶梅①膝前坐，
《高山流水》绕耳旁。

夜幕降临河泱，
万家灯火初上；
岸边垂柳拂明月，
教人如何入梦乡？

一树红梅②闹春，
鹏云阁③里生香；
灯下读书气自华，
《清和人家》写新章④。

世间不稀朝杖⑤，
花甲还是儿郎；
天地有情人不老，
好风好景好时光。

（2013/1/28《河源日报》刊发）

秋曲

一

秋蝉不识时令，鱼儿戏弄钓人。
哪见秋风吹过，大地依然如茵。

注：①盆景。②报春图。③书房。④编写新书。⑤80岁代称。

二

乡间秀色可餐，枝头瓜果串串。
不问锄禾当午，焉知盘中甜酸？

三

薄衣轻步田庄，莺飞蝶舞正忙。
稻穗点头微笑，数说农家粮仓。

(2013/10/11《河源日报》刊发)

重阳

一年一度重阳，拾级登高远望。
莫道坐爱枫林，脚下更加风光。

晨露沾湿鞋衣，暮浴湖边斜阳。
云淡水天一色，晚晴叶绿菊黄。

(2013/11/11《河源日报》刊发)

冬至

谁言冬已至，户外花正开。
蝴蝶翩翩舞，含羞带笑来。

北国雪花飞，南天飘云彩。
神州同冷热，人间温情在。

(2013/11/14《河源日报》刊发)

游迹小吟

黄鹤楼追昔

黄鹤楼高耸千秋，不尽长江数风流。

文武赤壁①今犹在，楚天争霸逐诸侯。

文儒墨客叹废兴，鹤去楼空修复修②。
伟人横渡③乾坤定，一桥飞架通五洲。

调寄白帝城

昔时白帝今独悬④，风雨难洗岁月痕。
托孤堂洒汉皇泪，品读三国在眼前。

朝辞白帝一唱绝，诗人诗城诗百篇。
高峡平湖千帆过，从此再无雨翻盆⑤。

夔门人币⑥

十元纸币行天下，三峡夔门握手中。
不若临境擦身过，其峻其险堪称雄。

(2013/11/5《河源日报》刊发)

注：① 分别在湖北黄冈市和赤壁市。②屡建屡废。③毛泽东横渡长江。④四面环水。⑤杜甫“白帝城下雨翻盆”句。⑥10元人民币背面图景。

后　记

如果将人生奋斗的过程看成是一场博弈，如果将这场博弈比作是一场战争，而且这场战争脚本的作者又是笔者自己，那么从我拿起枪杆保家卫国直至在警察岗位上脱下警服放下武器，“战争”终于结束，终于撤出“战场”，撤退后方，撤还《清和人家》总结杀青，翻开新的人生一页。

马放南山洗征衣，最是怀念战友情。什么叫战友？战友就是战场上互相挡子弹，搞训练一起流臭汗，白天同吃一锅饭，晚上都抓鸡巴蛋的那些人；什么是战友情？战友情就是不管官大官小都可以直呼其名，不论时长时短都不会见外生分的那种情义。现在我还完好地保存着一份中国人民解放军步兵第 394 团干部花名册，全团 269 名军官，当年我这个团长可以如数家珍逐个叫出他们的名字说出他们的职务。虽然时过境迁部队已经整编，但是永不磨灭的番号，永远难忘的战友，在心中挥之不去。

半路打马奔警营，军装又绿橄榄衣。我与公安结下了半生缘一世情，17 个风吹日晒披星戴月的年头我们一起走过，留下了后半辈子的警察情结。翻一翻放在案头几个版本的民警通讯录，一个个熟悉的名字随着一个个身影跃入眼帘，同在蓝天下，同在热土上，有了他们的奉献，才有了母亲的微笑，才有了大地的丰收和社会的安宁。这本书中采用了我与领导和同事一起工作生活的一些镜头，深感荣幸并致谢忱！

忆往昔欲语岁月稠，惊回首白了少年头。有道是醉过才知酒浓，爱过才知情重。没有生命不息、战斗不止的曾经，怎么晓得生命诚可贵、青春价更高的现在。我把青春付昨天，青春还我赌明天，去追求去享受那种清闲安逸超凡脱俗，“采菊东篱下，悠然见南山”的清和境界！

想起赵本山的一句幽默：打从生下来就没有想过回去。我正在回马公安重返军营的路上，那不是撤退，那是在梦中。

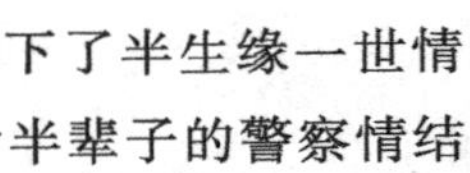

2013 年建军节于河源